KB021829

• 아침을 여는 나팔꽃 •

曺京順 에세이

아침을 여는 나팔꽃

생각의뜰

한 인생의 긴 여정은 자연이 만들어주었고, 자연 속에서 긴 호흡하며 저 태양이 작열하게 대지를 덮을 때는 큰 나무 그늘에 이 몸을 식히고 안도의 휴식도 누릴 줄 알았어야 했었는데, 나는 그렇게 지혜롭지도 영특하지도 못해 햇살 속에 지쳐 강물 곁으로 찾아가곤 했습니다. 삶에서 강물보다 더 너그러운 곳이 없어서요. 장마철이면 황토물 굽이쳐 흐르고 가뭄에는 맑은 물로 목마름을 거두어주는 그 넉넉한 곳에서 바람에 안겨 내 역사를 토로하기에는 너무 좋았습니다. "나는 엄마이니까."를 중얼거리며, 폐부에 깊숙이 되풀이해 일어섰습니다.

'시인'이란? 나의 겸손을 말하고 지난 일들을 말하고, 작은 풀잎 하나에 슬픔과 고독을 그려내야 하는 천명(闡明)을 지닌 사람입니다. 이 책『아침을 여는 나팔꽃』시문에 젖어 보시면 분명 얻을 것도 있을 것입니다.

어제는 가고 오늘의 아침이 열리고 있습니다. 사랑의 은혜 베풀어주신 분들께 감사를 드립니다.

2023년 7월

우거에서 송이 조경순

| 차 · 례 |

작가의 말 · 5

1부: 내 어린 시절과 아이들의 성장

2부: 무소의 뿔처럼

제1부

내 어린 시절과
아이들의 성장

✏ 내 어린 시절

벼 이삭
물결 이는 들녘
초야의 향기 그윽한
뒤뜰에는
대밭의 낙엽 휘감는 바람 소리
처마 끝
적막을 깨우네

　큰 냇물 흐르는 중치 자락 내 고향. 섣달그믐 작은 설이라 달빛은 어디에 숨었는지 저 먼 하늘의 별빛만 쏟아지는 칠흑 같은 어둠 깔린 마당에 엄마 흰 옷자락에 창호지 등불이 머무는 곳마다 참기름 접시 불꽃이 밝혀졌다. 대청마루 구석을 지키는 항아리 위에 참기름 접시 불꽃이 일렁이고, 큰 자물통 걸려있는 곳간 문도 활짝 열려 작은 바람에 불꽃이 춤을 추니 들락거리던 쥐도 몸을 숨겼는지 보이지 않는다. 창고 앞을 터줏대감처럼 지키고 있던 덩치 큰 검은 고양이는 보이지 않고 나와 누렁이만 엄마를 지키며 따라 다니고 있다. 넓은 집 구석진 어둠을 밝혀 살아있는 아름다운 큰 성으로 연출되었다. 설이라고 오빠들이 집에 왔다. 사진 찍는 카메라가 있어 이게 어디서 났냐고 물었더니 입에 손가락 데며 쉿 한다. 친구한테 빌렸는지 알 수 없지만, 집안 여기저기 다니며 사진 찍어 줘서 무척이나 즐거웠다.

긴 아침 햇살 끌며
엄니 손잡고 장터 나들이
길섶 할머니 소쿠리 강아지
이제 눈 떠 어미 찾아 울음 울고

저기 검정 고무신 즐비한 옆
흰 나비 고무신
내 작은 발에 입맞추는
사랑의 세레나데

입 안 가득 알사탕 녹아내리고
새끼줄에 갈치 덜렁이며
청중 속 울 딸 불러대니
서쪽 하늘 기운 해
푸짐한 노을 놓고 있네

― 엄니와 장터 나들이

    다음날 오후가 되니 오빠들이 공부해야 한다며 도시로 가버려서 집이 텅 비었다. 그래서 나는 할아버지 때부터 우리 집 일을 돌보고 있던 아버지와 비슷한 나이의 아저씨한테 아기가 있었다. 너무 예뻐 내 등에 한 번만 업어 달라 사정했지만 "우리 아가씨가 오빠들이 가버려서 심심한가 보네요. 아가씨 등에 업혀주면 어르신한테 저희가 혼나요. '아가씨는 공부해야지요.'"라는 말에 나는 밭으로 올라갔다. 내 즐거웠던 아버지 원두막이 사라지고 그 넓은 밭에 심어진 고구마가 다 없어져 일하는 머슴들 따라다니며 고구마를 다시 심어 놓으라고 울면서 따라 다녔다. 아버지께서 언제 오셨던지 그 애들이 한 것이 아니라 아버지가 고구마를 다 팔았다. 하기에 나는 큰 소리로 엉엉 울면서 집으로 가니 아버지께서 나를 안으시며 "고구마를 팔아야 오빠와 네가 학교에 갈 수 있단다. 너 먹을 것은 창고에 있으니 가 보거라." 하시며 집에 가면 아줌마가 고구마 삶고 있으니 먹도록 하여라. 그런 일이 있고 며칠이 지날 무렵 아버지께서 나를 불러 놓고는 천자문 가지고 입만 나불거린다며 종이가 흔치 않은 시대에 비료 포대 종이로 공책을 만들어 천자문 한 장을 10번씩 쓰라 하셨다. 하기가 싫었던 나는 어려워서 못 쓴다며 아버지께 떼를 써 보았으나 통할 리 없었다. 오빠들은 천자문 다 읽고 학교 들어가서 소학 대학까지 읽었다며 늘 오빠들과 비교하시며 공부를 재촉하셨다. 나는 그래도 아버지 눈을 피해 겨울이면 집 앞 냇가 얼음 위에 날개를 달았고, 여름이면 물고기들과 수영하며 맑은 도랑물 줄기에 모래 막아 사금파리 주워 밥 국그릇 만들고, 소꿉놀이에 빠져 있을 때마다 나의 즐거움과는 무관하게 아버지 어머니께서는 공부하라 부르셔서 내 방으로 들어가 천자문 쓰는 척했다. 나는 초등학교에 들어갔다. 책가방은 구경도 못 했고 오빠가 사용하던 책상과 책이 내 것이 되었다. 공책 몇 권에 오빠가 입학 축하 선물로 사준 양철필통과 연필이 전부였다. 연필은 아버지께서 어딘가에 숨겨 놓으시고 필요할 때만 한 자루씩 꺼내어 풀 베는 낫으로 깎아 필통에 넣어주셨다. 그 연필이 닳아 손에 잡히지 않을 때까지 썼다. 양철필통 안에 몽땅 연필, 내가 움직일 때마다 딸그락거리는 소리가 좋아서 더 힘 있게 뛰었던 기억이 생생하다. 날이 유난히 덥고 가뭄에 있다가 비가 많이 내린 날이었다. 아버지는 내 등에 진 책 보따리 확인하시며 "학교 가야 하니 아버지 따라나서거라." 냇물이 넘치는데 아버지 물에 떠내려 간다며 무서워 학교 못 간다고 땅에 주저앉았다. 물에 떠내려가도 학교는 가야 한다. 단호한 호통에 말없이 서있으니 저 큰물을 건너야 하니 아버지 등에 업히거라. 큰 물살에 묻혀 보이지 않는 돌다리를 수없이 더듬어 확인하시며 나를 건너 놓고 선생님 말씀 놓치지 말고 잘 들어야 한다. 엄중한 말을 남기고 그 물살로 다시 돌아서시며 떨며 돌다리 찾아가시다 물살에 힘없이 넘어지는 아버지를 향해 소리쳐 팔짝팔짝 뛰고 울음 터뜨렸다. 흠뻑 젖은 몸 일으켜 큰소리로 학교 늦다며 빨리 가라 손짓하셨다.

뇌성은
칼끝 갈 듯 번쩍이고
그 여운 빛의 여백에

빗물은 땅 위에 질퍽거리며
벼꽃을 피워 올린다

내 등굣길
아버지 무등(無等) 돌다리

춤추는 황토물에
오경은 오거라 들어
양철필통 몽땅 연필 기립했네

펄떡이는 물살 비켜
잡초 훑어내린 들꽃 자리에
어깨 진 딸 풀어 내리며
학교 늦다 서둘러라!

– 아버지와의 추억

　나는 학교를 끝내고 집에 오면 배가 고파 맨 먼저 가마솥 뚜껑부터 열었다. 국에 소뼈와 함께 있던 채소를 걷어내고 소뼈를 젓가락 한 짝으로 콕 찍어 입 안 가득 고기 넣으면서 정신없이 배를 채우고 뒤뜰에 줄지어있는 큰 감나무에 올라 아버지가 만들어 놓은 대나무 장대로 감 따서 먹는 데는 선수가 된 것이다. 그러나 밥상에는 항상 보리밥만 올라와 투정부렸다, 벼는 많은데 왜 밥에는 쌀이 하나도 없냐고. 그때마다 부모님께서는 오빠들 공부 끝나면 쌀밥 준다고 다독이며 아궁이에서 구운 갈치를 접시에 담아 주는데 그것도 몸통이 아니라 맨 꽁다리만 주었다. 너무 속이 상해 밥 먹지 않을 거라며 숟가락도 들지 않으니 아버지께서 가운데 토막을 내 접시에 놓아 주셨다. 나중 엄마한테 밥 투정한다고 꾸중 듣느라 기분은 좋지 않았다. 그러나 그 갈치 맛은 지금도 잊을 수가 없다. 밖에 뛰노는 것은 선수다. 동네 아이들과 놀다 아버지 오실 시간도 된 것 같아 학교 숙제가 걱정되어 집에 와 숙제를 하고 있는데 어머니께서 내 방에 들어오셨다. 내 등에 손 올려 어루만지며, "너는 공부를 잘해야지만 예쁜 여성이 될 수 있다. 그렇지 않으면 우리 집 머슴들처럼 지게 짐을 져야 하고 땅을 파야 하고 뒷마당에 있는 거름도 네가 만들어야 한다."라는 말씀을 하셨다. 부드럽고 따뜻하게 강요된 말들이 마음 깊이 스며들었다. 그때부터 공부에 관심을 기울이면서 오빠들이 책 선물을 하면 열심히 읽었던 기억이 난다.

✏ 벼 모내기와 어머니 죽음

초등학교 3학년 추웠던 긴 겨울이 끝나고 따뜻한 봄이 왔다. 모내기에 일꾼들의 옷은 흙물이 들었고 머슴들은 수북한 거름들을 밭에 나르느라 바쁘다. 콩, 깨, 고구마 이랑 만들어 씨앗 뿌리고 모종하니 집에는 언제나 나 혼자다. 그렇지만 아버지께서 만들어준 비료 포대 공책에 천자문 숙제가 많아 밖에 나가 놀 수도 없었다. 일을 끝내고 집에 오시면 아무리 고달파도 오빠들은 초등학교 들어가기 전에 천자문 다 읽고 학교 들어가서 소학 대학 다 끝냈다고, 오빠들과 비교하시며 내 숙제부터 챙기셨다.

흰나비 고무신
고무줄 뛰면 공중 나르고
돌 튕기면 흙이 신발에 숨어
교실 발 도장 찍는다

우주의 백합처럼
동그란 희망의 선구자
바람을 타고
하늘에 지름길 그리며
새들은 등 뒤에서 노래하고
내 짝 순자는
검정 고무신 질기다 자랑이다

종이 땡땡 싸움 대장도
교실로 뛴다
책상 의자 우당탕
영재들 입술 활짝 열려

교실 창문 떨리고
선생님 회초리 높이 오르며
숙제 펴라!

- 돌 튕기는 놀이

　찌는 듯한 여름 더위에 푸르름이 넘실대고 아버지 등에 삼베 적삼이 땀으로 흠뻑 젖어 올 때, 태양의 열기를 식히는 비가 쏟아지고 있었다. 가끔 뇌성 소리는 대지를 부술 듯 무서운 불을 번쩍이고 그 빛 여백에 벼들이 꽃을 피워 가만히 고개 들어 올린다. 아버지는 하얀 모시옷을 입고 손에는 긴 자루에 작은 곡괭이로 논의 물줄기를 돌보시며 집 앞 넓은 논 꽃대에 흐뭇한 표정으로 두렁을 밟고 산책하셨다. 그렇게 더위는 가고 자연의 섭리는 온 누리에 황금빛으로 물들어 와 귀뚜라미 울음 우는 깊어 가는 가을이 왔다. 아버지는 밤이면 고구마밭을 지키기 위해 머리에 베는 목침과 이불을 들고 밭 원두막에 올라가셨다. 다음날 새벽이었다. 고요한 집 마당에 아버지의 높은 말소리가 들려 왔다.
　내가 원두막을 지키고 있는데 고구마 한 고랑을 다 파갔다고 "이 나쁜 놈들 잡히기만 해봐." 왜 그렇게 몰랐는지 크게 상심하시며 심각한 표정으로 넓은 마당을 한참을 서성이고 다니셨다. 새벽의 싸한 어둠이 온 집안에 침묵이 드리워졌다. 나는 일어나 책상에 앉아 책을 펴고 고개를 들었다. 주둥이를 땅에 끌며 냄새 맡고 다니던 누렁이도 마루 밑에서 꼼짝 않고 덩치 큰 검은 고양이는 대청마루에 널브러져 있다가 내 방 창호지 문살을 할퀴고 있다. 문을 살짝 열어주니 내 곁에 와 머리를 무릎에 문지르며 등을 붙이고 드르렁거린다. 식구들이 아버지의 큰소리에 새벽잠 깨어 웅크리고 있다가 밖으로 나가시니 나와서 마당을 쓸고 가마솥아궁이에 불을 피운다. 나는 이불을 감고 다시 누웠다. 아버지가 들어오신 기척이 있어 창호지 문을 손가락에 침을 묻혀 뚫어 밖을 보았다. 화가 풀린 듯 굳은 얼굴은 아니었다. 문을 열고 나가 "아버지, 그 도둑 내가 잡아 올까요?" 웃으시며 "네가 어디서 잡아 온단 말이고!", "삼동이 친구들이 그랬는지도 모르지!" 그 말 떨어지자마자 뒤뜰에서 거름 파다 들었는지 뛰어나와 우리 친구 그런 애들 없다며 눈알을 굴리며 말꼬리를 높이 올린다. 나는 그냥 한 말이었는데 삼동이가 무척 화가 난 모양이다. 그 사람들이 고구마가 많이 먹고 싶었던 모양이다. 말끝을 흐리며 웃으시며 사랑채로 들어가셨다. 조금 있으니 글 읽는 소리가 들렸다. 그 일로 인한 아버지 상심의 소리 같아 슬펐다. 나는 뒤뜰로 갔다. 큰 감나무들이 내려놓은 익은 홍시가 여러 개 떨어져 제일 맛있게 생긴 것 3개를 사랑채 작은 문턱에다 올려놓고 다른 날보다 더 큰 소리로 "아버지, 학교 다녀오겠습니다." 아버지 사랑채 앞에 고개 숙이고 학교로 갔다. 다음날 새벽 언제나 나만 따라다니는 큰 누렁이가 그 큰집을 지키다 벼 두 가마 훔치는 도둑이 무엇을 던져줬는지 사랑채 뒤뜰 흙 속에 머리를 박고 죽은 모습에 울면서 아무것도 먹지 못한 채 앓아누웠다. 우리 엄마한테 말 했으면 누렁이 안 죽여도 가져갈 수 있었을 건데 이불 쓰고 뒹굴며 울고 있었다. 이틀이 지나 내 누워있는 방 안에 강아지 한 마리 비틀거리며 꼬리 흔들고 다가와 내 가슴에 발을 놓고 코와 입을 문지르고 온 얼굴을 핥고 방바닥에다 오줌을 싸서 크게 엄마 부르며 강아지를 안고 밖으로 뛰어나왔다. "엄마! 강아지가 방에 오줌 쌌어." 라며 호들갑 떨며 그 강아지 안고 좋아했던 기억이 아직도 살아있다. 그 도둑은 생명의 존엄성이 존재치 않았을까를 생각에 잠겨 본다. 산 생명을 죽이며 까지 도둑질한 것 보면 그 벼 두 가마니가 한 가족의 생명을 유지하게 했을지도 모른다는 생각이 든다. 동네 사람들은 보리죽 먹고 그것도 못 먹어 우리 집에 동냥 그릇 내미는 사람 많았는데 엄마는 마당에다 밥과 반찬을 푸짐하게 상 차려서 대접하셨던 기억이 난다. 엄마 따라 다니며 더럽다고 말리는 치마꼬리 당기다 몇 번 혼났던 기억도 살아있다. 뒷동네 분이 우리 집에 밥 얻으러 오시다가 미안했던지 그 추운 한파에 먼 동네까지 가서 밥을 얻어 따뜻한 심장 뛰는 옷 안에 안고 큰 냇물 돌다리를 건너 양지바른 쪽 우리 논에 편안한 자세로 목숨 거두었다. '저 큰 냇가 돌다리를 어떻게 건너왔을까? 얼음 꽁꽁 얼어있는 돌다리를!' 이 생명의 존재를 필사적으로 붙들고 발을 옮겨 햇살 있는 양지 쪽에 힘겨운 몸을 편히 뉘었을 것이다. 이 죽음의 시체에 품에 안고 있는 저 밥 덩이라도 자식 생각 않고 입에 넣기라도 했다면 그 곡기에 차가운 논바닥에 눕지는 않았을 것인데, 자식이란 존재는 내 생명을 바꿀 만큼 소중하고 존귀한 존재임을 알려 주고 있다. 그 자식은 얼마만큼

이나 부모 마음 헤아릴 수 있었을까? 밥알과 함께 얼음 되어있는 사람을 가마니로 묶어 지게에 지고 갔는데도 한참을 낯설지 않은 사람, 꺾이어버린 생명의 깊은 생각에 가느다란 다리 바지에 찬 기운 일도록 비키지 못하고 서 있었다. 내 부모 때의 사람들을 생각해 보면 6·25 전쟁으로 불모지나 다름없던 땅을 열심히 기름진 땅으로 일구는데 더 힘든 긴 세월이었을 것이다. 손톱은 다 닳아져 있었고, 밤이면 삭신이 아프다 앓으시면서 엄마 강아지라 부르며 "엄마 한번 안아 보자!" 하셨던 그 시대의 나의 엄마 품에서 어리광부리고 끝없는 부모님의 사랑받는 딸이었지만 너무 걱정되어 그 작은 손으로 엄마 다리를 꼭꼭 눌러주면 "아이고! 엄마 강아지 최고."라는 칭찬에 잠들은 내 귀에 늘 앓는 소리 어린 마음은 근심에 쌓였었다. 그런 어려운 농업시대에서 공부할 수 있었던 것은 부모님은 늦은 밤까지 옷을 꿰매고 양말을 꿰매고 실을 만드는 물레를 돌리고 방 안에 콩나물을 키우고 새벽에 일어나 땀 흘려 일하셨다. 엄마가 너무 걱정되었고, 밤이면 앓는 소리가 심상치 않게 들려 언제나 슬픔으로 잠이 들었다. 빨리 대학을 졸업해서 엄마를 편하게 나와 함께 살아야겠다는 각오로 더 열심히 공부했던 기억이 난다. 농사철이 끝나면 비단 장사 가시고 자식을 위해 힘겨운 삶을 지탱하시며 마지막 피 한 방울까지도 자식을 위해 헌신하셨음이 눈앞에 그려진다. 어머니 손길이 가장 필요로 했던 꿈 많던 학교 시절 대학을 목표로 입시 준비를 위해 학원으로 도서관으로 정신없이 공부에 열중하던 때에 엄마는 속절없이 이 가슴에 깊고 깊은 사랑의 뿌리를 내려놓고 하늘나라로 가셨다. 나에게 공부만 열심히 하라, 언제나 강조하셨던 어머니는 혈압이 높으셨고 그런 어머니께 오빠들은 항상 걱정하며 음식 조절 방법과 혈압에 조심해야 할 방법들을 일러 줬는데도 지키지 않으셨는지 손 쓸 여지도 없이 갑자기 세상을 떠나셨다. 나는 세상을 알아 가기 위해 커다란 꿈을 펼치며 공부만 열중하던 나에게 날개가 땅에 떨어져 버리고 만 것이다. 너무도 슬프고 아팠다. 내 길을 언제나 간섭하시며 안내하시던 엄마 없이 세상에 나 홀로 남겨진 것 같았다. 나는 어느 곳에 가야 할지를 몰라 무거운 책가방을 들고 울먹이며 언니 집으로 갔다. 그러나 그 집은 형부 집이었고, 오빠 집에 가면 올케 집이어서 엄마 없는 자리가 너무도 크고 황량(荒凉)했다. 맴돌며 긴 마음의 방황이 시작되었다. 그러던 어느 날, 그 당시만 해도 아무나 쉽게 갈 수 없는 S 대 법대를 다니던 오빠한테서 나는 한 통의 편지를 받았다. 그 편지 봉투 안에는 체신청 공무원 모집공고가 나와 있는 신문조각, 그 순간 내 머릿속에는 입시 공부가 아닌 내가 진정으로 가야 할 삶의 방향을 결정해야 한다는 생각이 뇌리를 스쳤다. 그 후 나는 집 가까운 독서실 한 귀퉁이에 자리를 잡았다.

공부하다 말고 나는 알 수 없는 서러움과 막연함이 거센 파도처럼 밀려오는 날이면 책가방을 품에 안고 얼굴을 묻었다.

엄니 체머리 위
산 같은 비단 보따리
옥설 치맛자락은 떨고
은비녀 숨어 버렸다

천만 번 걷고 또 걸었을
삶의 긴 여정

고뇌로 물든 초록색 털실 허리끈
저기 안방 대나무 옷걸이에
한 생의 교훈으로 늘어져 있다
덕지덕지 붙은 사랑의 곡조
어둠 내리는 방 안 깊게 색칠한다

여기 휑한 대청마루
닦고 닦았을 억척이
밤이면 힘줄 휘는 아픔
등뼈 깊이 감춘 시린 숨결

장작불 활활 탄다
초연히 흐르는 눈물로
당신께 무릎 꿇는다

– 엄마 비단 보따리

　　추운 겨울 그 넓은 독서실에 주인 옆에만 피워둔 구공탄 난로 하나
뿐, 온기라고는 찾을 수 없는 부실하고 헐렁한 나무 창문들은 어둠이
주는 냉랭한 찬바람에 덜커덩거리는 소리가 요란했다. 그래도 굳게 결심

한 손가락 사이 잡은 연필에 힘이 들어갔다. 대학 입시를 포기하고 나만의 미래에 대한 굳센 희망의 의지였다. 그러나 하염없는 눈물이 쏟아졌고 막연함이 더 크게 차지해 엄마 부르면서 수없이 걸어 봐도 따뜻하게 의지될 엄마 자리는 비었다. 독서실에 와 책가방을 품에 안았다.

행랑채 지붕 위
활짝 핀 박꽃
두둥실
달빛에 춤추네
저 아스라한
영혼의 빛
서산마루 앉아
샛별 하나 두고 가네

– 서산에 걸린 달

✎ 따뜻한 이불과 아버지

곤히 잠든 새벽, 인기척이 느껴져서 나도 모르게 눈을 떴다. 두꺼운 담요로 내 몸 어깨까지 덮어 주시고 소리 하나 없이 뒤돌아서시는 아버지의 모습이 흐릿하게 보였다. 아마도 엄마 없는 빈자리 걱정되어 잠 이루지 못하셨던 모양이다. 나가시는 아버지의 모습을 지그시 바라보다 나는 일어나 창가로 다가섰다. 달빛을 가르며 가시는 아버지의 뒷모습은 학자로서의 기품은 보이지 않고 무겁게 느껴지는 어깨가 가슴 싸늘한 아픔으로 스며왔다. 말없이 실천자로 만들어주신 교육들을 상기하며 딸이 이루어 낼 것입니다. 난 나름대로 아버지의 뒷모습을 보며 깊이 생각했다. 내면에 인내로 살아갈 수밖에 없는 방법, 세속에 힘차게 발 디딜 수 있는 강인함이 숨어있어야 했다. 고개를 들고 스스로 충전하며 일어설 수 있기를 다짐했다. 유달리 추웠던 겨울 온몸을 웅크리고 입김에 손 녹이며 세상 밖으로 가신 엄마 그리워 동공에 눈물 채우면서 열심히 시험공부에 집중했다. 내가 갈 곳이 여기밖에 없어서 그랬을지도 모른다. 그 추웠던 겨울이 지나가고 따사롭게 햇살 퍼지는 3월 손을 펴 불면서 쌓았던 실력으로 시험을 보았다. 기다림은 오래가지 않았다. 드디어 합격자 발표일, 합격자 공고문이 붙어있는 넓은 운동장 앞에 나는 숨을 멈추고 벽보를 바라보았다. 그리곤 가슴 철렁하게 보이는 내 이름을 발견했다. 너무 흥분되어 나도 모르게 '엄마' 부르면서 큰소리로 옹알이하며 뛰었다. 눈물은 입을 크게 벌린 입속에 고여 들었고 "엄마 강아지 장하다." 허공에 메아리쳤다. 긴 기다림의 합격이었다. 소식 들은 아버지는 환한 기쁨의 기색으로 마당 여기저기를 밟고 다니시며 "그래, 내 딸이 해낼 줄 알았다." 하시며 어머니 생각나셨는지 슬며시 내 곁을 비우며 집 밖으로 나가셨다. 홀로 들뜬 마음에 나는 밖으로 나왔다. 거리에 나오니 같은 또래의 아가씨들은 손에 전문서적을 들고 있는 단정한 모습 가슴에는 효성여대 배지를 달고 있었다. 이렇게 선망의 대상이 될 줄은 상상도 않았는데 이 학교는 수녀가 있는 학교라서, 참 좋으니 효성여대를 가야 한다 주장하시며 공부만 열심히 하라는 엄마의 말들을 상기했다. 안개 자욱한 거리를 수없이 오갔던 반월당 도로를 지나 중앙통에서 약전 골목 거쳐 지치도록 걸어 효성여대에 들어갔다. 한적한 곳, 긴 의자에 앉아 손에 얼굴을 묻었다. 진학하는 내 친구들보다 더 우월하게 될지도 모른다는 생각은 잠시. 아무런 의미 부여되지 않고 가슴 저리고 아팠다. 의자 옆 수풀에서 이명처럼 울려오는 듯 "울지 말고 준비 잘할 수 있지? 엄마가 미안하다 못다 해주고 와서!" 엄마라 소리치며 그렇게 한참을 울었다. 눈물을 밀며 일어섰다. 공무원 임용 전에 받아야 하는 기초 교육을 무사히 마치고 설렘과 걱정으로 공무원 임용 발령을 받았다. 발령지에서 업무에 익숙해질 무렵 아버지가 이불 보따리를 가지고 근무하는 사무실로 가져오셨다. 당신 좋아하는 잘 익은 홍시 봉지를 국장님 책상에 올려놓고 "내 딸 고생 모르고 자란 애이오니. 잘 부탁합니다." 하시며 90도 절을 하셨다. 어리둥절해 손을 멈춰 눈물 핑 돌았다. 어릴 때부터 절 받는 모습만 보아 왔는데 이 못난 딸 때문에 없었던 모습에 목이 말라 왔다. 바쁘게 움직이는 딸을 보시고 가신다기에 배웅하려니 책상 지켜야 한다며 호통하시기에 아버지께 제대로 인사도 드리지 못하고 사무실로 들어왔다. 그렇게 내 마음을 흔들어 놓고 다녀가신 후, 한 달 지날 무렵 아버지가 위독해 병원에 입원했지만 먼 길 떠나셨다는 오빠의 다급한 목소리에 나도 모르게 의자에서 벌떡 일어나 사무실을 박차고 나왔다. 그때 내 나이 20대 초반 '이제야 막내딸이 용돈 드릴 수 있는 확실한 자리를 잡았는데.'라는 생각에 바닥에 주저앉아 망연자실하고 말았다. 딸 걱정으로 무거운 쌀자루를 내 방에 놓고 냉기 어린 방바닥에 손을 짚으시며 "여자는 몸을 따뜻하게 해야 한다." 하시며 "연탄도 들여놓고는 밥을 제때 먹어야 한다." 하셔서 "사무실 여직원 집에 할머니와 엄마만 살고 계신데요. 그 집에서 밥 먹기로 했어요." 했더니 "그래도 냄비는 있어야지! 밥 먹는 걸 걱정했는데 잘 되었다." 하시면서 직원 할머니 용돈 넉넉히 드리고 의지해도 되겠구나. 혼잣말하시다 멍하니 먼 산을 바라보시며 눈시울 적시던 아버지, 지나온 일들이 주마등처럼 스쳐 지나면서 효도 한 번 못해 드리고 슬픔만 심어 놓은 불효한 딸이 되어 버렸네. 북받쳐 오르는 슬픔을 목청으로 넘기며 방 한쪽 아버지가 놓고 간 쌀자루를 안고 울음 토했다. 정신을 차리고 내 눈으로 확인하고 싶어 헛발까지 디디며 넋 나간 사람처럼 뛰었다. 도포 차려입으시고 도동서원 출입하시며 후학들을 가리키시고 가신 아버지, 이 큰 터전 온전히 이어질 것입니다. 아버지의 장례를 마치고 슬픔에 찬 얼굴로 형제들과 헤어져 일터로 가야 하는 발걸음이 좀처럼 떨어지지 않았다. 차에 올라 몸을 의자에 기댔다. 가을이면 집안의 큰 행사 창녕 묘사를 치르시고 딸과의 약속 이행하시려 떡 보따리 손에 잡은 채 놓지 않고 잠드신 내 아버지와의 약속의 땅, 나는 지탱해야 하는데 아버지!

동공에 사물들이 희미하게 흔들리고만 있습니다. 무거운 발걸음으로 작고 보잘것없는 방문을 열었다. 아버지가 놓고 간 이불을 안고 길게 누웠다. 죽음 같은 허무가 내려앉았다. 멈출 것 같은 맥박 소리가 머릿속을 헤집으며 따뜻한 보금자리는 하늘로 응집되고 말았다. 눈물로 발등 적시며 현실을 견디어 내려 의연한 척 목을 높이 올렸다. 무거운 마음으로 출근을 했다. 며칠이 지나 대도시로 발령이 났다. 위로의 발령 같아 보따리를 꾸려 낯선 도시에 출근해 그 규칙에 적응해 갈 무렵 또 삶의 보따리를 꾸려야 했다. 직할시로 발령이 난 것이다. 출근길 내 구두는 빛을 받아 반짝이고 책상 위엔 서류 쌓여 투명하고 순발력 있는 일의 속도로 날개를 달고 올랐다. 같은 과 여자 직원들과 친구 되어 푸른 바다에 모래 위 까치집도 짓고 바다를 향해 파도에 출렁이며 한끝 숨을 들이켰다. 산으로 가면 산새들과 노래하고 숲의 나무들과 호흡했다. 나뭇가지 꺾어 친구들과 지팡이 만들어 밀고 당기며 즐거운 시간 들은 나를 더 튼실하게 만들어주었다. 퇴근 시간에는 남포동 번화가 먹자골목에서 왕 식욕을 챙기고 최고의 영화관으로 발을 옮겼다. 아랑드롱은 아기자기하고 매혹적 눈 속의 사랑 연기에 반하고 대머리 율부리너는 남자다운 기상을 세우는 카리스마 연기에 감탄하며 수두룩한 얘기에 언제나 바빴다. 토요일은 무아 음악 감상실 친구들과 몰려 그 많은 팝송 속에서 감상에 고독도 눈물도 함께 삼키며 많은 시간 들은 나를 비켜 갔다. 친구가 결혼해 어울려 방문하면 얼마나 따뜻하고 아늑해 보이던지 나도 결혼이란 걸 생각해야 하는 건가? 수많은 계절이 지나가고 어느 겨울 찬 바람 불고 비 쏟아시는 날, 한 남자를 만나 외모가 깔끔해 약속을 정하고 진지한 과정에 있었다. 특별시로 발령이 날 것이라고 기다리라는 전달이 왔다. 무척 많은 망설임과 고민 속에 그 사람을 만나야 했다. 특별시로 발령 난다는 말에 큰언니가 집으로 왔다. 언니와 방에 나란히 누워 발령이 나면 서울로 가야 하는지에 대해 고민스럽게 상담을 했다. 큰언니는 그 남자와의 만남을 완강히 만류했고 어려운 발령인데 받아들여야 한다는 주장을 강하게 하면서 서울로 가야 한다는 말을 몇 번이고 강조했다. 부모 마음을 대변하는 큰언니 마음이었으니 더욱 그랬을 것이다. 발령이 나도 서울로 갈 마음의 준비를 잡지 못했다. 결국은 직할시에 머물고 말았다. 살아가면서 가장 큰 후회가 여기 있었다.

소리 한 점 없이
발을 적신다
파란의 노래 가에

저 가산(家山)에 일어나는
파수꾼들

봄비에 젖어 가네
우산에 떨어지는
물방울 헤아리며!

– 봄비에 젖네

✎ 화려한 결혼식

나를 좋아한다고 쫓는 사람이 있었다. 친구들이 본 견해는 부정적 표현들이 나를 압박해 온다. 고생 모르고 자라서 판단력이 흐린 듯하다는 것이다. "집에서 다 알아보고 결혼을 반대할 터인데."라며 많은 조언에 갈등을 일으키며 주춤했다. 하지만 나의 빈틈을 놓치지 않고 공무원이라는 것에 관심 기울이는 것 같은 그의 구애에 선택의 여지도 없이 온 집안의 반대에도 불구하고 평생을 약속했다. 하얀 드레스에 면사포를 머리에 올렸다. 많은 지인과 집안의 축복 속에 화려한 결혼식에 웃었다. 사람이 살아가는 방법론은 쉽고 아름다운 일만 전개되지만은 않는 현실들이 스치고, 지나가는 외마디 소리처럼 비켜서 갔고, 매서운 길의 연출들이 내 앞에 전개되었다. 내 아버지 같은 배려와 어머니처럼 풍성한 사랑이 어느 곳에 존재한다고, 그 반대편의 성품을 감당할 수 없어 깊은 잠이 들기를 원했다. 헛되고 헛된 바람에 불과한 시간이었다. 꽃이 피고 무성한 초록색 풀 향기 번지는 날 내게서 존귀한 생명이 세상 밖으로 우렁찬 울음 터뜨리며 내 가슴에 안겼다. 곤고(困苦)한 일 들을 받아들이며 사랑의 등불을 켜 보배로운 영혼에 침묵으로 어미 심장 박동 소리 들려주었다. 마음을 힘껏 다스리며 사랑으로 바닥 짚고 일어서는 아이, 연필을 정교히 깎아 아이 손에 들려 종이에 그림 문지르라 일렀다.

울타리에 피는 꽃
바위틈에 수줍은 듯 고개 숙여
그 곁에 배짱이 노래
베틀에서 운다

기둥에 젊음을 묶어
어둠 깨물면
잠든 나뭇가지 깨울 줄 알았다

눈망울 하얗게 젖어
아침 햇살 엮으면
물안개 피어오르듯
눈부시게 일어날 줄 알았다
검은 구름 삭인
한점의 어리석음이
바람 곁에 목이 마르고

진종일 서러움 덥지 못한
밤의 별빛은 저리도 깊숙이
내 영혼을 타고
언제인가에 잠들어
아침은 환히 열려오네

– 젖은 그림 인생

✏ 둘째를 가졌다

입덧이 심해 물 한 모금도 넘길 수가 없다. 그저 어디든 머리를 놓고 쉬고 싶었다. 온 동네 냄새는 코끝에 다 매달리고 일어나 머리 들기조차 힘들어 지탱해 낼 수가 없었다. 구석구석 일어나는 냄새 집안일을 할 수도 없고 내 엄마만 그립고 보고 싶어 동공에 눈물만 핑글핑글 돌아 올랐다. 식구라는 존재는 밥만 같이 먹는 것이 아니라 모든 걸 공존이 되어야 하는데 남존여비 사상이 농후할 때 자랐으니 시대적으로 어쩔 수 없는 것이라 생각은 했다. 큰집 형님이 전화 와서 위로의 말을 해 주신다. 이 집 남자들 집안일을 거들지 않아서 동서가 많이 힘이 들 거라고 위로해 주셨다. 출산일은 다가오고 몸이 심하게 부어오르면서 숨이 차서 회사에 휴가를 내어 쉬어 봐도 소용이 없었다. 이 공직을 이루어 내기 위해 온 정성을 다 부었는데 이렇게 무너지고 마는구나! 윗사람들의 눈치가 보여 어쩔 수 없이 아예 사표를 제출했다. 이런 나의 마음은 안중에도 없는 듯 집안 어른들은 조금만 더 견디어 보지 좋은 직장 그만뒀냐고, 원망하듯 말을 던져서 마음이 무척 상하고 힘이 들었다. 우리를 위하는 말인 줄은 알지만 내 몸은 마른 가지처럼 땅을 걷는지 허공을 걷는지 분간조차 어려운데, 산달이 다 되어 아기 낳을 준비에 솜과 융을 사 와서 아기 이불을 꾸미고 아기에게 입힐 옷도 준비하던 중 청천벽력 같은 일이 일어났다. 아이 아빠가 교통사고를 냈다는 전화를 받은 것이다. 갑자기 온 전신이 경련이 와서 배 속에 있는 아기가 쏟아질 것 같아 조용히 의자에 앉았다. 사고는 어처구니없이 경찰관의 허벅지를 심하게 부딪쳐서 20주의 진단이 나왔다는 것이다. 아이 아빠는 여러 가지 진단을 받은 결과 이상이 없다며 솜옷을 걸치고 긴 출장을 갔다. 그래도 몸이 상하지 않았으니 살아갈 수 있으리라. 내 몸속의 생명은 힘있게 움직이고 몸은 부종이 심해 신발은 내 발에서 겉돌고 있었다. 요동 이는 아기를 양팔로 감싸고 두려움에 온몸이 떨리기 시작했다. 눈앞이 하얗다. 멍하게 서 있는 어미를 붙들고 울어대는 4살 아들을 안고 길에 주저앉았다. 말이 늦어 이제 겨우 말을 하며 울어 대는 여린 아들을 가슴에 안았다. 어미의 범벅된 눈물을 닦아주며 슬피 운다. 아이 볼에다 울음으로 속삭였다. "남자는 부모가 죽었을 때만 눈물 보여야 한다고 어미가 일렀잖느냐? 엄마 몸속에 있는 너 동생과 어미를 일으켜 세워야 하는데 할 수 있겠느냐?" 소리 내어 흐느끼던 아들이 눈물을 손등으로 밀며 어미 벗어진 신발을 신겨주면서 말없이 작은 손을 어미 앞에 내민다. 땅에 떨어지는 눈물을 발로 밀며 엄마 울지 말고 내 손을 꼭 잡아야 넘어지지 않는다며 어미 손을 잡고 끌어당긴다. 나의 육중한 몸을 끌며 만유인력의 법칙은 살아있었고 아들과 나는 일어섰다. 아들의 손을 놓지 않고 보이지 않는 길을 멍하니 바라보다 집에 가자 우리 아들이 배가 고프겠구나. 흐르는 눈물과 콧물을 닦아내며 엄마 내가 공부 열심히 해서 발에서 안 벗어지는 신발 사줄게요. 그래, 이 현실의 공허를 네가 어찌 알 수 있겠느냐! 내 손을 감싸고 있는 몸속의 아기는 몸부림치고 입속에 물고 있는 소리 없는 울음이 발끝에 고여 오며 발길 가는 데로 걸었다. "엄마! 어디로 가고 있는 거야?" 찻길이 이쪽인데 아들 말에 발을 멈추었다. 방향 감각을 잃은 것이다. 그래, 너의 태권도 정신에 길눈 감각이 있어 엄마가 잘못 가는 길을 막아 주었구나. 내 침체된 일에 엄마라는 존재의 강인함을 잃었구나. 어깨 올려 세상을 일으키는 압도적 힘의 상징 엄마이어야 하는데 망각 된 것이로구나. "아들! 저기 오는 86번 버스를 타야 집에 갈 수 있다. 어미 목을 꼭 잡아야 한다." 이 참담한 현실에 내 벗어지는 신발 끌고 버스에 올랐다. 내 속에서 쉴 사이 없이 심장이 움직이고 아들도 내 곁에서 힘없는 어미를 기대고 흔들거리는 버스 의자에서 잠이 들었다. 암담한 눈물이 아이 머리를 적셔 차창으로 고개 돌렸다. 엄마, 아버지! 제가 태어난 것조차도 후회하고 싶은데 이 평화롭게 잠든 아이 있어 아무 생각도 할 수가 없습니다. 눈물이 범벅되어 떨어지고 아이를 품에 안고 더한 참음을 채워야 함을 다짐하면서 곤하게 잠든 아이 깨웠다. "아들아! 집 다 와 가는데 내릴 준비 해야 한다.", "엄마! 신발 잘 신어야 해요." 눈을 뜨자 어미 신발부터 챙기고 있어 "엄마는 다 할 수 있어!" 힘 있는 대답을 주었다. 나는 이 일이 있고 집에서 3일 동안 침묵으로 지냈다. 아이의 태권도 관장님한테 전화가 왔다. "아이가 많이 결석하네요. 집에 무슨 일이 있나요?" "아닙니다. 지금 보내겠습니다." 무겁고 힘든 몸을 세웠다.

이 초라한 전경들을 아무에게도 말 않고 쉬고 싶었다. 깊은 생각에 잠겨 뒤척여봐도 혼자의 힘으로는 불가능을 판단하면서 수화기를 들었다 놓았다 몇 번을 반복하다 전화기를 돌렸다. 내 형제의 목소리 들려 진솔하게 일어난 사건들을 설명했다. 내 말 전달에 오빠의 울먹이는 소리 들려 소리 내어 엉엉 울었다. 오빠들이 이렇게 건재(健在)한데 진작 전화했어야지 혼자서 울고만 있었느냐? 걱정하지 말고 애 잘 보고 몸

상하면 큰일 나니까 마음을 편하게 가져야 한다. 동생한테 이러는 말 끝을 잇지 못하는 전화기 안의 소리에 울먹이느라 끝의 말을 듣지 못한 채 수화기를 놓았다. 배 속에 아기도 어미 심정을 헤아리는지 오빠 위로의 말들이 편안함을 주었는지 잠이 든 듯 기척이 없다. 내 형제가 따뜻한 양지쪽으로 다독여 주었고 집안 어른들께서 모든 배려에 찬 바람을 막아 주셨다. 참 아픈 기억들 평생을 두고 어찌 잊을 수 있을까? 언제나 포근함으로 나를 감싸 주신 모든 것들을 잊을 수가 없다. 건강하게 그 자리 지켜주신다면 제가 살아가는 씩씩한 모습으로 보답할 것입니다. 아이 태권도 보내려고 옷을 입히고 있는데 배에서 툭 하는 소리가 들렸다. 아직 날짜가 많이 남았는데 긴장 상태로 옆집 효자 할머니께 알렸다. 천주교 계통 병원 산파인데 의사처럼 잘 보살핀다 하시며 데려다주셨다. 큰시누이가 단걸음에 달려오셨다. 조기 출산이다. 엄청난 산고가 시작되고 몇 시간을 죽음의 문턱을 드나들며 몸속에서 태동하던 아이가 태어났다. 충격받은 푸른색으로 세상 밖으로 나와 울음도 터뜨리지 않았다. 흐릿한 정신으로 큰시누이 손을 잡고 잠들고 말았다.

살갗을 도려내는 듯
질식의 밤
새벽은 열리고
헐떡이는 생명의 소리
혼돈의 심장 박동 높이 뛴다
겹겹이 아려오는

오한의 땀방울
머리카락 젖어 내리네

위대한 탄생 천지에 알리며
손 올려 어미 찾고
발 올려 이치 더듬는
동트는 창에 거친 숨결

오! 한 영혼의 생명을
은총 내려 주소서!

– 내 딸이 태어나

  나는 살며시 눈을 떴다. 큰시누이가 내 손을 놓지 않고 그 예쁜 눈에
는 눈물 고여 떨어지고 있었다. "네 딸 울음소리 들리느냐?" "네 언니
고맙습니다." 힘없이 아기를 가슴에 안았다. 어미 핏속이 바위 부딪치니
그 다급함을 막느라 멍든 몸으로 태어났느냐? 너의 아빠는 인생 공부
를 위해 좁은 집으로 공부하러 떠나고 비어있는 공간에 너를 안아야 하
네. 떨고 있는 너 입술 울음 그치고 어미 한번 보아라. 작은 손 허공에
허우적거리지 말고 어미 가슴에 올려 보아라. 따뜻함이 의식된다면 어
미가 분명 살아 숨 쉬고 있는 것이니 안심하거라.

눈물로
너를 감싸 안을 때
내 뛰는 심장은 멈추지 않았다
소중한 영혼이여!
머리카락은 까맣게
어미 피를 두르고
이제 뜬 눈은 꽃이 피었네

저 창밖에 바람 소리 들리누
참 차갑고 냉정한
강물 바닥 같구나
울지 말고 잠잠하여 보아라

세상 너의 볕뉘가
머리 위에 내리니
눈을 크게 떠 빛을 보아라

밝은 지상에 태어남이
두려움이지 말고
축제의 기쁨을
너는 누려야 할 것이다

— 큰 산고에 태어난 딸

✏️ 어버이날의 기쁨

아들이 일찍 일어나 빨간 카네이션을 가슴에 달아 준다. 이 꽃의 의미 속에 항상 내 엄마를 떠오르게 한다. 엄마의 자리에서 이만큼 연륜이 흘렀는데도 기쁜 일도 숨 가쁜 일도 그 큰 사랑의 테두리는 뛰는 심장 핏속에 잠재되어 있다. 품위 손상될 세라 다듬어 지키고 있는 것은 내 부모님의 깊은 교육들이 성숙되게 만들어 놓은 것일 게다. '엄마! 무슨 생각을 그리 깊이 하기에 제가 불러도 모르고 있나요?' 딸이 예쁜 포장지에 작은 선물과 꽃을 두 손을 모아 내민다. 내 속에 굼틀거리며 세상 밖을 염원하던 아이가 잘 자라서 작은 등불을 담아 주는 듯 정성스러움에 정중히 받아 들었다. 참 예쁘기도 해라, 이 초라한 한 떨기 꽃 어리석은 자 풍성한 말보다 이것이 큰 값이다. 고사리 같은 손을 잡고 창밖을 본다. 봄의 향기를 몰고 검은 구름이 어둠을 깔며 거센 비바람이 몰아치고 있다. 세찬 비바람이 베란다 창을 깨뜨려 조각으로 쏟을 것 같은 태풍이다. 두려움에 밤잠 이루지 못한 문밖은 바람의 갈고리에 꺾이어진 나무들이 길목에 을씨년스럽게 누워있다. 이처럼 생활의 윤기를 잃고 부딪쳐 참 아팠었지만 내 아이들이 건강하게 잘 자라 어미와 동행하며 어버이날 예쁜 선물을 하고 있으니 이보다 더 값은 없을 것이다. 정말로 감사하고 고마운 일이 아닐 수 없다.

천공(天功)에 곱게 영근
삶의 고개 집어등이 흔들린다

희열과 공포의 순간에도
수려함 잃지 않는
가슴 터질듯한 기도로

우주에 하얗게 만들어지는
젖은 숙명을 말리는 물비늘
홀로 넉넉하고 홀로 굳건하게
내 안으로 몰아쉬며

은 조각 빚어내는
어둠 깨뜨리는 불사조여!
멈추지 말라
오색 칠을 해야 하니까.

– 홀로 울먹이는 길

✏️ 내 아이 시험지

11월 말 아들이 시험지를 받아 왔다. 과목마다 실수 없이 어떻게 이렇게 해낼 수 있었을까 신비로움에 젖는다. 내 삶의 지주로 가슴에 놓아 주는 어린 아들이 긍정적 사고로 학교에서 받은 시험지를 항상 어미에게 준다. 다음은 더 잘해 올 거라는 희망을 주며 진정 어미가 기뻐하는 모습을 알아 가고 있는 듯해 대견스럽다. 어느 날 TV에서 이혼 문제를 토론하는 것에 근심 어린 표정을 지으며 아들이 어미를 바라본다. 그 사람들은 살아가는 방법이 특별해서 생기는 일이니 이제 TV는 그만 보는 게 좋을 듯하다. "어떤 일과는 상관없이 항상 너희들 곁을 지키는 엄마임을 명심하여라." 그 말에 아이가 안전적 마음 느끼는지 엄마한테 안긴다. 겨울이 다가오고 날이 추워졌다. '겨울을 준비해야 하는데.' 걱정하다 배추를 샀다. 아들이 앞장서 배추를 날라주고 소금도 가득 퍼와 놓으며 "엄마 춥지요?" 난로에 불을 피운다. 불꽃이 심지를 태우며 커다란 생명력이 일어나고 있는 듯 훈훈하게 나를 감싼다. 내 시린 월동 준비가 아니라 그 속에 따뜻한 온 정성을 재워서 밥 먹는 너희들 식탁 위에 놓아 줄 것이다. 힘이 들고 고단한 날은 어제였고 오늘은 내 딸의 손을 잡고 고요한 오솔길을 걷고 있다. 무겁고 침울한 어미 표정을 살피며 앞을 막아선다. 눈물 가득 고인 아이를 말없이 가슴에 안았다. 탈바꿈에 일어났던 비켜설 수 없었던 말꼬리들의 부분에 목이 말라 작은 병 wine을 부어 마셔보려니 어린 너희들 동공 속에 자리한 어미의 정중함이 자칫 이탈된 모습으로 각인 될까 무서웠다. 도리는 어떤 경우가 없으니 말이다. 명절은 와서 새벽같이 몸을 일으켜 아이들 나비처럼 예쁜 한복으로 단장시키고 준비했다. 큰집이 공무원이라 국가에서 결정된 양력설을 맞이하기 위해 길을 나섰다. 큰아버지와 삼촌에게 세배하고 쌈지에 돈이 두둑한지 아들이 조립식 탱크 장난감을 산다고 주장한다.

"이제 학생이니 뭘 사야 할지 생각을 해 보아라." 그 말이 아들의 마음을 상하게 했는지 집에 도착해도 아들은 침울 해있다. 작은 것에라도 신중 기하는 습관 심어주기 위해 집안일 바쁜 척했다. 살며시 어미한테 다가와 소년 중앙 책 산다고 속삭이듯 말을 한다. 그래 우리 아들 생각이 옳은 듯하다. 학용품도 없는 것 있는지 살펴보고 사도록 하세요. 아들의 수긍하는 뒷모습을 바라보다 일기장 속 퇴색된 은행잎 세워 만져본다. 살포시 살아 오르는 기억들이 소리 없는 갈잎에 묻어온다. 엄마라는 존재 가치, 따뜻한 불을 피워 옷자락 감싸 안아 자유의 빛이 되게해야 하는데 각박한 것만을 열거한 것은 아닌지 걱정이 앞선다. 효과적인 애들 교육을 어디에서 찾아 지혜롭게 한단 말인가. 긴 침묵으로 작은 등불 하나, 그 앞에 놓아 줄 수밖에 없는 것이 아닌가? 이 불이 꺼지지 않게 책을 펴라 이런 논리가 이슬에 젖지 않아야 모퉁이를 돌아도 너를 우두커니 세우지 않을 것이다. 숙제하다 TV에 집중하는 아들에게 읽으라는 책은 다 읽었느냐? 독후감은 다 써 놓았느냐? 언제 해놨는지 어미 앞에 내어놓는다. "우리 아들, 훌륭하게 잘 썼다. 아들, 그 옛날 뛰놀다 매일 오는 시험지 공부 시간 4시를 놓쳐 엄마 앞에 회초리 가져왔던 기억은 하느냐?" "응 엄마!" "우리 아들, 정말 기억력 좋구나. 많이 아팠지? 엄마가 많이 사랑하고 예뻐해서 그렇게 한 것 알고 있지?"

"동네 형들과 잘 어울려 놀고 동생들도 잘 데리고 놀아 주고 엄마가 싸우면 가장 못난 사람이라 하셨잖아요." "그 말을 아직도 기억하고 있느냐?" 한참 동안을 아들을 바라보며 침묵하고 있다. 삶의 존재 이유 공간은 비어있지 않아 보여 긴 숨을 들이켜 본다. 잠자는 속에서도 1월이 가는 주말이다. 수도관이 다 얼어 아침 8시에 나오는 물을 받지 못하면 사용할 물이 모자라 빨래도 주방 일도 그 시간에 이뤄져야 했다. 숨 돌릴 여유 없이 아들한테 일렀다. 옷 따뜻하게 입고 나와서 호수 잡고 물 받아야 한다. 손이 시리고 추웠을 텐데 말없이 엄마 일하는 모습 지켜보았던지 "엄마, 힘들지요?", "응, 우리 아들 추운데 수고 많았다." 말없이 엄마 붉은 손을 꼭 잡고 그 작은 입으로 입김을 분다. 적셔있던 냉기가 멈추며 따뜻함이 번져 그 옛날 내 엄마의 간절했던 "내 강아지 엄마 한번 안아 보자." 하던 사랑의 속삭임이 심장에 꽂히듯이 온기가 온몸을 감싸 아들을 품에 안았다.

겨울의 짙은 차가움이
손끝에 지글거린다
언색(言色) 화살은
가장자리 벽을 타고
빨래 담긴 대야 물은 넘쳐
발은 아려온다

아이가 고사리손 펼쳐

어미 손 감싸 녹인다
그 사랑의 체취
내 엄니 품속
살을 기대고 싶어진다

윤리는 포만 되어
이것 아닌 소망은
두 눈에 뚝뚝 떨구는 눈물
좁은 문틈에 일렁이고

살얼음 낀 어둠 걷으며
밥상에 숟가락 밀쳐 파전 놓는
큰 접시 위 유령 같은 항체가
달구어진 난로 위로
된장이 끓어 넘쳐 흐른다

긴 호흡은 갚아 오고
짊어져야 하는
인생 팔색조 반열에
오늘을 여는 볕뉘는
내 어깨를 또닥거리고 있다

- 이것이 인생

✏️ 대지의 불꽃

하나의 불이 대지에 켜지고 온 인류를 대표하는 교황. 대한민국 땅을 밟았다. 가톨릭 신자는 자명한 일이고 방송 매체는 교황이라는 존재 의미를 축복과 거룩한 은총으로 무릎 꿇어 이 땅에 입맞춤했다. 온 국민은 폭포수 같은 사랑을 교황에게 보냈으리라. 그리고 내 집의 축복이 대문을 열고 들어오며 엄마 산수경시대회에서 우수상 받아 왔다며 어미에게 내민다. 그리고 며칠 지나지 않아 아들이 시무룩한 표정으로 또 다른 시험지를 어미 앞에 내민다. 초등학교 4학년 중간고사 시험지다. 전체과목에서 14개 정답을 쉬운 것만 놓쳤다. "엄마 말은 잊고 서두른 탓에 쉬운 답을 쓰지 못했구나." 아들은 시험지를 바닥에 놓고 장롱 위에 있는 회초리 가져와서 스스로 바지 걷고 어미 앞에 무릎 꿇는다. 이제 차분히 생각하며 기록하겠다며 눈물을 줄줄 쏟아 놓는다. "지금부터 엄마 말 잘 들어! 남자는 부모가 죽었을 때만 눈물 보이는 거야!" 단호한 어미 말에 눈물을 작은 손으로 민다. "틀린 문제 풀어 다시 가져와야 한다." 아들이 힘없는 모습으로 시험지를 잡고 책상에 앉는다. 복습, 예습 일찍 끝내고 잠을 재웠다. 잠든 아들의 얼굴은 눈물로 얼룩진 자국은 세수했다는 게 그대로 남아있고 깊은 잠에서도 숨을 추스르며 억울함을 마시고 있는 아들을 안았다. 이 어미는 너의 외할머니께서 갑자기 세상을 떠나셔서 많이 자랐는데도 그 온유하고 깊은 사랑이 그리움에 헤어나지 못하고 마음의 방황 일으켰던 기억 살아있다. 그 슬픔의 비중이 인생에 너무 크게 차지해 많이 힘이 들었다. 너는 어미가 없더라도 어미처럼 방황 말고 정신적 강인함이 내면에 숨어있어야지 너 동생을 보살필 수 있고 분명한 너를 세울 수 있을 것이다. 이 무지한 어미의 방법론을 책망 한데도 너를 위해 수용할 것이다. 5학년이 끝날 무렵 착한 어린이 대상을 받아 왔다. 형편 여의치 않아 선생님 수고 선물도 해본 적 없는 아들에게 이런 큰 상이 주어지다니 가슴이 벅차오르고 기쁨을 감출 수 없었다. 아이 반 회장 엄마 전화와 축하한다 말 되풀이하며 전학년 선생님 식사 대접의 언질이 있었다. 하지만 내세울 만한 형편이 아니어서 많은 고민 끝에 얻은 결론으로 시장가는 길에 책 한 권에 작은 선물 곁들였다. 마음이 무겁고 잔잔하게 생각에 젖게 했다. 맑았던 하늘이 희미한 안개 덮혀 침침해 온다. 학교에서 돌아온 아이가 아침에 입혀 보낸 옷이 흙 범벅되어 얼굴이 눈물로 그림 그려져 왔다. 내 심장이 쿵 하는 소리 들리고 거실에 우두커니 섰다. "모양이 왜 이러느냐?" "재철이와 싸웠어요." "일등 이등 다투던 친구 말이냐?" "엄마, 친구 아니야 내 원수야." "너는 그 애보다 덩치도 작은데 대항한다는 건 어리석은 생각이다." 공부로 앞서가는 것을 택해야 한다. 재철이가 정말로 억울했던 모양이다. 네가 그 큰 상 받았으니 그래도 이런 폭력은 절대 있으면 안 되는 것이다. "우리 아들은 나중 뭐가 되고 싶은 거냐?" "훌륭한 사람이요." "그럼, 이런 행동을 해야 하나? 교장 선생님께서 나라에 일꾼이 되라 하셨으니 실력으로 앞질러야 할 것 같은데 아들 어떻게 생각하느냐?" "네, 그렇게 하겠습니다." 대답은 했지만 계속 굳어 있는 표정은 풀지 않고 있었다. 여름 방학이 시작되고 아이도 위로할 겸 가족 여행 계획을 세우고 해인사로 자동차에 먹을 것을 가득 싣고 텐트를 올려 길을 나섰다. 애들은 즐거워 기쁨을 표출하는 탄성을 질러 웃음이 차 안에 가득했다. 차창 밖은 빗줄기에 씻긴 시야가 초록으로 빛을 받히고 도착한 해인사의 깊은 설산에서 쏟는 폭포수에 환상의 물보라 펼쳐 춤추는 장관에 입을 크게 벌려 자연이 주는 신비로움을 이 좁은 가슴 안에 한껏 마셨다. 어떤 울분의 파동도 포함되지 않은 순간을 그냥 만끽해 보고 싶은 것이다. 그 속에 굽이치는 맑은 물에 발을 놓았다. 세차게 발등 상 문지르며 서둘러 돌아서는 투명한 물소리 온몸을 적셔 흐른다. 사방으로 싱그러움이 쌓인 나무 숲속 울음 우는 청아한 새소리 장단 맞추며 저 높은 바위 위에 날아 앉은 까치는 환영의 접대에 목소리 높여 풍부함의 여운으로 속삭인다. 나는 물 밖을 나와 좁다란 길섶을 걸었다. 어릴 적 담겨있던 그대로의 흙냄새 향긋하게 젖어 올라 풀 자락에 맺힌 이슬이 발을 적시며 떨고 있다. 이 자연 속에서 자라났고 엄마와 함께 호흡했던 행복을 그릴 수 있어 참 좋다. 애들 아빠가 아들을 부른다. 김치찌개도 하고 오늘은 애들 아빠가 식사 당번이다. "집에선 엄마가 많이 했으니 여기선 아빠가 해야지." 아들이 아버지가 요리한 음식을 먹으며 아빠의 없었던 모습에 기분이 좋았던지 "야! 맛있다." 소리치니 "내가 안 해서 그렇지 엄마보다 더 잘해." 아들 앞에서 아빠는 내심 존재감을 내 세운다. 애들이 밥을 잘 먹지 않아 애태웠는데 밥공기를 언제 비웠는지 빈 그릇이다. 생활의 변화는 온 식구에게 활력을 불어줘서 또 이런 기회 만들어야지 했지만, 세워보는 계획은 언제나 바삐 움직이니 만들지 못했다. 오늘은 어린이날 하늘이 맑고 투명하다. 가족과 당일 코스로 진해 벚꽃 군항제에 갔다. 이 크고 어마한 군함 속에 첨단무기 장착해 이 땅을 이렇게 지키고 있는 걸 보고 아들에게 물었다.

"왜군은 절대 못 들어오겠지?" "응 엄마! 이 배가 엄청나게 커서 절대로 못 들어올 거예요." 벚꽃 내려앉은 땅 위에 솜사탕 입에 물고 거리를 활보하며 풍부한 자연 속에 자유를 만끽하며 애들과의 대화 평화로운 시간이었다. 아빠가 그 모습 열심히 카메라에 담았는데 기억하고나 있을까?

세계적인 대주교
오백 년 역사의 땅에
무릎 꿇어 입 맞추는 그루터기
아이들이 바다 흔드는 고기 떼처럼
하얗게 앉은 벚꽃 날리느라
머리카락 땀 젖어 내리고

거대한 군함 위
독수리 날개 펼쳐 올리듯
해군의 날렵한 측도의 기상(氣像)은

하늘을 향해
승리의 깃발 펄럭이고 있다
오! 자손 대대로 피워낼 힘이여
담대하라
영원하라!

– 진해 벚꽃놀이

✏️ 아들의 작은 시

너의 어미로 선택된 길은 목마름이 짙어 힘주어 너를 바라보면서 삶의 끈을 놓지 않았다. 이것이 내 인생길의 소리이다. 언제나 많은 생각에 신중한 자세를 갖게 하는 것은 너 외할아버지 가르침이 있었기에 가능했으리라 본다. 그렇다, 어미는 너희들 곁으로 바람의 모래가 날아오지 않게 막아서 있는 것이다. 머리에 하얀 꽃이 피고 손에 힘을 잃으면 아무것도 해 줄 수 없을 것이다. 그러기 전에 어미를 잡고 일어서야 한다. 흐르는 물에 그릇 씻다가 아들을 바라보며 생각에 잠겨 본다. 초등학교 3학년 국어 시간에 작은 시를 발표했다면서 원고지를 내 앞에 놓는다.

제목: 어머니

"어머니, 우리 어머니
나를 낳아 주시고 길러 주신 우리 어머니
아침부터 밤까지 일만 하시는 어머니
시험 칠 때는 걱정되어 밤까지
모르는 것을 가르쳐 주시는 우리 어머니"

"그래, 우리 아들 참 잘 썼네." 선생님께서 발표한 뒤 고개를 끄덕끄덕하셨다며 좋아하고 있다. 여린 아들을 품에 안고 젖을 먹이면 작은 손으로 한쪽 가슴을 잡고 그 맑은 동공 속에 어미를 묻으며 알아가면서 잘 자란 모범생 되어 내 빈칸의 자리에 소중한 보석으로 심연에 반짝인다. 나름의 최선을 다함이 헛되지 않음을 느끼면서 가스레인지를 켜고 다듬어진 갈치를 프라이팬에 놓았다. 아이 입에서 녹는 소리 들리고 구수한 생선 냄새에 달려온 듯 엄마 부르며 딸이 문을 열고 들어선다. 학교에서 받은 종합 검진 소견서를 준다. 딸아이가 시원치 않은 면이 보인다는 소견에 바로 대학병원에 가서 다시 피 검사를 했다. 주위에는 초췌한 사람들의 모습이 겨울에 눈 덮인 언덕처럼 알 수 없는 차가움이 나를 긴장시킨다. 일주일이 지나 검사 결과는 양호하다는 말에 어깨 위 소복이 쌓였던 눈이 소리 없이 녹아내리는 듯 흐르는 별똥별처럼 빛줄기를 가슴에 안고 병원 문을 나와 걸었다. 이 놀라고 조여든 가슴은 애들 다 키우고 나면 온전하게나 붙어있을까? "Life is but a walking shadow." 셰익스피어의 말을 생각해 본다. '인생은 단지 걸어 다니는 그림자일 뿐'이라고, 이 말에 나는 공감한다. 하지만 엄마라는 존재는 정직한 곳에 불을 붙여야 하는 삶의 기본이행에 스스로가 살아가는 깊은 운명론을 측정해야 할 것이다. 생각에 잠겨 본다. 어쩌면 이 도시에서 빌딩 가진 자도 가난의 병을 앓고 있는지도 모른다. 내가 금세기에 택한 빈손 든 가난한 자 선택은 절약을 생활화하면 너희들에게 풍요로움을 줄 수 있을 것이라는 자신감 넘쳤던 젊음의 철학은 풀잎 누워 지나는 바람의 논리였다. 후덥지근한 공기가 집안으로 밀려들고 창밖에는 비바람이 창문을 후려치고 있다. 딸은 집에 왔는데 아들은 학교에서 오지 않고 저 비를 맞으며 걸어와야 하는 아들 생각에 멍하니 창밖을 바라보고 서 있다. 어미가 기다린다는 걸 알았던지 대문 앞에 아들이 들어선다. 온몸은 비에 흠뻑 젖어 발을 넣고 있는 운동화까지 빗물이 넘치고 있었다. 아! 빗물에 젖은 아들을 안았다. 작은 심장이 팔락이며 힘차게 움직이고 빗물은 내 가슴에 젖어 왔다. 학기 말 시험 또 일등이라는 그 소식 어미한테 빠르게 전달해주고 싶어 발걸음 재촉한 숨결이 갚아 있었다. 집에선 엄마 말 실천하고 학교에선 선생님 말씀 놓치지 않아 결과가 좋은 것이다. 부엌에 가스레인지를 켜고 냄비를 올리고 된장이 끓으면 채소를 넣고 영양 보충 고민하면서 이것저것 바삐 움직이다 보면 아이 잠 잘 시간이 훌쩍 넘어간다.

하루를 일고(一顧)하니
창밖에 달이
귀뚜라미 소리 에워
감사 시를 종이에 써내

진작 이 어미는
호미 갈든 할미 손 잡고
질그릇 같은
시 한 수 어우르지 못했네
어찌 그 간절함을 다 가하리
골 깊은 절박한 숨결을

엄동설한 굳은 손 마디마디
그 옷자락 놓지 말아야 했을 것을

잔잔한 호수 깊어지는 물처럼
어둠은 대지를 덮어

또 내일의 태양이
그 빛 속 순간순간 흐르는
빚어내는 인생
내 엄니 놓고 간
그 길 그렇게
오늘의 발걸음을 놓으리

— 아이 시 한 줄

✏️ 초등학교 가을 운동회

작열하는 여름 햇살이 아직 일고 있는데 가을 운동회에 아들은 육상 선수와 기계 체조 선수가 되었다. 선생님의 칭찬 듣는 소리에 더욱 높이 뛰어오르고 딸도 흐르는 고전 음악에 한 삼 높이 올려 한복 자락 끌며 장단 맞추고 애 아빠는 운동장 안쪽까지 들어가 애들 추억 담느라, 카메라 렌즈를 돌리며 움직이고 있다. 중앙초등학교 좁은 운동장의 점심시간 먼지 하얀 나무 그늘에 자리를 깔았다. 닭찜 과일 김밥 등을 펴니 4식구가 먹기엔 푸짐하다. 애들이 배가 고팠던지 그 작은 입으로 이것저것 입에 밀어 넣더니 닭찜은 엄마가 먹지 않는다며 딸이 입에 넣어 주고 아들이 어미 입에 밀어 넣는다. 가난을 부르는 여건들이 내 등을 찌르는 가시로 많은 것을 생각하지만, 아이들을 바라보며 웃는다. 그 옛날, 나의 운동회가 파노라마처럼 스치고 있다. 그 시절, 김밥은 구경도 못 했고, 쌀 반 섞은 보리밥에다 떡, 감, 고구마 찐 것이 전부였다. 엄마는 푸짐하게 보자기에 뭉쳐 머슴 지게에서 내려놓고 보리죽으로 끼니 잇는 동네 분들에게 나누어 주시던 온화하고 넉넉히 베푸시는 내 어머니셨지만, 공부에는 카리스마를 보이셨다. 그 훌륭하셨던 품속을 아직도 잊지 못해 눈시울이 뜨거워진다. 부모님의 풍성한 분위기와는 반대편에서 나는 겨울이면 집안 보일러 기름 아끼려 두꺼운 옷 걸치고 유행 지난 옷자락 매만지며 절약을 생활화하였다. 그 결과의 결실로 지금의 집보다 몇 배나 넓은 집을 장만해 이사했다. 아이 공부할 분위기 만들어 줄 수 있어 힘들었던 부분들이 비켜 가는 듯하다. 거실 청소하겠다며 밀대로 밀며 사슴들이 즐거이 뛰노는 듯해 바라보는 나의 눈가에 웃음이 감돌았다. 그래 이것이 행복이란 것인가 순수한 저 눈빛에 존재 의식이 희망찬 소리란 것이다. 가구를 새로 들이고 많은 날 정리 정돈이 지날 무렵 학교에서 돌아온 아들이 상장을 어미 손에 놓는다. "위 어린이는 학업 성적이 우수하고 생활 태도가 성실하여 다른 어린이의 모범이 되므로 ○○을 기념하여 이에 표창장을 드립니다." 나는 어리둥절해 아들을 품에 안았다. 생활이 각박해 학교를 위해 솔선수범한 것 없는데 너의 학교생활이 얼마만큼 모범인지 엄마가 실감되는구나. 한참을 생각에 잠겼다. 학자의 칭호를 '석하'라 하신 너의 외할아버지 생각나게 한다. 외할아버지께서는 외삼촌들이 많은 상장을 받아오면 사랑채 높은 곳에 나열해 놓으시고 오시는 손님마다 놓치지 않고 자랑하셨는데, 그 마음을 이제야 알 수 있는 듯하다. 큰 시험에 합격해 높은 직위를 가졌어도 자연이 만들어준 섭리밖에는 말할 수 없는 현실을 보면서 지금의 내 기쁨이 가장 현실적인 만족이 아닌가 싶다. 그 후예인 손자가 여기 와서 아이와 호흡하며 외갓집에 갔다 오겠다며 허락의 치마꼬리 잡고 있다. 외갓집 가면 어른에게 큰절하는 것 잊지 말고 예절 바르게 행동하고 형 말 잘 듣고 조심해서 갔다 오너라. 이 한마디 엄마의 허락이 큰 추억을 만들어 올 것이다. 항상 애교가 많고 어미 귀를 즐겁게 해 주는 딸이 책도 읽고 산수도 제법 잘 따라 하면서 배추전 해 먹으면 안 되나요? 그렇게 하자며 나는 바쁘게 움직였다. 오빠가 있으면 좋았을 걸 아쉬워하며 기분이 좋아 배추 전을 길게 찢어 입에 넣고 어미 입에도 넣어주며 학교에서 생긴 이슈들을 어미에게 다 보고하는 순간순간 어미 답변도 확인해야 하니 내 딸 입이 제일 바쁘다. 천진하고 해맑은 웃음도 곁들이며 아이들과 바쁜 시간 속에 어미의 많은 잔소리를 받아넘기는 날들이 가고 아들의 초등학교 졸업식이다. 이 나라를 어깨에 짊어질 불꽃 같은 재목들이라 칭하는 교장 선생님의 훈시 그 속에 내 아이가 큰 상을 받아 들고 박수받는 환희에 찬 저 모습이야말로 내 삶의 이유로 세워 놓은 것이다. 베토벤의 운명 연주처럼 기폭이 가슴 깊은 곳을 흔들며 동공에 맑은 이슬이 맺혀 떨어진다. 아들은 초등학교를 졸업하면서 많은 상장과 상품을 어미 가슴에 안겨 주었다. 그 많은 아들의 상장에 나는 얼굴을 묻었다. 반 엄마들로부터 축하받는 모습은 전에 없던 환한 표정으로 독수리 날개 위에 앉아 하늘로 오르는 듯 희열에 잠겼다. 6년 동안의 어려운 일 들이 고요히 어깨에 내려앉으며 아이들과 교문을 뒤로했다. 졸업기념 점심 외식은 딸의 짜장면 타령에 초량 전통 중국집에 들어갔다. 아이들이 좋아하는 짜장면과 탕수육을 시켰다. 딸이 오빠 것이 더 많다. 그릇을 바꾸라 투정부리는 동생 그릇에 짜장면을 올려놓는다. 언제나 동생을 귀하게 여기는 저 성품 어미가 세상 밖에 있어도 보살피리라. 집에 들어서니 밝은 햇살이 산자락 나뭇잎들을 몰고 와 거실에서 우리를 환영하며 춤을 추고 있다. 안고 있던 상장을 거실장 높은 곳에 올려놓았다. 어떤 보석을 저곳에 올려놓았던들 저처럼 빛이 발할 수 있을까? 중학생이 된 아들이 급하게 어미한테 쫓아와 반편성에서 재철이 우리 반 되었다며 흥분된 얼굴로 말 톤이 오른다. 더 열심히 해서 실력으로 앞서가면 그 친구가 너 앞에서 태도부터 달라질 것이다. 힘으로 이길 수 있는 것은 아무것도 없음을 명심해야 한다.

"네, 엄마!" 아들의 우렁찬 대답에 그 뿌리 힘 있게 뻗어 푸른 숲으로 이루는 소망의 불빛이 드리워지는 듯해 살며시 눈을 감았다. 내 엄마도 손톱이 다 달아지고 하나의 육신까지도 자식의 흙이 되어 이 나라에 일꾼 만들어 냈기에 나 또한 내 어미 자리 비키지 않을 것이다. 기본을 지키며 정성을 다할 것이다. 아이 밥상 정리하고 손에 젖은 물기 문질러 돌아서면 학교에서 아이들이 돌아와 공부 도와주느라 나의 계획은 항상 뒤로 미루어졌으니 친구들 모임에도 얼굴 보이지 않는다 성화다. 다정한 친구들아, 아이 심장 뛰는 소리 들리고 글 쓰는 소리 들려 친구들한테 나갈 수 없고 자유로울 수가 없다. 그래도 언젠가는 나의 각박한 생활 접어 두고 향기로움이 가득한 추억들을 노래해 보련다.

친구들아! 기다려다오. 기다림에 익숙한 나를!

꿈나무 동산 나비들
아리랑 선율에
능라(綾羅) 비단 날개 펼쳐
색 입인 학이 날아오른다

기마전 북이 둥둥
맹렬한 조랑말 질주에
흙먼지 온 운동장 너울거린다

장대 높이 곡예 하는
청, 백 바가지

콩주머니 파랗게 쏘아
엄마들의 박수 소리
등에 진 김밥 보따리 춤춘다

추경의 천연(天然)한 무지개
국화꽃 만발이로다

– 화창한 가을 운동회

✏️ 자갈치 아지매

자갈치 생선 경매 시장은 항상 활어가 살아 숨 쉬는 곳이다. 등 푸른 고등어와 은빛 갈치를 바구니에 무겁게 담았다. 세차게 바람이 이는 바다, 말투마저 거칠어 소화하기조차 힘들지만 구수함이 스며있는 곳이다. 저기 건어물은 아이들 도시락 반찬 영양 생각하며 바구니에 담고 보니 지갑에 동전 소리 들린다. 라디오에서 진행하는 전형적인 경상도 사투리 유창한 자갈치 아지매, 어떻게 생겼을까? 긴 앞치마 두르고 새벽 바람에 이마 덮은 머리카락 사이로 붉은 눈동자 굴리며 정직한 돈 헤아리느라 콧물도 빠져 있는지도 모르는 순박한 여인일 것이다. 어둠이 가시지 않은 이 나라 남쪽의 새벽 문을 여는 자갈치 아지매 짠 바다 찬바람 헤치며 삶의 냄새가 물씬 풍기는 이곳이 진정한 삶의 생존경쟁 모습이 아닌가 싶다. 냉장고에 생선을 정리해 놓고 채소 서랍을 여니 종류가 비어있고 과일 바구니도 텅 비어있어 초량 채소 경매 시장에 갔다. 경매를 알리는 종소리가 울리고 소매상인들의 흥정 소리는 조용하면서도 날카로운 말투들이다. 풍부한 먹거리 이것저것 챙겨 담아 일어서니 허리가 휘청한다. 호박을 살려고 앉아 있는 할머니 앞으로 다가갔다. "자네도 보아하니 나만큼이나 힘겨워 보이네." 호박을 하나 더 올려 주며 흘리는 말이다. 그렇다. 부산 특유의 지형 평지는 도로이고 높은 곳은 주택이니 많은 계단을 오르내려야 한다. 곱슬머리 파마는 바람에 휘날려 그 모양이 어디로 향해 있는지, 신발은 어떤 종류인지 버스에 무거운 짐을 놓고 찬찬히 살피니 초라한 내 모습 그때야 눈에 들어온다. 하지만 나의 그런 모습은 잠깐 스치는 눈길이었을 뿐, 내게 중한 것은 아니었다. 어떻게 하면 아이들 영양 듬뿍 채울까를 고민하지 않을 수 없다. 요리 솜씨 모자라 아이들에게 맛있는 음식 해주지 못하는 어미의 부족함이 항상 미안한 것이다. 내게 관한 일 들은 배제하고 면밀함이 아이 실존적 가치를 위해 어미의 역할을 다하려 노력 기울이는 것뿐이다. 어느 날 재래시장에 펴진 흰 운동화가 아들의 발에 잘 맞는다는 생각이 들어 사왔다. 학교에서 아들이 오기만을 기다렸는데 메이커가 아니라는 이유로 기분이 흐려 보인다. 친구들과 비교하며 나만 항상 싼 운동화라며 불만을 토로한다. 아들이 좋아할 줄 알았는데 잘못 생각한 것이다. "아빠 월급이 참 적은데 엄마가 다음은 메이커 살 수 있게 좀 더 노력해 볼게." 우리나라는 아직 보리 죽 먹던 그 고개 지나는 과정에 있고 우리 집도 가난하다. 그런데 왜 우리가 외국 신발을 메이커라 칭하며 사야 하는지 이해 안 되는 부분이다. 물론 좀 더 세련되고 좋은 재료로 만들어 질기긴 할 것이다. 작은 것이라도 이 가난한 나라 염두에 두어야 할 것이다.

"엄마, 이제 그런 말 않겠습니다." "네 잘못은 아니다 이 나라 국민 소득이 낮아서이고 우리 집도 가난한 탓이다. 네가 공부 열심히 해서 훗날 이 나라 일할 수 있을 때쯤이면 국민 소득도 높아질 것이다. 잘살 수 있는 나라로 변모되어 우리도 잘살 수 있을 것이다. 숙제하고 복습 예습 하거라." 아들은 말없이 책상에 앉는다. 자식 교육이란 심리학적 부분까지도 현실과 미래의 희망들이 햇살처럼 퍼져 나갈 수 있도록 제어해야한다. 공부하는 방문을 살며시 닫아 주고 커피 한 잔을 식탁 위에 놓았다. 김이 오르는 찻잔 속에 많은 생각을 담아 본다. 아둔하고 지혜가 모

자라 나의 한계를 초월해야지만 감당될 수 있는 느낌에 저 산새 지나는
바람 소리에 귀 기울여 본다.

농구 골대에
공 꽂는 저 기백에
흙이 낡은 신발 훑고
바람 기댄다

시장 어구 펴 논
하얀 운동화 발 디딤에 놓았다
문밖 아이
별빛 가린 기색(氣色)이
사랑의 젖 냄새 피어오른다
조금만 더
한 가닥 엮어진 삶이
신록의 들판에 만들어지는
신의 선물 같기를 기도하며

돌덩이 올림 같은 눈시울
야심의 물결이 흔들리고
내일 준비는 벅차
내 속을 달구는
또 그것이리라

– 아들 하얀 운동화

✎ 내 아버지 손자결혼식

가문의 장손 결혼식 날이다. 축하해 주기 위해 예쁘게 잘 자란 이화학당에 재학 중인 아버지의 손녀들이 피아노, 플롯, 바이올린의 3중주 선율을 감미롭게 연주하고 있다. 아버지, 저 장엄한 박수 소리 들리십니까? 작은 올케가 아이들을 경쟁이 치열한 학교에 보내기까지 얼마나 많은 밤잠을 설치며 노심초사했을까를 알고 계실 줄 압니다. 저 손놀림들 보십시오. 아름다운 아이들 얼굴이 별처럼 반짝이고 멋지게 하는 연주에 온몸에 소름이 돋아납니다. 소리 없는 갈채 보내시는 아버지, 작은 올케 가슴에 느껴질 만큼의 격려와 위로는 눈물을 목줄로 삼킬 것입니다. 대대의 학자 기품이 스민 집이라 칭하는 가문에 시집와서 밤잠 이루지 못하고 발걸음 종종이며 이 가문 크게 일으켜 보리라는 큰 바위산을 안고 몸부림치며 후회와 분노를 끌어안으며 힘든 시간들을 버티어 왔을 그 기다림을 혼자서 삼키고 이루어 냈으리라 봅니다. 아버지, 엄마의 영혼은 여기 한 좌석에 계시리라! 이 가문의 축제 화음에 발맞춰 장손이 개선장군의 모습으로 한 인생의 결실이 열리는 웅장한 예식장 안에 들어서고 있습니다. 이어서 눈부신 하얀 드레스에 꽃을 든 새색시 걸음걸음에 가득 메운 친지와 지인들의 박수 소리는 메마른 땅 위 장대 빗소리처럼 한가득 퍼져 오르고 있습니다. 이 가문이 일궈 놓은 깊은 터전이 눈부시게 일어나는 순간이라 여겨집니다. 수많은 생각이 교차합니다. 저만큼 걷다 말고 저를 돌아보시며 공부해라. 그 말들을 몸소 실천하시며 깊은 사색의 침묵 속에서 하나의 글을 연상하시는 학자의 품

위 잃지 않는 자태에서 자손들은 닮아 있으려 노력했으리라 봅니다. 비록 유대인의 교육 방식은 아니더라도 자식들에게 지식을 심어주기 위해 최선을 다하셨던 아버지였다. 흰 도포 자락에 도동서원 출입하시던 모습이 환하게 저 뜰에 머무는 환상에 서글픔이 땅끝에 머물며 눈물 고여 듭니다. 친지들의 웃음소리 돌아보니 옛 보릿고개 넘길 때의 목마른 모습은 보이지 않고 반듯한 넥타이 매어지고 윤기 흐르는 옷 차려입은 장년이 되어있다. 고운 색채의 한복에 연지 곤지 찍은 입술에는 애교가 넘치고 있다. 갓 결혼식을 마친 장손 부부가 정중한 모습으로 고모 앞에 고개 숙인다. 그래 잘 살아야 한다. 내 아버지의 후예들 이 나라를 이끌 수 있고 이 시대를 감당할 수 있는 최상의 학벌과 이 나라를 이익 창출할 수 있는 책상 지키고 컴퓨터를 정조준하고 있는 손자 손녀 수두룩하니 이만하면 아버지께서 이루어 놓은 큰 가문의 영광이라 생각이 듭니다. 편히 쉬셔도 될 듯합니다. 많은 생각에 잠겨 돌아서니 안개 걷어지듯 사람의 손님들은 다 돌아가고 나 또한 하나의 숨결이 마주하는 내 집 울타리에 꽃을 심기 위해 일어서야 한다. 성대히 결혼식이 끝나고 도착한 내 집 거실에 섰다. 뒷산 앙상한 나뭇가지에서 노래하는 참새들은 북풍에 흔들리고 연약한 가지 타고 까치가 집을 향해 짖어댄다. 기쁜 소식이 어디에서 있으려고 저 까치가 저리도 짖고 있을꼬. 차 한 잔에 창가에 앉아 이념에 젖어 본다. 가시 돋은 말의 수용이 아니라 유유하고 넉넉한 마음으로 경지를 다듬어 과묵함으로 존재를 높이고 하늘 높이 솟구쳤다 내려앉는 물줄기에 어둡고 침침함을 씻어라. 그래야지만 평온과 지혜가 비켜 가지 않고 바다에 띄워진 배가 앞으로 나아갈 것이다.

안타까움으로 쌓인 오래 견딤에 파동이 물결처럼 밀린다.

핏줄이라고
웃음과 울음으로 기대어 살아온
초라한 인연
천 리 길 걸음 한 인연들
한결같은 마음 위에 감사한다

물결처럼 살며시 흘러내린
그 시절 덧없이 지켜온 인생
눈에는 고요한 빛을 띄우고
옷 걸친 어깨는 기름져
목에 두른 넥타이 곱게 눈부시네
폭넓은 옥색 치맛자락 살랑이니
가늘게 흔들리는 자색 고름 끝에
겸손이 흐른다
무지개 선 연지곤지 덧칠한
무언의 미소

긴 세월 아픔 이겨 낸 지문
숭고(崇高)한 백합처럼
잔잔히 스며 오른다
먼 길 살펴 가십시오!

─ 내 아버지 손자결혼식

✏️ 비둘기 사랑

아들 방 책상 의자를 창 곁에 놓고 커튼 달아 주려 창문을 옆으로 밀었다. 거리의 자동차 소음과 함께 혼탁한 도시 냄새가 바람 되어 방 안으로 밀려든다. 저 내려다보이는 현란한 네온 불빛이 희미하게 머물러있는 좁은 창틀에 비둘기 한 쌍, 살아 빛나는 눈망울로 입 마주한 깊은 사랑을 올먹인다. 애틋한 사랑의 소리를! 아름답고 숭고함이 탁해진 인간의 사랑과는 다르다. 살아가는 발자국 속에 얼마큼의 존엄성을 가지고 너를 사랑하고 나를 사랑하느냐? 알 수 없는 조건들을 세우며 순수한 마음의 영혼에 사람의 사슬로 비명 지르고 있을지도 모를 일이다. 그 파동들을 긍정적 사고로 너희가 편안하며 내가 의지하며 이 비둘기의 불가사의한 사랑을 본받을 자 누구겠는가? 쓸쓸하게 젊음의 빛이 스며드는 저 방 모서리에 구르는 바람 속에 등불을 켜고 내 아이 옷에 덜렁이는 단추 꿰매고 옷깃 낡아 박음질하노라니, 아이가 학교에서 돌아온다. 받아 온 시험지 언제나 다음 더 잘해 올 거라는 희망 불어 주던 아이 중학교 졸업식 날이다. 어려운 현실에서 어미 말 놓치지 않고 받아들여 가파르게 오르든 아픔도 슬픔도 넘어가며 튼튼하게 잘 자란 아들을 안았다. 초등학교 입학할 때 둘째 고모가 사준 피노키오 책가방에 묻혀있던 작은 아들이 중학교 졸업식 시장바구니 들든 옷을 갈아입고 언제 영양 크림 문질러 봤던지 기억도 없이 비비크림 문지르고 굽 높은 구두에다 나름의 멋을 창조했다. 아이들의 존재 의식을 심어주는 교장 선생님의 훈시가 귀에 울리고 있다. 너희들은 이 나라

재목이고 보배 들이라 교장 선생님의 강조는 학생들은 얼마만큼이나 숙지되었을까? 소수 아이라도 사춘기로 방황의 광기를 잠재우지 못해 허기진 배를 움켜쥘 애들이 없기를 어른들은 수 없는 기도로 잠들어야 할 것이다. 저 강당에 가득한 학생 중 내 아이가 호명되고 많은 상장을 받아드는 데도 아이는 웃음이 없다. 앞으로 더 많은 공부가 기다리고 있기 때문일 것이다. 잘 자라 줘서 감사하는 마음 가득하다. 이제 고등학생이 되는 것이다. 대학가는 길을 가기 위해 준비 작업의 공부에 최선을 다하기 위한 것이다. 아들 고등학교 입학식, 남색 윗도리와 회색 바지 교복 입은 건강하고 말쑥한 학생 속에 작고 힘없는 아이가 저기 서 있다. 선생님들의 눈빛은 더 강렬하고 날카로움이 장성한 아이들 머리 위로 눈을 번쩍이고 질서에 고성이 높이 오르고 있다. 오늘의 불어오는 바람이 더 힘 있고 옷자락을 휘감고 머플러가 하늘 높이 팔락이고 있다. 정신없이 빛이 내려앉고 사정없이 밀려오는 파동에 숨이 갚아 온다. 어미는 모든 능력을 발휘해 기본을 달구어야 하고 너의 인생의 측도를 측정하는 길에 설 것이다. 네가 위협받는 폭풍은 어미가 막아설 것이다. 저 순결한 영혼 속에서 야수성의 생존을 어찌 막을 수 있겠는가? 좁은 골목길에서 공차기하는 순수한 면모보다 불가항력 적인 한 인간의 절박함을 감당해야지만 산허리를 밟고 올라설 수 있고 너의 존재를 세울 수 있을 것이다. 남들보다 앞서가는 것은 격렬한 감각으로 움직여야 하는 이 시대의 숙명이 아닌가? 태양은 높은 빌딩을 숨어가고 나는 집에 돌아가 뚝배기에 바지락 된장을 끓여 식탁에 앉는 너희에게 수저를 챙겨 줘야 한다. 저 광야에 너희 것을 찾을 때까지 가방 들고 학교 간 작은 병아리와 너를 지킬 것이다.

하늘 높이 방황하는
비둘기 한 쌍
이슬 내리는 가파른 창틀에
심연을 구슬 꿰며
분홍 눈물로 흐느낀다

낮은 위로의 목소리는
허공에 날고
무성한 생의 질서에 길들어진
성호의 아픔이여!

분노로 엮인 직립이
눈가 어리석은 즉흥곡으로
달빛 그늘에 일렁인다

불꽃 타는 침묵
무쇠로 만든 갑옷은 멍들고
솜털 일으키는 영혼의 빈혈은
이 어김없는 질서에
밭고랑 훔치는 낯선 풀처럼
절정으로 일어서기를

차갑고 냉랭한 바닥에

기도로 머리를 놓는다

　　　　　　　　　　　　　　　　– 나르는 비둘기 영혼

✏ 내 딸의 수학여행

새벽바람 해치며 무거운 가방 어깨에 메고 3박 4일 수학여행 갔다. 딸 방문을 열었다. 침대는 이불을 덮은 채 비어있고 작은 화장대 위엔 딸아이 머리카락 감긴 빗 뒹굴어져 있어 손으로 잡았다. 찰랑하게 흘러내린 윤기 나는 머리카락 속 해맑은 모습 잔잔하게 스며온다. 옷장 속엔 정리되지 않은 옷들이 걸려있고, 책상 위엔 공책들이 흩어져 있다. 딸의 책상 의자에 몸을 기댔다. 어미 불러 발 멈추게 하는 소리도 멈추었고, 저 어둠이 깔려오는 산자락 오동나무 위 참새 노니는 소리만 창을 두들긴다. 거실에 버티고 서있는 피아노는 뚜껑이 굳게 닫힌 채 주인을 기다리고 있다. 곁에 있을 땐 한 부분도 놓이지 않고 지적하고 질타하고 공부하라 책상 위에 수없이 놓아둔 어미의 편지에서 반성과 이해를 거듭하면서 성숙되어 갔으리라. 이 모든 사실 들을 뒤로한 채 자유로워져 친구들과 최고의 추억을 만들어 올 것이다. 그러나 딸이 없는 텅 빈 자리에 우두커니 앉아 빌 클린턴 미국 대통령 축하 파티에 밥 딜런이 부른 「have a dream」을 거실 저 한쪽을 지키는 전축에 담았다. 간결한 음향 그 속에 내 마음을 속삭인다. '나에게 보배처럼 숨어있는 섬광이여! 움츠려진 영혼을 사랑으로 풍부하게 하소서. 각박한 마음 넉넉한 가슴으로 살아가게 하소서.' 빛이여! 보일 듯 말듯 마시고 눈부시도록 쏟아지게 하소서! 완성을 향해가고 있는 풍성한 가을의 입구에서 딸은 마음껏 꿈과 희망을 작열한 저 태양에 수놓아 돌아오면 수 없이 담아온 이슈로 어미에게 필하모니로 연주해 줄 것을 생각하니 입가 미소 번진다.

어두워 있던 날이 밝아오고 아들을 돌아보아야 할 긴장된 날이다. '고 등학교 첫 성적표 전교 52등, 장롱 위 회초리 가져와서 종아리 걷어!' 그 런 어휘는 이제 아들에게는 해당은 어려워 고민 않을 수가 없다. 어떤 테마를 늦추어 상급생의 위상을 살피다 어미의 뒤통수를 바람으로 몰 아 질타된 것이다. 늦은 시간인데도 아들 방의 불은 밝혀있다. 이처럼 밀리는 성적 본 적 없었으니 긴장과 초조로 어미를 의식해있을 방문을 노크했다. 챙겨 준 간식도 먹지 않고 책상 위에 놓여있다. 엄마 한 번 보 아라. 많은 고민할 것 없다. 그 옛날 내 엄마가 내게 한 것처럼 아들을 안고 등을 어루만져주며 작은 고민으로 마무리하고 초등학교와 중학교 공부 방식의 차원으로 인해 이런 경향이 온 듯하다. 이제부터 깊은 방 향을 선택해 다시 시작하자. 엄마는 아들의 저력을 믿는다. 다음 시험 준비 단단히 하여라. 엄마의 잘못도 있다고 생각한다. 줄기차게 우등상 만 받아 왔으니 안일하게 대처한 건 사실이다. 어미의 이외의 태도에 안 도를 느끼는지 목마르다 물을 찾는다. 수많은 문제집이 책상 위에 올려 지고 등불은 꺼지지 않고 아이 얼굴에 멈추어져 있다. 장성한 아들은 사춘기이고 주위의 모든 사물들이 감성으로 일어나는 지각이 풍부한 나이다. 어떤 것으로도 막을 수 없는 밀물처럼 쓸고 오는 마음의 요동 그 속에 남자보다 다른 여자가 있어야 하는 과정에 일어나는 자연의 섭 리인데도 긴장되고 내 침묵 속에 근심이 가득해진다. 방관할 수도 직설 적일 수도 없는 현실에 어떤 대책이 있어야 할지를 고민해야 했다. 많은 고민을 거듭하다 토요일 오후에 아들에게 엄마 앞에 앉으라 일렀다. 사 람으로 태어나면 유년기, 소년기, 장년기 너는 지금 어디에 속해있다 생각하느냐? 너는 지금 허술한 소년기가 아니라 알찬 계획으로 가기 위한 첫 단계에 서 있다. 정말 소중한 지금 네가 할 일의 시기를 놓치지 않고 틀림없이 밟고 지나야 너의 앞날이 보장될 수 있다고 생각한다. 그 첫째 장애물이 여자를 알고 싶을 것이다. 표정이 굳어지는 아들의 손을 꼭 잡았다. 사랑하는 내 아들, 엄마가 부탁한다. 지금은 네가 살아가는 가장 기초적인 주춧돌이니 흔들리면 허물어지는 집이 될 수밖에 없다. 지금의 할 일을 소중하게 보안 이행해야 한다. 대학 가면 같은 과에 유능한 여자 친구도 있을 것이다. 말없이 고개 숙인 아들은 고개를 들지 않는다. 그 마음 엄마한테 들통났기 때문일 것이다. 10분이 흐른 뒤의 대답은 "엄마, 걱정하지 마세요."였다. 기본적이고 통속적 대답에 불과하다 다시 생각해서 실질적 대답 엄마가 듣고 싶다. "네, 아무것도 생각 않고 공부만 하겠습니다." 물론 이 대답 듣고 싶었던 건 사실이다. 하지만 아들의 깊은 심연은 사춘기다. 지켜볼 수밖에 없고 흔들리는 동요의 바람을 말없이 어미의 가슴으로 막아서야 한다. 아들 앞에 아무 장애물 없이 길이 열리기를 두 손을 모아 조용히 기도할 수밖에 없다.

딸이 젖살 올라
엉덩방아로 예술을 빚고 있다
엄마라 여는 입술에

밥을 미역감아 불룩 먹었더니
큰 가방 어깨에 메고

땅 딛고 거재(巨材)가 서 있네

하얀 목덜미에
머리카락 수놓은
오롯한 숙녀의 거만(巨萬)
순백한 달빛 그늘에
그윽이 가슴 달군다

청량하고 말간 시선
먼 산 나뭇잎이지 말고
엄니 켜 논 등잔불 곁에
꽃불 피우거라

– 딸의 수학여행

✏️ 내 딸에게

베란다 작은 의자에 앉았다. 고운 햇살이 어깨에 내려앉고 뒷산의 푸르름 속에 어딘가 꿩 우는 소리가 봄의 향연을 타고 향긋한 내 엄마 향기처럼 열려있는 창문을 향해 날아든다. 보라색 교복을 입은 말쑥한 내 딸의 모습, 저 싱그럽게 돋아 오른 풀잎처럼 풋풋한 모습이 정말 아름답고 사랑스럽다. 아쉬움이 있다면 체계적 공부에 치중된다면 얼마나 좋을까? 하는 아쉬움이 남아있다. 네가 홍역으로 병원 침대에 누워있을 땐 건강만 해 달라 기도했는데 엄마는 너에게 욕심을 부리고 있는 것인가? 헨리 8세의 딸 엘리자베스 영국 여왕은 역사상 가장 강력한 통치자가 아니더냐. 구시대의 여자는 부드러움을 연출하는 남자의 음성적 속박에 있어야 하는 것을 조금은 비켜서, 이 시대가 요구하는 방법론으로 관대 속에 강한 관점과 주관을 세워보는 것도 가능할 수 있다는 것을 추상적 인식이 아니라 어떤 상식을 강조해 본다. 구체적인 실천과 체계적인 공부를 근본적 바탕으로 이루어졌으면 하는 것이다. 작은 실천 복습과 예습, 이것만이 너를 우월하게 만들 수 있는 최선이 아닌가 싶은데 다시 한번 더 정리해주기 바란다. 사랑하는 엄마 딸, 너의 것을 온전히 찾을 때까지 너의 곁을 지킬 것이다. 밤은 깊어지는데 눈은 감기지 않는다. 또 아침은 어김없이 열리고 하늘을 바라보노라니 애들 방학이 다가오고 있다. 명목 없는 방학이 되지 않도록 주선해야 하는데 고민을 거듭하다 학원 몇 곳을 시사영어사까지 답사했다. 더 혼란스럽고 걱정 근심만 가득 담긴다. 시간의 절묘한 공간을 얼마나 잘 마련해 주느냐에 낮

선 타인과의 공유 속에서 앞선 발자국을 내디딜 수 있을 터인데 어려움의 지혜는 감당되지 않고 빙하는 더 높이 거대한 산으로 만들어져 그 산을 깨트리는 곡괭이를 높이 들었다. 무모한 혈기를 찍어 내는 무기를 내려놓고 징이 단단히 장착된 신발을 무장하고 너희들을 안고 저 빙하를 오를 것이다. 내 아이야! 이 어미의 발을 단단히 밟고 서라. 이 어미 존재의 힘을 너희에게 발휘할 것이다. 너희들 외할머니도 사랑의 큰 힘을 내게 부었으니 더 강한 힘으로 너희들을 붙들어 세울 것이다. 깊은 생각에 잠겨 있는 어미를 보며 멀리서 달려와 내 손에 상장을 들려준다. 아들! "위의 사람은 1학기 학업 성적이 우수하였으므로 이 상장을 줍니다. MS고등학교장." 엄마 가슴에 베토벤 환희의 음악 저 대지 위로 솟아오른다. 너에게 돌아온 상장이로구나! 많은 걱정에 밤잠 설치고 있었는데 이루어 냈구나. 아들! 고맙고 사랑한다. 열심히 노력한다는 건 세상에서 가장 값있는 힘이고 큰 섬광을 이루게 하는 밑바탕이 됨을 명심해야 한다. 너의 외할아버지께선 새벽 4시면 그 큰 사랑채가 울리도록 스스로 고매함을 주장하시며 한문책을 읽어 공부하셨다. 너의 외삼촌들도 많은 시간 엉덩이를 의자에서 옮기지 않은 분이셨다. 노력이 너를 차돌 같은 단단함을 이루는 것이니 무엇이든 신중하게 너 주위를 정돈할 줄 아는 사람이 되었으면 한다. 실력 가진 아이들 모인 고등학교니 월등한 실력자도 분명 있을 터인데 어려운 과목 간파해 남보다 앞선 것은 너의 능력을 발휘한 것 아니냐. 그 힘든 노력은 너의 앞을 막을 자 없을 것이다. 엉덩이에 땀띠 맺히도록 너는 앉아서 노력했다. 그 대가를 가진 것이다. 너의 곁에 있는 모든 원리는 힘들지 않고 얻을 수 있는 게 없다는 사실을 직시해야지만 왕성한 뿌리가 형성될 것이라 본다. 돌아보아야 하는 너 동생 봐야 한다. 엄마가 비록 가난한 아빠와 결혼했지만, 이 가난을 물려주지 않으려고 엄마 스스로 이행하는 것이다. 너도 이제 많이 자랐다. 엄마의 슬하를 떠나는 마음의 준비가 되어있어야 하고 어떤 면으로 든 너에게 이렇게 부딪치는 부분들도 너 스스로 해결해야 할 몫들이 많을 것이다. 사랑하는 엄마 딸, 어떤 이유로 든 지혜롭게 할 방법을 터득하고 토로할 기회 잃지 않도록 해야 한다. 오래 참는 연습 거듭되기 바란다. 너의 친구들을 보면서 스스로 공부하는 환경이 최고임을 말하지 않았느냐? 가난을 부르는 여건 속에 엄마 먹을 것 입을 것 여몄기에 이런 공부할 분위기를 만들 수 있었음을 너는 알아야 할 것이다. 이 모든 것이 감사함으로 평온함을 얻기를 당부한다. 엄마는 너의 초석이 될 것이다. 깊은 밤의 서정, 딸을 안고 힘겨웠던 시 한 자락 놓는다.

몸속 깊숙이
영혼의 물살로
네모 얼굴 만들어
세상을 깨웠던 아가 운다

아장이며 걷다 말고
입가 고추장 덧칠해
방 한쪽 굴렁쇠 돈다

작은 심장 빨갛게 영글어
가파른 언덕 위에 별 같아라

뜨거운 커피
입술 불어 긴 숨 내쉬니
우아함은 여기 숨었고
바람 곁에 옷자락 추스르니
반백의 머리카락

그다음 해는
설산 하얀 꽃 오르겠지!

– 아이 안고 숨 갑피

✏ 빙수 한 그릇

밖에서 공부하는 아들, 엄마는 너를 믿고 있는데 현재의 너 자세로 봐선 무엇인가 희박하다는 생각이 든다. 그것은 너의 방 분위기 가난한 우리 집으로선 넘치는 분위기라 생각한다. 독서실에서 공부한다는 게 이해가 어려운 것이다. 독서실 책상 위에 너의 책만 자리 지키고 간식 가지고 갈 때마다 네가 있을 자리에 빈 의자만 지키고 있었다. 기본이 흔들리고 있는 듯한데, 질서 없는 행동은 너에게 공허만이 남을 것이다. 최고의 학문을 가진 자도 최고의 권력을 가진 자도 규율에 따라 기본을 지키며 움직인다는 걸 명심해야 한다. 법대를 원했지만 적성 검사에서 경영학과로 선택되어 있다. 엄마 상식으론 경영이란 가장 작은 것부터 쌓아 이익 창출하는 것이 경영이라 보는데, 돈 갖다 주고 공부하지 않는 것은 이익창출은 어디에서 구할 것이냐? 실속 없는 네 행동에 대해서는 너의 경영이 옳은 것인지 묻고 싶구나. 그러나 묻지 않을 것이다. 지난 일 왈가왈부는 건설적이지 못할 거니까 앞으로의 너의 자세가 더 중요하기 때문이다. 기본을 지키고 흔들림 없는 공부에 치중되어야 밝은 미래가 보장된다는 것을 알았으면 한다. 부질없고 헛된 마음의 요동 사춘기를 이기지 못해 앞날을 망치는 사람 많으니 너는 그 속에 속하지 않을 것을 믿을 것이다. 지금까지 우등상장 놓치지 않듯 대학 합격증도 받아 줄 수 있도록 다시 한번 목표를 다지고 저력을 발휘하기 바란다. 너의 하루 도시락 3끼니를 맛있는 과일과 반찬을 푸짐하게 준비해 담을 것이다. 친구와 나누어 먹고 선생님 말씀 너에게 천금이니 절대로 놓치지 말기 바란다. 엄마 글, 침묵 속에서 아들에게 보낸 편지를 상기하며 지켜보고 있다. 하루가 지났는데도 말이 없다. 마음 정리해서 변모된 모습으로 다가올 것을 응징하며 기다리고 있다. 다음날 새벽 도시락 준비하고 있는 엄마의 허리를 안으며 "엄마, 미안해요. 도시락 수가 많아 힘들지요?" 그 한마디가 갈증 난 낙타가 사막을 헤매다 호수에 마른 목을 축이듯 목줄을 타고 내렸다. "엄마, 집에서 공부할게요." "그래! 아들 고맙다. 예습은 다 했느냐? 도시락 준비 다 되어 간다. 예습하고 학교 갈 준비하도록 해라." 무거운 책가방과 도시락을 어깨에 멘 아들의 뒷모습은 활기차고 자신감이 넘쳐 보여 흐뭇했다. 많은 시간이 흘러 대학 시험이 가깝게 와 있다. 사랑하는 내 아들 잘 자고 일어났느냐? 너의 결실의 날이 다가왔구나. 마음을 차분히 가라앉히고 영어, 국어, 독어 각한 권의 문제집을 한 번 더 습득한 뒤 시험에 임하겠다는 목표를 세워 집중하면 조금은 착잡함이 가실 것이고 자신감도 있게 할 것이다. 시험 임하기 전의 엄마의 간절한 부탁이니 실천해 주었으면 한다. 시험 보는 날까지 너의 저력을 발휘할 것을 기대한다. 어미의 강한 언설(言說)이지만 긴장과 갈등 들이 압박해와 잠을 설치고 있다. 아이는 고단한 잠을 이기지 못해 침대 세로로 잠이 들고 어미가 깨워 일으키면 10분을 요구하는 잠은 창틀에 앉은 비둘기는 날아가고 동창은 밝아오고 있다. 다 못한 분량에 눈이 휘둥그레지고 다음 날은 어미와 밤을 밝히던 공책은 낡아 모서리 글은 사라지고 없다. 책상 위 등불은 꺼지지 않고 졸고 어미 잔소리에 울먹이며 연필을 움직였던 그 날들을 뒤로하고 대학 시험 보러 가기 위해 가방을 등에 메고 말없이 엄마한테 안긴다. 너무 긴장 말고 네가 학교에서 시험 보듯 편안한 마음으로 임하여라. 시험 끝나면 엄마한테 전화하고 조심해서 갔다 오너라. 아이가 시험지 펼쳐 드는 시간, 초조함을 이기지 못해 방 한 곳에 무릎을 꿇었다. 비록 깊은 신앙은 아니지만 의지하고 다급한 기도 제목 있어 매달리고 싶어 하나님을 찾습니다. 용서의 문을 여시고 기도 응답 주시옵소서! 아들이 답안 쓸 때 흩어지지 않고 정답 기록 할 수 있도록 하나님 임해 주옵소서! 어미의 눈물과 시름에 골이 깊이 페인 옷자락으로 품에 안고 지샌 밤이 얼마입니까? 집념과 고독의 승화를 이루어 빛을 발할 수 있는 이 간절한 소망을 그르치지 않게 하옵소서! 꿇은 무릎 펴고 합격한 아들 안고 등 토닥여 줄 수 있도록 허락하여 주옵소서! 작은 뱃머리에 앉아 노를 저어 긴 항해 하듯 많은 날들을 초조와 긴장으로 합격자 발표를 기다렸다. ARS 합격자 발표 확인 전화번호 누르는 내 손은 집중력이 흩어져 몇 번을 실패하면서 연결한 전화기 너머로 들려오는 '합격'이라는 말 한마디, 온 천하를 얻은 기분으로 아들을 안았다. "아들! 장하다." "엄마가 고생하셔서 이루어 낸 것입니다." 아들의 그 한 마디에 살아가노라니 이런 기쁨도 나에게 속 해지는구나. 집안 사정이 어려워 네가 원하고 경쟁력 있는 학교 시험 못 보게 해서 정말로 미안하구나. 어미가 이렇게 마음 저리고 아쉬운데 더 한 후회가 가슴 저리고 있으면서 "괜찮습니다."라는 그 말 뒤의 명해 있는 모습에 가난이 주는 미련한 것에 통감하며 자리에 몸 뉘었다. "엄마, 이 학교에서 열심히 해 보겠습니다." 어미를 마음 편하게 해 주려는 아이의 소리는 가슴에 울림이 뭉쳐 올랐다. 이제는 아들아, 너의 학교니라 지금까지 해 온 것처럼 그렇게 해야 한다. 아들은 대학 입학식 참석을 위해 생활 소지품들을 무겁게 들었다. 이제 먹을 것, 입을 것, 챙겨주는 어미가 없음을 인식하고 의연하게 서야 한다. 진작부터 말했듯이 남자는 눈물을 삼켜야 하고, 그래도 너 혼자가 아니고 둘째 고모 집에 기거하니 너 혼자보다는 좋지 않을까? 그곳에 있으면서 생각해 보자. 건강 잘 지키고 도착하면 전화해. "엄마, 건강 조심해야 합니다." 아이와의 간곡한 포옹에 쏟아지려는 눈물 삼키며 "너는 내 아들이니 잘할 수 있지?"라고 아들에게 다짐해 주며 등 돌려 집에 들어와 아들이 떠나고 없는 빈 방문을 열었다. 침대 위에는 이 어미의 성화에 편히 쉬어간 자리는 아니었고, 넓은 책상 위엔 문장을 하나하나 습득하며 익혔던 흔적의 고뇌와 손때묻은 책과 노트들을 가슴에 쓸어 안았다. 얼마나 많은 붕괴와 위기를 위협받으며 읽고 또 읽었을꼬! 소리 없는 눈물이 책상 위에 떨어지고 주인 잃은 방 안의 적막은 이 어미 눈물 흐르는 소리만 수없이 들락대던 방문 앞에 고여 들고 있다. 어미 품 밖으로 서야 함을 준비시켰던 지난날들 날카로운 학습 정리 남자가 눈물 흘린다. 그 이유로 종아리가 더 아프게 쳤던 회초리에 반항하지 않고 따라 준 효성스러운 내 아들이기에 가능했던 지난날들 이제는 허허벌판에 너는 서 있고 너를 반갑게 맞아 주는 곳은 분명 아니다. 하지만 그곳도 사람 사는 곳이니 적응해야 하고 홀로 설계하고 체계적 움직임을 명심해야 한다. 어미가 지금부터는 너를 위해 통속적인 말 한마디밖에 할 수 없는 커다란 무덤 위에 놓여있는 것을 어찌 네가 알 수 있겠느냐? 어미가 곁에 없어 뜨거운 사막 위에 비틀거리지 말고 경지와 호수를 찾아 용기를 다해 걸어야 한다. 이 시대를 밟고 일어 설려면 얼마나 실천하느냐에서 너의 앞날이 결정될 것이라 본다. 당부한다. 이 젖은 고민 들의 잠자리는 동창이 밝아오고 있다. 어미가 머리를 들 수가 없다. 내 친구들은 전화와 집에 누워 고민 말고 얼굴 보고 웃자고 연락이 온다. 주장하는 성화에 일어나 머리를 손질하고 모임에 참석했다. 아이 입학 축하금이라면서 흰 봉투 하나 내게 준다. 서로 오랜 삶을 지켜보면서 궂은 얘기 나누며 눈물 글썽이던 소중한 친구들 그 마음 무엇으로 보답할 수 있을까? 그렇다, 추억이 스치며 빙그레 웃을 수 있는 소중한 친구들이다. 작고 여린 너와 나의 아이들 광안리 바닷가 햇살로 달궈진 뜨거운 모래 위를 뒹굴며 즐거워 어쩔 줄 몰라, 바닷물에 철벙 이다 짠물 삼켜 콜록거리며 울음 터뜨렸을 때 아이들을 넓은 고무풍선에 담고 파도를 타니 울음 그치던 아이, 이제 대학생이 되어 추억들이 짙어지고 있다. 그 많은 고급 식당 뒤로 하고 너의 집에 북적이며 쇠고기로 국을 끓여 대접하느라 짧은 반팔 티는 땀으로 범벅되어 있었다. 얼굴에 젖어 내리는 땀 옷소매에 훔치며 잔잔하게 미소 짓던 애잔한 모습은 아직도 내 가슴에 추억하며 간직되어 있다. 그 추억의 흔적 들을 어루만지며 너와 나는 그렇게 엄마 자리 지키며 곱게 늙어 가리라.

> 작은 카페
> 모나리자 웃는 구석 자리
> 고전 팝 한 자락에
> 정글을 호흡한다

눈빛 마주하던
작은 문살 틈에 솔솔
가냘픈 적요들이 흔들린다
창에 가려진 세월의 지문
저기 기름 없는 등에 떨고 있다
그리움의 향을 입혀

비워지는 찻잔에
꿈이 일렁이며 한기로 피고
두려움 가득 이는 회상에
내 삶을 재촉한다

　　　　　　　　　　　　 − 세월 그 속의 그리움

✏️ 내 아들에게

아빠와 엄마 말의 표현들이 아닌 듯해서 몇 자 적어 본다. 과장된 생각과 이상을 초월해 자체를 합리화로 이끌려는 아빠의 품성은 감당이 어렵지만 그래도 너의 아빠이니 존경하는 것을 잊지 말아야 한다. 힘겨워 분노가 역류해 오는 한기로 침묵을 일관한다. 이런 분류의 것들은 너희들이 지금은 이해가 어렵겠지만, 너희들도 성장해 결혼하게 되면 이해할 부분들이 분명히 있을 줄로 안다. 남남으로 만나 가족을 이루는 것은 쉬울 수도 있고 어려움도 있는 것이다. 서로 다른 환경에서 자라 공통된 합리를 어떻게 이루겠느냐. 엄마가 조금 더 노력할 테니 걱정 않았으면 좋겠다. 그렇다, 내 가까울수록 소중함 잃지 말아야 하고 언어의 수단과 행동이 일치하는 품위가 아니면 모든 주위가 어수선하다. 내면의 긍정은 옆을 편안을 주고 자신의 안식을 누리는 것인데 조금 비켜 가는 듯하다. 엄마의 뜰은 도리를 세우고 산맥 같은 것이 숨어있어 너희들은 걱정할 것 없이 공부에 치중되었으면 한다. 아침 햇살을 감추고 어두운 구름이 하늘을 덮고 마른 땅 위에 구르는 낙엽을 빗물로 적셔 줄 모양이다. 수많은 계단이 줄지어진 언덕 위 내 집이다. 시간 만들어 운동하지 않아도 시장바구니 들고 운동할 수 있는 유일한 내 가족의 안식처다. 삶은 언제나 미완성인듯하면서도 정당화의 모습으로 좀 더 위대한 현실을 화려함으로 채우기 위해 계단을 밟고 오르면서 "루소의 자연으로 돌아가라." 그 외침은 얼마나 많은 의미를 가슴에 소장하는가? 이렇게 움직이는 모든 원리가 흙으로 가는 것인데 누가 거부할 수 있겠는가? 싱크대 위에 시장바구니를 놓고 학창 시절에 자주 불렀던 「즐거운 나의 집(Home sweet Home)」이 작곡자는 자신의 삶을 온전히 담아 미국인들을 울린 슬픈 작곡가다. 그래서 더 자주 불렀는지도 모른다. 음악을 전축에 넣고 볼륨을 올렸다. 고요히 밀려오는 음악이 있는 내 커피 카페 유일한 공간 소파에 등을 기대고 숨을 내쉰다. 몽글몽글 타는 지난 추억의 작았던 아들 시를 적는다.

고사리 손가락에
연필을 정교히 깎아 세워주었다
토지를 둥그렇게 그린다

엄니가 이르는 소소(昭蘇)한 말
눈빛 일렁이며 미지를 가로지른다
깊은 물살은 돌을 다듬고
묵은 글 유산은 돌 위에 놓는다

햇살은 이치 알리며
만물을 불러
몽땅 바지
팽이채 높이든 아이
땅을 쳐 깨운다

– 너 길을 열어라

✏️ 시장바구니

착하고 예쁜 딸이 여고 두 번째 등교 날이다. 가톨릭 계열 여고 부모들이 선호하는 학교에 입학해 보라색 교복 차림 어느 곳에 서든 단단한 여인이 될 수 있도록 어미 치마꼬리를 꼭 잡아라. 너를 세울 곳에 줄을 잡아 너에게 줄 것이다. 내 딸을 위하는 일이라면 다 할 수 있기 때문이다. 너 도시락 준비하기 위해서 빠른 걸음으로 수정시장 입구에 들어섰다. 진정한 삶의 현장 홀라 고음 음악에 옷을 높이 들어 현란한 춤에 장터에 사람이 모여들고 있다. 추위에 떨며 길섶에 앉아 시린 손끝으로 채소에 흙 털며 싼 가격에 주겠노라 나를 바라보는 할머님의 안쓰러운 모습, 그 옆 생선 좌판에는 비창한 삶의 증오처럼 날렵한 칼날로 생선 머리를 내려치고 서 있는 저 사람 저쪽 밥 가게에는 주객이 소리 높이 욕설을 퍼붓는 얼굴은 포효하는 짐승처럼 담아 둔 응어리를 술과 함께 표출하고 있다. 이성을 잃지 않고 품위 손상될 세라 가슴 속에 꾹꾹 눌러 담아 둔 우리네보다 자유로운 존재일까? 많은 생각에 잠기게 한다. 시장바구니에 무엇인가를 담아야 하는데 멍청히 빈 바구니만 들고 어깨 부딪치는 사람들 지나가고 있다. 내 지갑 속은 빈약한 바람이 일고 무엇으로 저 금붕어를 담아야 하나 빙빙 돌다 애 도시락 반찬도 잊고 내 집에 돌아간다. 시장바구니를 내려놓고 식탁 의자에 앉았다. 결혼이란 가치성에 깊은 생각에 잠긴다. 그리고 지성의 최선을 나열해본다.

인생을 끌고 시집 왔다
사람의 손에 풋풋한 설익음이
나의 정체(淳滯)성은 갈라진다

억새 밟는 빈 야심이 물결치고
큰댁 행사는 고단함을 이끌고
노란 플라스틱 바가지는 깨어질 듯
은색 테이프로 야무지게 띄워져 있다
흰 알루미늄 냄비는 얼굴이 비치고
손으로 빚은 음식들은 입에 감친다

거실에는 피아노가 반짝거린다
세 살인 딸이 눈에 빛이 일고
손이 건반에 간다
태권도 흑 띠 유단자 7살인 아들이
동생을 걱정스럽게 응시한다
피아노 보를 덮으니
아이가 멀찍이 바라본다

남상이 짙고 격이 다른 말투지만
집안에서 실속을 부여한 큰 형님
유단자 대학 갈 등록금 걱정해준
집안 어른이다

절약이 전략 되어있고
눈 운집은 야망이 스며온다

입가를 여울지게 하는 생선
손질에 버르적대니 눈길이 오른다
손에는 서툰 것 수두룩하고
한끝 들이킨 숨소리
햇잎 끝에 이는 이슬로 반짝인다

어느 교수님이 나에게 말했다
책 속 글은 왜 화려한 인생이 없냐고
저 세상 가신 엄마
사랑을 지붕 위 적삼 올려두고
강을 건너 하염없는 길 떠나버려
세상은 온통 하얗고
눈은 두려움으로 껌벅거렸다

책가방은 무겁고
내 모습은 가느다랗게
다리 뻗어 숙제할 내 집은 낯설었다
공책에 눈물로 서러움 그리며
세상의 실낱같은
사랑의 거문고 소리도
그 온유의 그리움에 휩싸여 울었다

어찌하면 이 영혼을 붙들고
살아갈 수 있으리오
침묵과 고독
과묵함을 견고히 붙들고
엄마 닮은 그 품격
아버지가 일러준 정중함
가슴에 수놓으며

내 아가와 크고 작은 장르 속에서
무에서 유를 창조의
문빗장 여느라 가팠습니다

꿈에서 한바탕 몸부림치며 깨어난다
마음 토로 붙잡을 수 있는 글에
길의 둘레를 걷는 연습으로
지우고 쓰면서 토했다

잔잔하게 일어나는
먼 수평선 위에 내 다한 척도의
발을 디뎌 일어섰다

　　　　　　　　　　　　　　- 한바탕 지난 인생

✎ 침묵으로 가는 고독

지난밤 아들이 아기의 모습으로 어미 가슴에 안기는 꿈을 꾸다 잠 깨어 동트는 새벽 일어나 물 한 잔으로 목을 축인다. 잔 놓는 소리가 너무 크다. 내면에 표현할 수 없는 침묵들이 두려움과 힘에 겨워 아프다. 더운 김이 올라 승화되기를 소망하면서 일어서 보지만 내 곁에 부족함만 보여 만사가 텅 비어 기댈 곳이 없다. 온몸이 답답하고 숨이 차오른다. 그래도 장성한 너희들을 바라보노라니 작은 빛살이 내게 스미고 있다. 딸이 예쁘게 하려는 저 모습이 얼마나 잔잔하게 일어나는 사랑스러움인가? 돌아보면 애들 아빠 교통사고 충격으로 조기 출산 고통, 숨을 몰아쉬며 딸이 울음 멈춰 내 눈빛이 죽음으로 몰고 갔던 암담한 날도 있지 않았는가? 그 암울했던 날을 비교하면 건강한 내 아이들과 얼마나 큰 부자로 살아가고 있는 것인가? 아들은 비록 먼 곳에서 공부하고 있지만 장성해 있어 쉼을 펴게 하지 않는가? 그러나 어떻게 지내고 있는지 바닥에 내 등을 편히 놓고 잠자본 적 며칠이나 되는가? 어미가 걱정하는 걸 알기라도 한 듯 전화벨이 울린다. 절실한 말을 남긴다. 힘없고 아무것도 해 줄 수 없는 어미에게, 모든 걸 판단하며 한 말일 터인데 부족한 것 노동일이라도 해서 충당하여라. 너는 이제 아빠 엄마보다 힘이 강하니 모든 지혜를 동원하라는 어미의 단호한 말에 '네, 알겠습니다.' 힘없는 말끝을 맺으며 수화기 놓는 소리가 내 심장 위에 쇠망치 치는 아픔에 수화기를 안은 체 방바닥에 주저앉았다. 이 무덤 같은 어미를 바라본다면 너 마음이 더 아플 것이니 사랑하는 내 아들아! 동공에 고이는 눈물을 손 등으로 씻고 청바지에 면티를 입고 뛰어라. 남들보다 먼저, 청바지가 구멍이라도 나면 이 어미가 꿰매어 우편으로 보낼 것이다. 땀에 젖으면 네 손으로 맑은 물에 주물러 입고 생각하라 산처럼 쌓여 있는 너 할 일들을 그래야지만 세상을 볼 수 있을 것이다. 세상은 창백하고 보드라운 것은 진작부터 너한테는 없었다. 선잠에서 깨어 눈을 부릅뜨고 힘차게 걸어라. 네 것을 손에 움켜쥘 수 있도록 말이다. 어미 옆에서는 수입이 작은 가계로 서울 유학을 생각하는 것은 무리라고 주장하고 있지만, 아들아! 책 속의 훌륭한 사람들은 지극히 어려움 속에서 자아의 힘을 세웠다는 것을 많이 읽었다. 내 아들도 그 속에 속하기를 원한다. 저 땅 깊은 곳에 따뜻한 김이 오르도록 노력하고는 있지만, 생각은 언덕 넘어 서기가 꽃잎 떨어진 코스모스대같이 흔들리고 있구나. 그래도 그 꽃 피어날 것을 기다려야지 어미가 너를 등에 올려 힘없이 걸으며 눈물 훔쳤다고 너도 울고 있는 것은 안 될 일이다. 사자 같이 높이 뛰어 일어서라! 정확한 목표를 향해서 말이다. 어미의 단호한 이 울먹이는 말의 언설, 땅속으로 빗물 스며들 듯 삼켜야 한다. 수려함을 간직하기 위한 것이다. 엄마가 지금 감정의 폭이 요동 그려 눈물 쏟고 있다. 죄악의 고래 장이 무너지는 소리 바람을 타고 고약한 냄새가 코끝을 찌른다. 뱀같이 구부러진 말은, 심장에 박히면 뽑을 수가 없다. 화살 같은 언행은 언제나 신중해야 할 것이다. 언행은 정당한 빚을 갚을 수 있어야 한다.

어미 손에 꽃담아

한가득 기쁨 주든 아이

시기심 뜨겁게 이는

내공 설계자로 발 디딘다

저 건너 새 울음 낮 설고

큰 기백(氣魄)은

지향(志向)하는 길목에

가슴 벅차오르지만

창가에 어려 오는

우주인 흉내 달빛 차가 와라

새벽을 깨우는 신음의 순간에도

온몸 울음 쏟아 낼 때라도

저기 학당 토기장이여

날랜 기재로 신념을 찍어 내라

얼음장 밑 물고기 떼처럼

조화로운 광채로!

― 춘분 학당

✏️ 아들이 보낸 카네이션

그 먼 낯 선 도시 홀로 공부하라, 보내 놓고 처음 보내는 편지구나. 밥 잘 챙겨 먹고 건강 잘 돌보고 있느냐? 소중하게 동봉한 두 송이 카네이션 아들의 효성 읽었다. 풀이하는 방정식 공식이 아니라 그런대로 문학을 형성하는 말들에 많이 자라고 대범해진 듯하구나. 언제나 빈약한 엄마를 제법 넉넉한 마음을 가질 수 있도록 해줘서 고맙다. 저 얕은 산자락에 태양 빛이 내려앉는 나뭇가지 사이로 오르내리는 산새들의 곡예에 미소 지으며 작은 꽃송이 몇 번이고 어루만지고 있다. 초·중·고등학교 세상 밖 완벽에 가까운 자로 만들기 위해 가슴으로 가난을 넘기며 너의 여린 다리 피멍 들도록 회초리 들었던 날은 옷소매 다 젖도록 눈물 훔치며 바라보았다. 그 많은 세월 들이 말해 주듯 의젓한 장년이 되어 엄마 마음을 푸근하게 해 주고 있구나. 사랑하는 내 아들! 작은 것에 고마워할 줄 알고 무엇이 든 감사함으로 채워져야지 어느 곳에 서든 힘겹지 않고 평온한 마음으로 자아를 다스릴 수 있을 것이다. 엄마 말 실천하는 쪽으로 노력할 것을 믿을 것이다. 며칠 후 집에 다녀갈 수 있다니 다행한 일이다. 만나서 많은 얘기 나누자. 항상 몸조심하고 술 같은 것 절제(節制)하는 것도 네 능력에 속한다고 생각한다. 엄마 말 깊이 생각하기 바란다. 며칠 전 아들 대학에서 받은 초청장을 들고 영주동 코모도 호텔 학부형 간담 만찬회에 참석했다. 정갈한 음식 분위기를 살리는 하얀 식탁보 덮인 탁자 앞에 앉은 이 도시에 거주하는 S대 학생들의 부모님 그 속에 아들 친구 춘원이 엄마의 잔잔한 웃음이 저쪽 자리에 보였다. 얼마나 고급스럽고 가슴 설레게 하는 공간인가. 총장님은 위엄 있고 딱딱한 강의가 아니라 소탈하고 효율적인 표현법으로 웃음과 생각하게 하는 발언들에 한 시간여 동안 둥근 배에 걸쳐진 바지 치받쳐 올리는 어설픈 행동은 경상도 사투리의 구수함을 더욱 짙게 했다. 그 많은 어려움 속에서 조금은 형성된 아들 모습 생각하며 집에 들어서니 너 편지와 있어 손에 들었다. 그 내용들에 많은 생각에 잠기게 해서 엄마 견해 보낸다. 아들 도전적이고 야망에 넘치는 고민이라 생각한다. 인생의 절대적 가치를 향하여 너를 세우려면 지금부터 엄마 말 잘 이해하고 숙지되었으면 한다. 어려움이 있다 해서 방향을 비켜 간다는 것은 위험성이 따른다는 생각이다. 누구나 꿈을 한가득 담고 있는 건 사실이다. 그렇지만 너는 지금 인생 출발점에 있다. 옷 단추도 첫 단추를 잘못 잠그면 어떻게 되느냐? 처음의 단추를 신중히 잘 잠겨져야 하는 것을 첫 번째 중요성이다. 단계를 상실하고 야망을 앞세우면 문제점이 발생할 수 있다는 사실을 알아야 한다. 네가 지금 해야 할 일 그것부터 확실하게 하는 것이 순서인 듯하다. 절차에 의해서 이루어져야지만, 인생의 실패를 줄일 수 있는 지름길이다. 단계를 역행하지 말고 기본을 지켜라. 그렇지 않으면 힘든 길을 갈 수 있다. 절약을 생활화하고 작은 것부터 확실한 너의 것으로 만드는 것에 중점을 두고 초월은 실패의 원인임을 한 번 더 강조한다. 너의 첫 번째 할 일이 국방의 임무이다. 누가 대신할 수 있는 것이 아니라 이 나라는 네가 지켜야 하는 것을 염두에 두었으면 한다. 사랑하는 아들 너의 인생 선임자로서 말하는 것이니 조금이라도 너에게 보탬이 되었으면 한다. 항상 몸조심하고 신중한 생각에 잠기기 바란다. 집에서 엄마 글. 엄마의 언설이고 삽질할 뿐 단호한 말을 남길 수 없어 격려로 풀어 봐야 한다. 긴 열차에 고민을 담고 어미 곁에 왔다.

아무 말 없이 능력 부족한 아버지 응시하다 꾹 다문 입으로 다시 돌아갔다. 어미가 챙겨주는 밥 한술 머금던 빈 식탁 의자에 아들의 무거운 보따리가 놓여 멍청히 바라보고 있다. 실망스럽게 발걸음 재촉하며 무거운 사람으로 돌아가고 없다. 적용이 어려운 듯해 밥알마저 내 입에서 겉돈다. 아들아, 네가 타고 있는 열차에 채워진 사람처럼 지혜롭게 풀어 어둠에서 깨어 환한 빛을 발할 것을 어미는 아들을 믿을 것이다. 너의 방 창틀에는 날아온 비둘기가 편히 잠자고 간 흔적 남아있고, 침대 위 흩어진 이불 속은 편안히 네 잠든 모습이 보인다. 많은 번민 속에 성숙될 것을 어미는 기다릴 것이다. 이처럼 서울로 가고 오고 무지한 인생의 길, 그 길이 있음을 깨닫고 도움 없이 일어서는 지혜를 모아야 한다. 부족한 아버지 바라보면 아니 될 것이다. 모든 것을 피해 힘 있는 주춧돌을 네가 세워야 한다는 의지를 굳건히 할 것을 엄마는 당부한다. 오늘 네 둘째 고모 전화 받고 이 편지 보낸다. 엄마가 늘 너에게 강조한 말들을 실천하지 않는구나. 하루에 일은 새벽에 있고 일 년의 일은 초하룻날에 있다. 강조했던 말들은 상실하고 있느냐? 너에게 한 번 더 상기되게 한다. 명심하여 실천할 거라 믿는다. 선배들이 술 먹이는 풍토는 어디에서 온 것인지 엄마는 알지 못하지만 그렇더라도 절제와 통제는 네 소관이 아니냐? 전혀 조절이 안 되는 사람이냐? 너도 현대 자동차 그룹을 일으킨 정주영 그 어른의 책을 읽었을 거라 본다. 새벽 4시 이후 잠 자본 적 없다고 엄마는 읽었다.

그 정도는 아니더라도 너에게 주어지는 소중한 일과를 헛되이 보내지 말고 값이 보이게 채워야지만 너 인생의 절대적 가치를 세울 수 있음을 명심했으면 한다. 꼭 그 풍토도 네가 넘어야 할 과정이라면 단호한 면을 보였으면 한다. 기본에 없는 일과는 될 수 있으면 배제되는 게 좋지 않을까 생각이 든다. 지혜롭게 스스로 잘 제어될 것으로 엄마는 믿는다. 객지에서 몸이라도 아프면 모든 걸 다 잃는다는 사실을 너는 알고 있으리라 본다. 깊은 생각에 잠길 것을 엄마는 원한다. 엄마 글.

지금의 현실에서 능력 발휘할 수 있는 게 아무것도 없으면서 언제나 공자 때리는 말 들은 현실적으로 아들에게 도움이 될 수 없을 것이다. 모든 걸 제외하고 너는 이 나라를 지켜내야 하는 남자임을 강조한다.

어버이날
아들 효성이 배달되었다
손끝에 넘치는 마중물
소중히 감사 들었다

웃음 활짝 연 사랑스러움
눈 내려 감은 진중함
숨결 깨우는 선비 모습으로
두툼한 밥술 입을 열고
윗도리 빛나게 다림질해
달빛 그늘에도
고삐 바짝 당긴 명마 등에 올라

희열의 순간 빛기를
엄니는 두 손 모은다

영 단어 중얼거리든
이불 걷은 침대 위
소리 없는 이슬은 내리네

아들아, 감사한다
이 꽃다발!

– 오늘은 어버이날

✏ 국방의 의무는 해야지

아들이 타지에서 무슨 일이 일어나고 있는지 꿈속에 어두운 표정으로 어미의 끈을 잡고 있어 베개에 내 두상을 내려놓게 한다. 수많은 고민 속에 얻은 결론인지 아들이 군대에 입대하겠다는 결단의 무거운 말 어미한테 전달한다. 우짖는 바람의 음성으로 세차게 부딪친다. 바이올린 선율의 떨림처럼 내 영혼마저 전율을 일으키며 방바닥에 엉덩이를 놓았다. 두렵게 번지는 어둠 깔린 산야의 길목처럼 으스스한 한기가 내 등에 젖어 내린다. 일어서서 고개를 들고 아들이 군 복무할 수 있도록 어미의 격려로 길을 나서야 한다. 그런데 아무리 어깨를 올려도 감당할 수 없는 시름이 내 어깨를 누른다. 간절한 기도의 힘으로 침묵하며 강한 마음의 준비가 필요하지만 길 걷는 내 모습은 땅이 움푹진지 자갈을 밟는지 의식 없이 내 시선은 허공에 떠 있다. 수많은 생각에 젖어 허수아비처럼 흔들거리고 있는 어미의 어깨를 친다. "엄마는 뭔 생각을 하기에 딸이 불러도 몰라요." "응 그래!" 보라색 교복을 말쑥하게 입은 딸이 내 앞을 막아선다. 딸 올해의 반년인 6월은 다 갔고 5개월 남았다. 임시 달콤한 즐거움 배제하고 대학이란 큰 수확을 얻을 수 있도록 신중하게 많은 것을 생각하는 습관 기르도록 당부한다. 생활에서 작다란 감정들이 부딪쳐 화를 부르는 조건들이 주변엔 많을 것이다. 노골적 표현 제외하고 논리적으로 풀 수 있는 지혜로운 엄마 딸이 되었으면 한다. 다시 한번 강조한다. 오빠한테도 당부한 말이지만 앞세우는 직선적 화는 생각할 수 있는 여유 놓일 수 있고 후회를 가지게 된다. 어떤 모습으로든 지성인이라는 품위를 갖춘 여성이기를 엄마는 원한다. 먼지를 닦고 청소하다가 소파에 등을 기대고 앉았다. 서향집이라 언제나 저녁 햇살이 강하다. 그나마 낮은 산언저리 푸른 나뭇잎 살랑 이는 잔잔한 바람의 미소 스며들어 사색에 잠겨 있기 좋은 내 안식처다. 넓은 베란다에는 종류별 화분들이 놓여 파란 잎들이 부어 준 물을 머금고 뿌리에서 일어서는 소리 들리는 듯 힘 있게 솟아오르고 있다. 앉은뱅이 전축에서 나나무스쿠르의 돈데이브이 음악의 향기가 밀어처럼 내 귓속을 흔들고 있다. 언제 들어도 창밖의 실바람에 낙엽 흔들리는 소리 같아 한 점의 욕심마저도 부드러움으로 채우며 안도와 고요가 응집되어 내 숨소리마저도 고요히 눕힌다. 그러나 그 음악마저 순간으로 지나며 사춘기에 마음 흔들리고 있는 딸의 모습 화살처럼 지나간다. 몇 줄의 당부의 말을 책상 위에 올려놓았다. 글 속에 많은 생각에 잠기기를 원하면서, 많은 소재들이 일손 멈추게 한다. 부엌 창 곁에 섰다. 푸르름이 바람결에 넘실대고 빗방울 떨어질 듯 빛살 감춘 채 하늘 가득 구름 드리워져 있다. 흔들리는 나뭇가지 붙들고 내 집을 향해 까치들이 고성을 높이며 울어 댄다. 내 반가운 손님 아들이 휴학계 제출하고 올려 나 보다. 허허벌판에 아이 등 떠밀었으니 바닥에 편히 등 붙이고 잠자본 적 몇 날인가? 그것보다 더한 국군으로 가는, 힘겨운 훈련이 네 길의 과정에서 기다리고 있으니 멈추지 않고 담대히 서야 할 것이다. 군대라는 특수 훈련 속에서 변모되어 어떤 어려움도 감당해낼 수 있는 자아의 능력을 반드시 얻게 될 것으로 믿는다. 너를 위한 방법론의 유형이 터득되고 실현될 것으로 안다. 남자다운 기상을 세우고 군 복무 무사히 마치고 어미 앞에 설 것을 믿을 것이다.

하지만 말들의 열거와는 달리 초조와 불안이 가슴이 조여 온다. 저기
내 딸이 활발하게 걸어오네.

    은행나무 노란 이파리
    바람 엮어 지휘하고
    온 누리 벼는 토실토실 영글어
    햇빛 살 경의(輕衣)를 표할 때

    네 생일이다
    작대 닮은 다리 살이 오르고
    깊은 호수 담긴 눈 속
    소망이 물들어 은밀할 때
    물 위 마름 풀같이
    두 손 마디마디 일렁이며
    피아노 위 고운 음정을 놓는다

    겸손을 열고 불멸(不滅)을 배워
    옷 하나 허름해도
    지성이 엿보이는
    단아한 인품 되기를
    엄니 기도하리니
    저 보는 세상 두려워 말라

                    – 내 딸 생일이 시월

동생 과외선생님

아들이 역에 도착했다. 연락받고 이것저것 반찬 준비했더니 푸짐한 식탁이다. 반년 만에 빈 식탁 의자에 앉아 온 가족의 식사에 즐거움보다 수축해진 아들 모습에 마음이 저리다. 그 많은 훈련 이겨 내려면 탕약이라도 먹여 보내야지만 견디어 낼 것이다. 아들! 오늘은 푹 쉬고 내일 병무청에 가도록 하자. 아들은 애써 의연한 모습으로 어미 앞에 선다. 다음 날 무거운 발걸음으로 병무청에 갔더니 3개월 후에 입영할 수 있다는 말에 아들 손을 잡고 부탁했다. "네 동생 3개월간 공부 돌봐 주었으면 하는데 가능하겠느냐?" "동생 혼자 공부시키려면 잘 안될 거니까 같은 학년 엄마들에게 타진해 미니 class 만들어 볼게." "네, 해 보겠습니다." 아들 대답에 몇 집 전화로 이 집 저 집에서 전화와 성적 모자라니 도와 달라며 고3 엄마들이 집에까지 찾아와서 시간 만들어 달라고 부탁 들을 거절하지 않고 친절하게 응하는 모습 대견스러웠다. 가꾼 교육으로 타인의 보탬이 될 수 있다는 것은 너의 큰 수확이다. 농축된 살림과 욕심의 무게에 짓눌려 웃음 잃은 어미에게 입가 미소 번지게 해 주는 아들이 든든하고 믿음직스럽다. "엄마의 환한 웃음에 저 효자 기분이 들어 좋습니다." "군입대했을 때도 마음 편히 계세요." 그 말에 아이를 멍청히 본다. 저리 연약한 아이가 어찌 큰 산맥을 오를 수 있을지 어미가 대신할 수 있다면 수용하련만 이제 곧 비어 방한 곳에 바람 홀로 빙빙 돌고 길손처럼 남겨진 흔적을 매만지며 그리움으로 속삭일 것이다. 거울을 보며 웃어 봐도 정신 놓아 버린 허수아비처럼 가늘게 떨고 있다. 숱한 생각 속에 잠기며 이 허술한 모습은 아이한테 도움이 어려운 것이다. 굳게 마음을 세워 접어야 한다. 아이가 당당하게 입대할 수 있도록 어미가 당연함을 보여야 할 것이다. 그것이 내 아이를 위하는 어미 태도임을 다짐해 본다. 생활하는 작은 방식들 어떤 지혜가 내게 있어야 할까? 내 함께하는 사람의 의견 차이 조금은 같은 방향으로 버팀이 될 수 있기를 원하지만 격렬하게 일어나는 사람 사는 부정적 사고는 긍정적으로 승화되기만을 기다려야 한다. 등불을 켜서 조금은 생각에 잠겨 있어 보고 싶어진다. 인내로 꾹꾹 눌러진 가슴에 마로니에 나무를 가득 심고 또 심어 침묵으로 일관해 벽을 기대고 깊은 생각에 잠겨 봐야 한다. 아들은 쉴 수도 없이 동생 과외 선생님으로 되어 군대 입대하기 전의 친구와의 대화도 나누지 못한 채 만들어진 미니 class에 열심을 다 하는 모습에 미안하고 죄스러웠다. 거실에 펴진 2개의 큰 밥상 모서리에 둘러앉아 진지하게 듣고 기록하는 학생들에게 신중히 묻는다. 이렇게 공부하고 성적 오른 학생 있나요? 그 질문에 손을 들어 올린다. 내가 잘 가리킨 게 아니라 너희들이 협조를 잘해 줬기 때문이다. 군에 입대할 때까지 너희들과 같이할 것이다. 손색없는 노력 부탁한다면서 아들이 잘 이끌어 가며 그렇듯 많은 시간 동안 작은 강의에 얻은 바탕으로 어떤 인재가 될지는 누구도 알지 못한다. 생동감 있고 깔깔대던 웃음소리 지나가고 대지에 어둠은 내려앉아 공부하던 아이들은 다 돌아갔다. 빈 밥상만 덩그러니 남아 긴 여운을 남기며 내일의 시작을 알리는 깊어지는 밤의 풀벌레 소리만 요란하다. 때 묻지 않은 천진한 얼굴들 끝없는 생명력과 환희에 넘치는 풍부한 감각에 세상을 지배할 수 있으리라. 아들은 몇 번이고 동생 성적을 확인하면서 엄마 애태우지 말고 열심히 공부해서 서울에서 시험 보도록 하라, 당부하며 밤늦도록 가르치고 질책하며 걱정하는 오빠 모습은 어미가 세상 밖에 있어도 동생을 돌보리라. 어미에게 안정적 믿음을 심어주는 아들의 모습이 대견스럽다. 중국의 철학자 임어당 말의 본질처럼 아시아인은 외눈박이다. "한 눈은 세상을 뚫어지라 보고 한 눈은 명상하느라 감는다." 이 전설의 말이 내 아들에게도 포함되어 다듬고 또 다듬어지기를 원해 본다. 아이 어릴 때 생각이 파노라마처럼 뇌리를 사로잡는다. 부족한 것만 나열되었던 시대의 시 한 수를 찍는다.

아기 업었다
박음질한 옷 걸치고
옹알이 필하모니 엮는
어깨 넘어 숨소리 어여쁘다

포대기 긴 끈
길 안내하는 오색시장
저것도 담고 보니
주머니 동전 소리 들린다

세상 구경 눈 동그랗다가
어미 등 흔들어 기세(氣勢)게 운다
온몸 오그라들어

젖은 앞섶에 흘러내리고
골목길 하얗다
신발은 돌부리 걸고
양말은 돌아 발등서 웃는다

모퉁이 돌아 숨 돌리니
내 집 거실이 휑 돈다

                 – 아기 업고 시장에

✎ 군대 가는 아들

    말없이 실천주의자였던 아들이 어미에게 많은 것을 남겨 놓고 논산 훈련소에 입대했다. 서울 공부하러 보낸 빈자리보다 서리 낀 이 자리 진정한 인내로도 감당되지 않아 「You mean everything to me」 음악을 볼륨 높이 올렸다. 떨리고 가득 찬 한기를 음악 속에 몸을 태우며 소파에 기대고 눈을 감았다. 동공에 수없이 맺혀 떨어지는 눈물 손등으로 밀며 엄마의 빈손으로 멍청히 바라만 봐야 했던 아픔들을 감당해야 했다. 훈련소에 갈 때 입혀 보냈던 옷과 신발이 우편물로 돌아왔다. 옷에는 아들의 향기 묻어 있고 신발에 젖어있는 발 냄새 그대로 포장되어 돌아와서 품에 안았다. 바닥에 놓았던 엉덩이를 세워 무릎 꿇었다. 저 높은 곳에서 내려 보시는 하나님이여! 이 나라 지키러 간 내 아들을 나약한 소유자로 나라 지키게 마시고 담대한 국군으로 이 나라 지켜내고 무사히 이 옷과 신발 다시 어깨에 걸치고 집 거리 활보할 수 있을 것을 하나님을 향해 기도로 새벽을 열 것입니다. 이 마음 흩날리는 마른 잎 같게 마시고 땅에 떨어지는 눈물로라도 감당할 수 있는 온전함을 주옵소서! 이 편협함을 좀 더 굵은 눈망울 굴리며 머리를 들고 일어나 활발해질 것을 원합니다. 그러나 여기 앉아도 저기를 보아도 세상이 온통 온 유월의 햇살 떨어져 살갗이 타는 듯합니다. 내 아가야 너를 어미의 물을 감고 출산시켰지만 너는 내 조국의 아들인 것이다. 눈물을 가슴으로 넘기며 국방의 임무 최선을 놓치지 말아야 할 것이다. 어미의 심연을 감싸던 아이야 지혜로 뭉쳐 일어서야 할 것이다. 당부하고 당부한다. 눈물 글썽이는 어미 곁에서 위안해 주고 묻어 있는 인정에 고개를 들게 하는 딸이 있어 다행한 일이다. 알뜰히 공부시켜 주던 네 오빠는 이 나라 지키러 갔으니 스스로 너를 만드는 일에 중점을 두어야 할 것이다. 아무리 가까운 관계라도 싫어하는 부분 보완하면서 마음 다치게 않아야지만 후회 없는 공간으로 영위할 수 있고 서로 여운을 남길 수 있도록 노력 기울여야 할 것이다. 그리고 오빠가 친구 준형이한테 너 공부 보살펴 달라 부탁한 모양이다. 오빠와 어릴 때부터 친구이고 실력 갖춘 아이다. 혹 단점이 보일지라도 네 단점부터 보안되어야 서로의 융화를 만들어 갈 수 있을 것이다. 항상 복습 예습해서 임하도록 하고, 고마워하는 마음으로 예쁘고 착하게 너를 만들어 갈 것을 엄마는 믿는다. 너에게 부딪치는 모든 것도 네가 감수하며 긍정적 사고로 이행하는 여성으로 되어야지만 훌륭한 정신적 부자가 되는 것이다. 사랑하는 딸아! 변비약을 먹고 있는 모양인데 습관성이 되면 악성으로 전환될 가능성 있으니 학교에서 야쿠르트 많이 마시도록 했으면 한다. 이번 방학 때는 코 막 약한 부분 고치도록 하자. 너와 대화할 시간 적어 적요한 글이니 챙겨 읽어라. 엄마 글. 편지통에 군사우편은 아들의 편지다.

땅에 낙엽 휘모는
초겨울의 짙은 소리
내 살갗이 탄다

산야를 뛰다 무릎 다칠라
설산 타다 미끄러질라

어미 뛰는 심장 온기로 숨 쉬었거늘
깃털 세우는 호각소리
들을 수나 있을지

창문 비집고 달빛이라도 오면
어미 품 언저리
그리움 엮어 잠들 터인데

저 길 가는 국군
아이 포복하다 일어났는지
물어볼 전령 가버렸네
어느 길로 돌아갔을꼬
입 안은 운석이 돋아 오르고
내 눈가는 짓무른다

하루의 어둠은 내려서고
저 벽에 누운 시계
어찌 저리 더딜꼬!

— 국군 훈련 간 아이

✎ 국군에게 보내는 편지

너의 편지를 많이 기다리다 받으니 너무 반가워 엄마 머리가 꽉 막히는 느낌이었다. 장한 내 아들! 엄마는 그렇게 훌륭히 해낼 줄 알았고 확신하고 있었다. 너를 약한 남자로 키우지 않았다는 생각이 지배적이기 때문이다. 너를 그곳에 보내고 활짝 웃어 보기는 처음인 듯하다. 많은 걱정이 거듭되어 앞 분간이 흐려 있었는데 엄마의 마음을 푸근하게 해주는 듯 기쁘다. 첫째로는 동료들과 잘 지낸다는 말, 두 번째는 간부 할 일을 맡았다는 것이다. 어느 곳이든 너의 책임 의식을 고취시킨다면 그만큼 너는 인정받을 것이니 최선을 다하기 바란다. 지혜롭고 포용력 있게 다스려 윗사람의 귀감(龜鑑)이 될 수 있도록 노력하기 바란다. 봉투 글씨도 시원하게 잘 썼구나. 이제는 편지도 자주 해야 할 텐데 남에게 시원하게 보일 수 있도록 노력해 보렴. 복합적으로 어려움 속에서도 많이 얻을 수 있도록 노력하는 것도 나쁘진 않아 보인다. 무좀약 습진약 많이 나온다고 들었는데 부지런히 씻고 바르고 이는 괜찮은지 다음 편지에는 너 이 문제점 상세하게 말해 줬으면 한다. 가족들에게 편지 보낼 때 예절 바른 언어 잊지 말고, 요즘은 아빠 엄마도 잘 지내고 있고 동생도 공부 열심히 하고 있으니 집 걱정하지 말고, 군 생활 차질 없이 하기 바란다. 용기 있는 내 아들! 다시 대학 복학할 때는 훌륭한 대학생이 될 것이다. 단체생활에선 지혜와 건강이 중요하다는 걸 너도 알고 있으리라 본다. 아빠 엄마 면회 갈 때까지 몸조심하여라. 엄마 글. 하루해가 집 베란다 서쪽 창문 너머로 붉게 물들어 가는 짙은 석양이 내가 살아가는 신념의 소산처럼 쓸쓸하게 어둠을 준비하고 있다. 등불을 켜고 곁의 사람을 바라보노라니 여기 마음 상하고 저기 짓눌려 한 옥타브 올려 혼자 울고 있다. 지금의 현실에 숨이 차올라 무언으로 답하며 된장국 끓여 그 앞에 놓고 바라볼 수밖에 없다. 맛이 없다 하면 고기 더 넣어 간을 맞추고 다시 그 앞에 놓아야 하는 거역할 수 없는 운명론의 수동(手動)에 오랜 시간을 침묵한다. 로마 신화에 나오는 야누스의 두 얼굴처럼 가난과 화려한 삶 저편에는 채우지 못한 궁핍들을 운명으로 받아들이며 본능적 순환으로 살아가는 현실의 파장에 두 손에 경련이 이는 한기를 따뜻한 솜이불로 덮어 사랑의 방법론으로 영혼을 잠재워가는 것이 아닌가? 장미 가시에 찔려 울먹여도 저 멀리서 내 아버지 말 울리는 듯 "너는 역시 이 아비의 딸이 이었구나." 하시는 의미심장한 침묵으로 하늘을 본다. 핑그르르 쏟아지는 눈물로 고개 숙인다.

국군 뜀박질
고뇌의 땀 젖는 소리
내 심장 박동 높이 뛴다
그릇에 밥 불룩 담아
부뚜막 가장자리 놓았다
언제 이 밥 먹을꼬

충성을 폐부에 묻고
어깨 앉은 햇살에 지혜를 펴

정적의 공백 감지로
천 리 길 적이 서는지
빛 방패로 온전하여라

열 달을 어미가 품었지만
이 땅 지켜야 할 자
어미 아들이니라!

                                                        – 국군 훈련소

✏️ 국군이 된 아들 면회

이 나라를 지키기 위한 국군 연마 훈련소에 아들한테 면회 가는 날이다. 부엌 창 옆 산언저리 작은 나뭇가지 흔들며 까치 부부가 찾아와 곡예 한다. 내 기쁨을 대변하는 듯 소리 높여 깍깍 이고 있다. 아들이 좋아하는 음식을 이것저것 담아 애 아빠와 논산으로 가는 고속도로 위를 질주하고 있다. 청명한 가을의 빛깔은 눈이 부셔 오고 낙엽은 곱게 물들어 차창을 문지르고 있다. 어미 떨어져 이 나라 지키기 위한 숙련과 단련으로 얼굴과 몸이 얼마나 힘겹게 큰 인고의 시간이었을까? 힘겨워 보일 아들 생각에 많은 설렘으로 훈련소에 왔다. 그러나 아들을 보는 순간 걱정과 달리 더 튼튼하고 씩씩해진 모습에 안도의 숨을 쉬었다. 빨래했는지 옷섶에는 비누 가루가 하얗게 묻어 있다. 가져간 보따리를 풀고 양념한 고기 불판에 올리며 "여기선 이런 고기 못 먹지?", "아닙니다. 일주일에 닭 돼지 쇠고기 바꾸어가며 잘 나와요." 엄마는 괜한 걱정 했네. "집에서보다 여기서 밥을 더 잘 먹고 있어요." 그래, 얼굴이 좋다. 언제나 어미를 감싸고 마음 편하게 해 주려는 저 모습 내 아들만이 가능하리라. 가져간 카메라로 군복 입은 아들 추억 담느라 애 아빠는 바쁘다. 엄마는 네가 이곳에 있으니 신경이 안정되어 있지 않으니 될 수 있는 한 자주 전화해야 한다. 그 몇 시간의 면회에 결집되어 있는 아들의 역량이 더 자란 듯 믿음 직해 보였다. 하지만 그 속에 혈기 넘치는 청년들이 모인 장소이니 날카로운 인성들 속에 당혹스러운 게 한두 가지겠는가, 두려움에 쌓인 본성을 끊임없이 노력해야 안전을 유지

할 것이다. 몇 주의 훈련으로 이 나라를 지킬 수 있는 독립된 공간을 고결(固結)되어야 함을 아들은 인식되어 가는 것이다. 아들과 만남에서도 한쪽 가슴에 무거움이 가득하지만 소중한 면회 시간에서 불안함이 조금은 해소된 듯 생각들이 교차하고 있다. 한입에 있는 혀는 물려서 아플 때도 있는 것이다. 무지한 어둠으로 밀고 어리석은 오만과 착각의 말들은 진실을 깃발처럼 들고 일어나 논리를 앞세워 현재와 미래를 간파하며 논쟁으로 질식시키는 암초에 입을 굳게 닫는다. 눈물이 어려와 파랗게 일어나는 상처들이 내 삶의 연출과는 반대편에서 분노에 엉켜 고독을 가득 채워야 하는 시간들이 어쩜, 인생 노여움의 침묵인지도 모른다. 궁핍을 태우며 귀족의 삶을 꿈꾸려 했던 그 흔적들을 이 깊은 가슴에 잠재운다. 먼 산 바라보며 희망하는 보따리를 열어본다. 창가에 서 깊은 생각에 잠겨 있다. 용기가 불타올라야 하고 소망이 밤이슬에 젖지 않게 기도로 촛불을 밝혀야 한다. 바람이 불어 일어서 보면 내 아이가 나란히 나의 손길을 기다리며 저기 서 있다. 너희들 앞에 버티고 서 있는 사람 장승이니 발등을 딛고 펼쳐 올라서라. 두렵고 힘이 드는 것은 어미가 막아설 것이다. 너희의 어미는 세상에서 가장 강한 큰 나무 그늘이니 안심하여라. 먼 지난날의 너희들 외할머니 은비녀 단장한 모습 생각해야지만 이 어미가 버티는 힘을 붙들 것이다. 벽에 걸린 달력을 넘긴다. 남존여비 사상이 농후해 왕자라 칭하던 큰 오빠 환갑잔치 날이 온 것이다. 언제나 환한 웃음으로 나를 반기는 정다운 향기가 풍기는 내 형제들의 잔치다. 힘들게 장만한 고급 음식들이 큰 상 위에 가득 놓이고 조카들이 팔락이는 한복 차려입고 큰절하고 비디오 촬영에다 사진 찍는 플래시가 번쩍인다. 어긋난 박자에 흥겨운 고성은 노래하는 옥타브 조절이 어려워도 술에 취해 비틀거리고 그 속에 고단한 삶의 아픔 묻어 내 못난 삶의 방식을 토해내는 말에 어휘들은 슬픈 것이다. 그렇다, 어려운 시대에 태어났으니 어렵게 살 수밖에 없었던 역경의 시기였다. 음악마저도 그 시대를 대변하듯 침울함을 더하게 했었다. 이 모든 사물의 움직임이 내 길이라 인식되는 것이어야 마음의 평화로움이 유지될 터인데.

새벽의 정적
까치 부부가 찾아와
나뭇가지에 소프라노 합하여 깍깍
내 숨결 곁에 일든
아이 안아 주려가는 기쁨
어찌 알고
질주하는 차 안 푸짐한 보따리
햇살이 와 짙은 향을 뿌리고

나엽은 차창에 날아 앉아
가을 시를 쓴다
내 시린 눈에 일렁이든
질고에 찐 아이 찾았는데
충성이라 외치는
아들 늠름하다

이 나라 장한 국군이로다
오! 이 나라의 힘
대한의 건아!

– 육군훈련소 아들 면회

✏️ 아파트 광장에 곡소리

고등학생인 내 딸이 오빠처럼 우등상장 받아 와 기쁨을 주지는 않지만 노력하는 모습이 예쁘고 내 옆에서 밥을 잘 먹고 언제나 엄마한테 보고할 것이 수두룩한 딸이 사랑스럽다. 서둘러 학교 간 자리 정리하노라니 집 전화가 힘 있게 울린다. 수화기 그 너머로 들려오는 내 아들의 음성은 지루한 결핍의 시간이 아니라 군 생활이 적응되어 익숙하고 활발한 목소리가 필하모니가 끝난 기립 박수 소리처럼 내 온몸에 기쁨으로 스며든다. 어미의 목소리로 집안에 모든 것을 확인하고 걱정하며 수화기를 내려놓는 소리가 문빗장 닫히는 소리처럼 크고 찬바람이 인다. 아이 모습 그림 그리면서 삶의 짙은 숨소리에 창밖을 바라보며 웃어 본다. 서늘한 바람이 옷깃에 머무는 봄의 향을 맡으며 연필을 손에 든다. 어미의 촛불을 아이에게 전해야 한다. 사랑하는 아들 엄마가 너에게 편지 보낸 지 오래고 해서 몇 자 적는다. 어제 윤지네 집 석찬에 초대받아 참석했다. 정갈한 음식에 공직 생활 같은 과에서 근무했던 친구라 마음 열고 그 많은 지난 추억들을 서로 나누었다. 진솔하고 두터운 우정으로 서로를 더 알아가면서 얘기 나누는 말의 끝은 딸만 셋이라며 쓸쓸한 여운을 남겼다. 마음이 찡하긴 했지만 값있는 만남이 아닌가 싶다. 너 면회 갈 때 쓰라며 작은 봉투까지 손에 들려주었다. 그 돈에 국한된 게 아니라 아들이 공부 가르친 윤지가 성적 많이 올랐다고 너의 실력을 인정해 주는 자체에서 흐뭇하고 기뻤다. 자신을 고급스럽게 만들어주는 것은 나 스스로 섬광을 이루고 기품을 만들어 가는 것이라 생각을 한다.

그 어떤 것도 노력하는 자 앞을 비켜 갈 수는 없는 것을 너도 알고 있으리라 본다. 너를 군대에 보내고 신들린 듯 피아노 협주곡을 자주 들었다. 음악에 조예가 있어서도 아니고 음반을 꽝꽝 힘 있게 두들기는 기묘한 그 울림은 무언가 환생하는 역경의 풍파 소리로 젖어들어 마음을 달래곤 했었다. 이제는 마음의 안정을 찾아가고 휴가 오기를 기다리고 군 생활 무사히 끝나기를 기다리면서 인생이란 줄기찬 기다림의 값이라 생각한다. 건강에 유의하고 주위를 잘 살펴야 한다. 엄마 글. 너에게 보내는 편지 마무리하고 일어서니 아파트 광장에 곡소리 흉흉하다. 딸 4명과 아들 1명 8평 아파트에서 융자받아 넓은 집으로 이사 온 새마을금고 부이사장 너의 아빠와 강산이 바뀔 정도로 형, 아우 하던 친분의 사람이다. 가난 속에서 자식을 기르는 과정은 누구나 다 어려움인가 보다. 그 가난 이기지 못하고 깊어진 질고에 운명하고 말았다. 장례식은 짝없는 딸들의 아비 없은 통곡 소리에 아파트 사람들을 슬픔으로 물들이게 했다. 세상에 태어나 변방을 달구던 길손의 영혼은 삶을 마감하고 허허롭게 먼 길 떠나는 숨을 멈춘 아버지의 운구차가 속절없이 떠나버린 광장에 스산한 삶의 냉기만 내려앉는다. 살아 숨 쉬는 자는 또 그렇게 살아가기를 원치 않으면서 씁쓸한 육신을 집으로 발걸음을 옮긴다. 커피 한 잔을 거실 탁자 위에 놓고 구석 자리 전축에 「My way」 음악 가느다란 볼륨으로 하얀 안개처럼 나에게 뿌리고 있다. 삶이란 엄숙하고 위대한 산실이 아닌가? 내 엄마 잃어 땅속에 묻힐 것 같았지만 내가 엄마 되어 살아 숨 쉬고 있는 것이 아닌가? 남들처럼 다한 공부는 아니지만 부지런히 책 읽고 일찍 움직여 높은 창공 날다 날개 접은 인생 과정의 뒤안길 되어 살아 숨 쉬는 걸 보면 슬픔을 토해내던 초상집 딸들도 씩씩하게 그렇게 살아가리라. 조용히 창가에 서 있다. 아들! 군 생활 차질 없이 잘하고 있는지, 토요일은 아들 목소리 듣고 싶어 전화 기다리고 있다. 지혜를 모아 군 생활 차질 없기를 엄마는 기도하고 있다. 사회생활에서 필수적 면을 노파심에서 일러 줄려 한다. 어떤 상황이든 business에 접할 때 상대의 눈빛을 피해서 하는 말은 실패할 가능성이 많은 것이다. 이런 분류의 말은 담아두면 너의 기본이 될 것이다. 옆집에 살던 재혁이네가 이사 가고 다른 주인이 들어왔다. 벽에 못 박는 집수리 소음에 어쩐지 안정이 어렵다. 도심 속의 빌딩이 아니고 아파트 벽의 망치 소리는 응집된 고요를 망가뜨려 노출된 소음에 많은 스트레스를 몰고 온다. 작은 물통을 배낭에 넣고 산에 올랐다. 산길을 돌아 숲속 숨어 흐르는 맑은 물소리가 정다워 풀잎 사이 내 발을 내려놓는다. 파란 잎사귀 사이 일어나는 실바람에 긴 숨을 들이켜본다. 길섶 텃밭에 뿌려진 씨앗들이 땅을 밀고 움터 보드랍게 살랑이고 힘 있게 뻗은 나무들이 햇살 삼키며 높이 솟아 있다. 그 위 새 둥지 날갯짓하는 새소리들 바람을 타고 흐르는 영혼의 울음같이 내 발자국에 감겨든다. 아파트 광장의 곡소리에 내 아버지 운명했던 그때의 시 한 수 여기 놓는다.

바람이
내 아버지 그윽한 향을 끌고
먼 길 떠나네
그 따뜻했던 뜰에 울리든

대호 같은 질책
댓돌 위에 맴돌며
심장은 비틀거리듯 조여온다

그리 굵고 곧은 대나무 촉
영원한 이별로
그 잎 떨어져
땅에 길게 눕고 말았네

텅 빈 곡소리
이토록 철없는 내 눈시울에
줄줄이 엮여 떨어지니
눈물 거두거라! 아버지 호통

그 깊은 울림
세상 어느 한 곳
또 들을 수 있으리오.

　　　　　　　　　　　　　　　– 영원한 이별 아버지

✏️ 아들의 담배 연기

딸은 오빠가 군대에서 특박 받아온다 말을 듣고 언제 마중 갔던지 현관문을 열며 부산을 떤다. 아들을 만나는 기쁨보다 아들이 가고 없는 공간의 허전함을 넘기는 게 더 길고 아프다. 군 생활이 힘 드는지 담배까지 배워서 고요히 피워 올리는 모습에 어떤 정보의 임무가 주어졌는지 무거운 책임감을 감당해내려는 연약함이 보여 마음 저리다. 서울 신촌 문화의 거리를 누비며 꿈을 키우던 아들은 이 나라를 지키는 임무에 세상 과정을 준비 중이다. 어미가 너에게 중요한 말은 몸조심하라는 말만 전할 뿐이다. 아들아! 당당한 이 나라 국군임을 알리는 목소리로 씩씩하게 발걸음 옮겨라. 그래야지 훌륭히 군 생활을 할 수 있을 것이다. 살아간다는 것이 감미로운 것만 전개되는 것만이 아님을 알고 지금 네 훈련이 인생의 과정이라 생각하면서 임하는 것도 나쁘진 않을 것이다. 그렇다, 남남끼리 형성된 부부도 아득바득한 움직임이 모순과 갈등 속에 마음이 상해 얼굴이 붉어지고 시작되는 말들을 의미 정화시켜도 의견은 감당이 어렵다. 격렬한 말은 비루함을 만들어 눈물 떨구게 하고 놀란 폭음처럼 심장이 오거라 들기도 하는 것이다. 지나는 미묘한 기류에 흔들릴 수 없는 것에 장승처럼 침묵으로 일관하고 있다. 아들 가을이 오고 있다. 어미가 보낸 편지 받고 엄마와 만나 대화하다 보면 일 년이 후다닥 갈 것이다. 너에게 주어진 생활 손색없이 해내고 상관 말씀 복종하고 남은 일 년 무사히 마무리 잘할 것을 믿고 기다릴 것이다. 아들아 담배 한 개비가 네 몸에 어떤 영향을 미치는지를 생각하면서 입에

물 수 있었으면 좋겠다. 문학 세미나에서 시인의 땅 돌조각의 신비로 움
에 시 한 수 여기 놓는다.

땅에 돌 조각 향연
능선에 빛나는 별 보듯
하늘 보이는 돌탑 사이
풀뿌리 돋아
눈물 뚝뚝 떨구며
감미로운 음향 구름 위 날고

돌각시 신사에
그윽한 사랑의 울림이
스산한 바람 도는 곳마다
우두커니 서

저기 펑퍼짐한 허리춤에
시 한 수 걸쳐

멀리서 우는 새 부르듯
숲속의 신음 촘촘히 엮어
노릇한 입김
내 긴 목에 놓는다.

        - 거제 시인의 땅

✏️ 성숙해진 내 딸의 모습

내 딸이 오빠한테 보낼 위문품이라며 두 손에 무겁게 들고 와서 거실 바닥에 놓는다. 아비가 조금씩 주는 용돈을 아껴 이런 소중한 곳에 쓸 줄도 알고, 샘물처럼 솟는 맑은 저 마음이 얼마나 뚜렷한 가치를 나타내는가? 딱딱한 군대란 곳에서 동생이 있다는 사실만으로도 내 집이라는 따뜻한 전율이 가슴으로 흐를 것이다. 동료들과 마주 보고 웃을 수 있는 즐거움을 줄 수 있어 어미가 마음 푸근해 오는구나. Christmas란 예수 탄생 축복의 날 상징이 되어 젊음이 출렁이는 조금은 변모되어 있는 현실이 되어있는 것이다. 그렇지만 너는 특수한 곳의 현실을 직시하고 자제하며 동생이 보낸 선물에 대한 것에 많은 생각에 잠겨야 할 것이다. Merry Christmas. 너의 행운이 가득하길 기도한다. 옆 돌아보면 생각할 수 있는 여유 주는 내 딸, 어미한테 언제나 기쁜 소식을 전해 주는 전륜(轉輪)자다. 예쁘게 어미한테 편지도 써놓았네. 많이 성숙해진 듯 흐뭇해진다. 엄마는 이겨 내는 데 익숙해 있고 기다림으로 너를 지킬 것이다. 엄마는 다 할 수 있다. 너를 침체 되게 하는 조건들이 네 곁에 도사려도 엄마는 너 앞을 지킬 것이다. 인생의 디딤돌 될 수 있도록 말이다. 그래야지만 세상을 이겨 낼 수 있는 자아의 힘을 가질 수 있을 것이다. 너 자리를 절대 비키지 않는 야무진 엄마 딸 될 것을 기도할 것이다.

딸의 완숙한 미소
청순한 달빛 무늬 그리며
십수 년 땅을 밟고
거실에 실바람 엮네

펭귄들이 튀어내는 사실
물결 위 잔잔히 질서 펼치는
귀한 천연(天然)의 색조
피아노 건반 위
곡예 하는 하얀 손가락
언제 이리 자랐을꼬

단비로 영근 빛 방울로
온 동산에 사각거리며
꽃 활짝 피우네

– 딸 보라색 교복

✎ 부모는 촛불과 같은 것

군 생활 잘하고 있다니 더 없이 엄마는 안정된 마음으로 커피 한 잔 목을 축인다. 사람의 감정이란 기묘해 말할 수 없는 침묵으로 마음을 토로하고 내포하고 싶을 때도 많으리라 본다. 젖어있는 내 소산을 나열하고픈 감정들이 가슴 속에 숨어있다고 생각한다. 너의 편지 속에서 절대적 가치의 논리에서 많은 것을 생각하게 했다. 그렇다, 너 자신을 위해서 단 몇 분이라도 활용해 영어 사전을 만드는 것이 큰 이득을 창출할 것이다. 너의 외조부님께선 당신이 고매한 학자임을 주장하시며 언제나 공부하셨다. 그러한 정신력은 네가 본받아도 무방하리라 본다. 항상 분별력과 순발력 신중한 움직임으로 몸조심해야 한다.

치아는 완벽하게 치료하고 있느냐? 너의 친구에게 보낸 컴퓨터로 쓴 글 읽어 보았다. 다가올 시대에는 어떤 과학이 열릴지 모르니 시대적 흐름에 적응해야 한다. 컴퓨터 하나만이라도 앞선 듯하니 큰 행운이다. 규칙적 생활 방식과 아침 햇살에 네가 길들일 수 있다면 맑은 정신과 탄탄한 습관화로 공부에 치중될 수 있을 것이라 본다. 아들 하루의 군 생활이 인고의 시간이 아니라, 너를 다듬는 최고의 시간임을 위로와 격려로 마음을 다져 충실히 임할 것을 엄마는 믿는다. 단계적 너의 길이니 명심하면서 무엇이든 놓치지 않고 가질 수 있는 것은 주머니에 꼭꼭 눌러 두어야 한다. 군 생활 2년을 헛되이 나라 지키는 게 아니라 네가 필요로 하는 부분을 하면서 나라 지킬 수 있어서 너의 행운이고 너를 군 컴퓨터 담당하는 자리로 이끌어주시고 사랑해 주신 분에게 깊은 감사를 잊지 말아야 할 것이다. 컴퓨터에 깊이 있는 공부도 될 수 있음 놓치지 말아라. 이 시대에 역행 않고 큰 동행자로 갈 수 있을 것이다. TV 연속극을 보고 있다. 문명이 없었던 엄마 어린 시절의 연속극이라 흥미롭게 보고 있다. 지금은 참 살기 좋은 시대의 현실이 아니냐? 열심히만 하면 되니까 참 좋은 것이다. 여러 글을 잘 분석해 읽고 해가 바뀌고 벌써 1월이 다 간 말일이 되었다. 추운 날씨에 감기 들지 않도록 몸 무장 단단히 하여라. 가만히 생각하면 엄마 속상하게 하지 않던 너 having with all my heart 편지를 보면서, 지난 생활고에 잠겨 본다. 히말라야를 형성하는 고체의 얼음도 액체로 변모되기만을 기다리는 게 아니라 곡괭이로 찍어 높은 정상에 기를 세우는 사람 있듯이 땀 흘리는 노력을 기울이면 밝은 미래는 너의 곁에 있을 것이다. 치아는 오복 중 하나라 했는데 소홀히 하는 것 같구나. 너의 건강을 잘 지키는 것도 효에 속한다는 걸 왜 모르느냐? 이렇게 걱정하게 만드는 건 불효 중 하나다. 이 편지 너 손에 쥘 때까지 치아에 관심 없다면 엄마 정말 화낼 거야. 지금 가도 재치료 요할 것이다.

> 자색 동백꽃
> 햇살 안고 우아하게 살랑인다
> 내 머리 위 면사포도
> 저 아름다움의 상징이었는데
>
> 언제 이리 하얀 백로

근사하게 바람에 나부끼네
설산에 내려서는
직립의 물줄기처럼
견고한 마법의 인생

노여움에 묶인 꽃은 지고
아스라한 외길이 그 전부다
어디선가 색소폰 소리
폐부에 품어 흐르는
가인(歌人)의 독백처럼
사색의 전령(電鈴)이

아직은 뜨겁게 이는 공백에
그때도 못다 한 기도
무릎 꿇는다

- 자색 동백꽃

✏️ 군에서 온 아들의 편지

아들 3월이 가고 있구나. 건강하게 잘 있느냐? 군인이라는 테두리에서 힘든 훈련에 아마도 국가관이 투철해 있을 것이고 새로운 가치관이 몸에 젖어있으리라 본다. 한 인간을 단련시키는 시련의 곳이 아니라 너의 위대성을 보여야 할 것이다. 네가 전화하지 않는지 받지 못한 것인지 알 수 없구나. 무엇이든 윗사람 보필 잘하고 부하 따뜻하게 잘 다스리는 통솔력 있는 사람 되어야 한다. 너의 외삼촌들 ROTC 그 강한 훈련도 잘 견디어 국군 간부 수행 잘 마무리하셨다. 너도 예외 없이 훌륭히 해낼 것으로 믿는다. 지혜와 능력이 모자라면 너의 말을 순응하지 않을 것이다. 항상 신중을 기울이고 지혜롭게 대처하기 바란다. 삶의 위대성을 창조하셨던 너 외할머니 깊은 속을 나의 삶의 길에서 안 듯하다. 너도 너의 길목에서 어미의 절실한 교본이 그리움으로 너의 가슴에 재워질 날 있으리라. 그렇다, 오늘의 기쁜 일은 특수한 곳에서 소식 전해진 너 편지를 긴장된 마음으로 어미 손에 들려 있다.

> 길목 돌부리 헤아리든
> 간절한 아들 편지
> 눈망울 젖어 환한 빛으로 선다
> 탯줄에 묶였던 정서적 내 아가
> 편지 위 오롯하다

솜털 머리카락 입김에 흔들며
입술 열어 젖 넘기는 소리
영혼의 속삭임처럼
혈관을 타고 내렸다
어둠 뚫고 피워낸 사랑
분홍 발꿈치 올려서니
젖 맛은 미리 알아
밥은 입에서 밀어낸다

사슴뿔 위 연지 문질렀다
붉은 두 섬 두들기며
통곡하든 애틋한 곡조

그 쓰라린 불꽃
아이 안고 눈물 뚝뚝 떨구었던
순결한 소리 엇그제

하얀 종이 위
모국어 정교히 새긴 엄니 안부
내 야윈 두 손이 흔들린다
내 아들아!
멋진 이 나라 국군이로다

－ 군에서 온 아들 편지

✎ 삶은 자제하는 원천(源泉)이다

　장마가 시작된 모양이다. 비가 대지를 흠뻑 적시고 있다. 창밖에 일렁이는 나무들은 비를 머금고 초록빛의 싱그러움이 다가서고 있다. 라디오에서 이름 모를 축제의 음악이 강약으로 오르고 긴 드레스가 흔들리는 모습 연상되지만 나에겐 아무런 의미 없이 작은 물줄기 출렁이는 소리로만 스쳐 지나고 있다. 순조롭지 않은 고민 들이 멍하니 먼 산 바라보게 한다. 너희들이 공부해야 하는 데 초월된 계산들이 막아서 손을 멈추게 한다. 나름의 수려함을 간직해 보려 최선을 다해 일어서지만 언제나 고갈된 삶 자체를 하나의 기품으로 생각해야 하는 현실이다. 손가방을 들고 오랜 친구 만나러 가기 위해 윗옷을 바꿔 입었다. 유행 지난 옷소매는 왜 이렇게 길게만 보이는지 발자국 놓을 때마다 자신감을 접게 한다. 흉금을 털어놓을 친구들, 오랫동안 쌓여 긴 얘기 나누며 웃고 자식 이야기 오가다 서로 생각 차이로 마음 상하는 말이 오갔다. 서로의 자식에 대한 교육 관점이 다르고 생활 방식이 나와는 같지 않을 터인데 내 자식 공부 좀 한다 해서 헛된 주관 세워 친구들에게 마음 아프게 했다는 생각이 든다. 오만이 가득 차 내면은 굶주리고 어설픈 것뿐이면서 목만 높이 올리고 자신의 수양이 더 절실한 부분들에 미안하고 마음 시리다. 서둘러 집에 오는 버스 안 흔들리는 밖은 줄지어 빌딩들이 지나가고 숲이 있는 나무 밑에 내렸다. 집에 도착하니 딸이 공부하고 있다. 날마다 질타하는 부분들에 현실적 논리의 설득력에 생각할 기회가 제공된 듯하다. 딸의 볼에다 내 입술로 사랑의 표시를 아끼지 않았다.

그런데 어떤 공식의 답과 정의를 가질 수 없는 깊은 시름에 잠겨 고지에 서 있다. 부부란 서로의 가치관이 다르다. 무엇으로 이 흔들림을 내 정중한 모습으로 바꾼단 말인가? 이 탄탄한 땅을 밟고 버티고 서야 한다는 결론밖에는 얻지 못한다. 계절은 다가와 여름답잖게 가을을 연상케 하며 옷깃을 여미게 한다. 학교에 간 내 딸이 공중전화에 동전 떨어지는 소리를 내며 다급한 목소리로 책상에 엎드려 잠이 들었는데 꿈에 엄마가 울고 있었다며 별일 없나 물어온다. 부정적 사고는 긍정적 사고보다 잃는 게 더 많다는 것을 알지 못하는 과정의 안타까움이 큰 회오리바람 같은 무서움이 다가서고 있다. 무엇으로든 내가 감당해야 하고 어지르지는 모습은 내 아이들을 침체되게 할 것이다. 사람의 모든 가치를 파멸되었던 역사의 아우슈비츠 나치 수용소 하나의 욕망을 위해 용변을 볼 수 없게 오물로 서로 혐오스럽게 해 인간의 존엄성을 빼앗아 수치로 가득 차게 만들고 가스로 죽여 시체로 만들어 버리는 아무것도 찾지 못하는 혹독한 곳에서도 생명을 유지해 한 권의 책을 완성시킨 병원 의사도 인간의 심오한 곳에 은유의 법칙이 살아있었기에 가능했으리라. 사람이 살아가는 가능성은 어떤 원칙도 지배당하지 않음을 알 수 있다.

그렇다, 온몸에 스며있는 아이들을 이 여름이 가고 가을 겨울이 오면 폭신하고 포근한 옷으로 갈아 입혀 소망의 불빛으로 둘리게 하여야 한다. 그것은 어미의 소명 그것이다. 사람은 이방성이 강해 쓸쓸한 웃음을 세우며 분노하다 빛이 강한 사막의 바람에 숨죽여 승화될 것을 기다린다. 하나의 신념으로 일어서야 한다. 무거움으로 가늘게 떨며 동공 풀린 저쪽에 생명의 후예가 헐떡이며 숨 고르고 긍정적 부드러움 이 모든 걸 얻을 수 있다는 사실을 알리기는 어렵다. 수많은 침묵으로 기다려도 가랑잎 하나도 포함이 어려워 후회와 질시가 나 하나로 세우기가 힘겨워 하늘을 본다. "내가 합하여 봐야 인간의 속은 무이고 하나님의 속에서 우리는 위대 해지는 것이다." 이 하나님 말씀을 전제로 너희 속에서 그래도 고민해야 함을 느끼며 이 땅의 온기를 들이켜 가다듬어야 한다. 계단에서 시끄러운 소리가 들린다. 집수리한 옆집에 백씨 성을 가진 애 엄마가 이사 왔다. 요즘 젊은 여인과는 달리 몸에 풍기는 품위가 양반의 기품이 담겨있고 예절 바른 자세는 스스로 가치관을 지니고 있어 얼마나 고고한 인품인가? 내 아이들도 저 모습처럼 생활 속에서도 풍길 수 있을까를 생각에 잠겨 본다. 독일 헤르만 헤세 작가의 말을 생각해 본다. "부드러움은 딱딱함보다 강하다. 물은 바위보다 강하다. 사랑은 폭력보다 더 강하다." 이 작가의 책을 읽노라면 신비로움을 자아낸다. 학력을 갖추고 지식이 풍부한 자는 실력으로 글의 꾸밈을 발휘하겠지만, 학력 없는 작가라면 영혼을 그려내는 신비의 그림의 글이 분명한 것이다. 휘어 넘치는 말들을 감상하기에 독보적인 가치가 너무 환상적인 것이다. 이 책 속의 말들을 늘 머릿속에 남아있긴 하지만 실천은 하지 못했다. 아비와 어미의 품위는 내 아이들에게 무엇을 가르쳤을까? 진정한 기품은 보였을까? 힘들다는 이유만으로 전전긍긍하면서 고단한 삶의 모습만 아이들에게 심어 놓고 항상 공자 때리는 소리만 열광하면서 늘 공부라는 제목으로 재촉한 것밖에 없는데 지금 무엇을 생각하고 있는 것인가? 건강하게 자라준 것만으로도 만족해야 할 현실이다.

아이가
아기 눈빛 일렁이며
풀잎 헤아리는 재언(再言)
환히 피워낸다

입에 티끌 하나 물고
바닥 톡톡 배 밀어
서랍장 당기고 열어 왕처럼 앉아

황홀한 경지에
옷을 목에 걸고 던지다가
눈 가리면 방에 독수리 날아든 듯
공포의 울음
온 집을 흔들거리든 아이
언제 이리 자라서

어미 입에 커피 한잔 물리고
맑은 물 찰랑이듯
세상 길 물어오네

               – 어른 되어가는 아이

제2부

무소의 뿔처럼

✎ 학원 선생님

내게도 기쁜 날은 있는 것인가? 이 나라의 군 임무를 마치고 자유함을 얻고 돌아오는 개선장군 아들이 왔다. 인생의 큰 관문을 통과하고 집 문턱을 자유롭게 밟는 이 모습 얼마나 대견스러운가? 또 하나의 관문 대학 생활이 남아 기다리고 있지만 연구하는 학교니 가벼운 마음으로 탐구할 수 있을 것이다. 늦은 밤에 도착해 활짝 웃음을 머금고 희열에 찬 모습으로 엄마한테 안긴다. 그래, 이 나라 지킨다고 수고 많았다. 장하다. 내 가슴에 안아 등 토닥여 주기 위해 얼마나 많은 날을 조여드는 가슴으로 기다려 왔는가? 위문공연 방송 보고 눈물 뚝 떨어지고 길 가는 군인만 봐도 동공에 고이는 이슬 이제는 없어도 될 것 같구나. 아들이 잠자는 모습을 본다. 얼마만의 이 침대 주인이 평화롭고 깊은 잠 속에 숨을 쉬고 있는가? 감사함으로 내 심장이 편안히 뛰고 있음을 느낀다. 이 나라의 새벽을 여는 기상나팔 소리에 길들어져 새벽에 일어나 어미를 깨운다. 집이라는 안도감과 행복감에 눈을 떴으리라. 새벽에 일찍 일어나는 새가 먹이도 많이 먹는다 했으니 좋은 습관으로 변모된 것이 아니냐. 너의 생활이 더 윤택해지리라 본다. "며칠 쉬었다가 엄마 좀 도와주겠느냐?" "제가 전쟁터에 갔다 오지도 않았잖아요. 말씀해 보셔요." "집이 어려우니 복학할 때까지 학원 영어 강사로 해 볼 수 있겠느냐?" "경험도 쌓고 해 보겠습니다." 그럼 신문을 살펴보거라. 우리 집 전화 국번과 같으면 멀지 않는 학원일 것이다. 학교명을 말하고 휴학생이라 말해 보아라. 어미 말에 실천하는 아들을 바라보고 서 있다. 여린 아들이 장성하여 군 임무를 마치고 몇 달이나마 환영받는 영·수 학원 선생님이 되었다. 면접에 무엇을 물었느냐? 'and but' 넣어서 문장 만들어 보라고 쉬운 것도 물어보았구나. 중·고등학생 가리키니 힘 있게 되풀이해서 해 보아라! "같이 공부해서 가르쳐 보겠습니다." 식탁 위에 따끈한 커피 한 잔 놓고 옷자락 스치는 소리 멈춘 집 안에 'summer wine' 테이프를 전축에 넣고 커피 향과 어우러져 일어나는 음악 귓가에 고요히 머문다. 나의 학창 시절 반월당 넓은 길목에 대구 영·수 학원. 늦게 가면 집게발 들고 강의 들어야 했던 대구여고 영어 선생님, 그 두꺼운 영어 문법 에세이 한 권을 머릿속에 담아둔 체 몸으로 영어 강의했던 선생님. 'and but' 넣어 많이도 문장 만들었던 학창시절은 고갈된 삶을 이렇게 살려고 그렇게 공부했을까? 남들처럼 오랜 공부가 아니라 긴 나그네 방랑 길을 다듬느라 더 고팠다. 어미 부르는 아들 목소리에 선잠께 자리에서 일어났다. "제가 학원 출근하고 학생들이 많이 들어와서 약간의 인센티브를 주었습니다. 운이 좋았나 봐요." 네가 노력한 값이지 운이란 게 어디 있다고, 아들! 고생 많았다. 집에 오면 이웃에서 공부 도와 달라 기다리고 있어도 표정 한번 다르게 않고 이행하는 것 보고 있다. 내 삶의 극복에서 이루어 낸 의미가 숨어있는 듯 그 생명력 꽃 몽우리처럼 영글어지고 있음을 바라본다. 수업 준비해 강의해야 하고 친구들도 만나야 하고 활발하게 움직이는 아들을 보면서 많은 생각에 잠긴다. 남편 말처럼 지방대학 장학생 권장받았을 때 갔으면 어미가 해 주는 밥 먹고 곁에서 편하게 대학 생활할 텐데. 하지만 넓은 문을 좁은 문 되게는 않아야 한다. 광야에서 부딪치고 슬퍼하고 고독하고 열중하고 아무도 동행 않는 혼자의 길을 열어가면서, 네만의 섬광을 만들어 야기 때문이다. 얼마만큼의 역량을 주었을까? 많은 어려움에서 능력 없는 부모 원망도 인생의 무지도 눈물도 보이면서 가슴이 단단히 뭉쳐 어떤 일에도 두려움 없이 지탱해 내리라 믿어 본다.

발에 흙 묻을라
손에 가시 들라
오롯했던 나날들이

언제 새벽을 열어
계단 밟고 언덕 위에 섰네
먼저 배운 모국어로

별세는 동그란 눈에
이치(理致) 새겨 주고자
호흡 간격 높여
숨은 언어 입을 연다

신의를 심어주는 연습
뜨겁게 품어내며
지상 두드리는 실력 하나
빛으로 그려 넣는
선생님으로

― 학원 선생님

✎ 아이들과 데이트

온 식구가 크리스마스트리 만들어 거실 입구에 세웠다. 작은 트리의 불빛이 반짝이며 내 집 어둠을 밝히고 있다. 가버리고 없는 한 해 따끈한 차 한 잔 속에 담아 본다. 어떤 질고의 바람처럼 한 해가 마무리되어 깔려있던 어둠을 걷어내고 하늘 저쪽 밝아오는 햇살이 잎새 없는 나뭇가지 흔들며 내 방 커튼에 기대어 너울대고 있다. 숨어있던 냉기가 대지를 밀고 올라와 어깨에 내려앉는다. 아들이 군대에 가기 전에 엄마들이 만들어 놓은 미니 class 학생들이 다시 거실에 펴진 밥상 모서리에 둘러앉아 크게 웃고 있다. 아들이 뜨거운 목소리로 페이지 지목하니 책장 넘기고 있다. 진지하게 기록하고 귀 기울이던 작은 영혼들 짧은 기간에 작은 실력 쌓아 올린 밑거름으로 훌륭한 사람 되어 일어서리라. 인정이 묻어 있는 작별의 아쉬움이 남으며 언제 어느 곳에서 나그네로 만날지를 기약 없이 작은 연희는 마무리되었다. 아들은 고급 학문 얻기 위해 긴 차를 타야 할 날 다가왔다. 도전하는 희망을 위해 내 아이들과 외출을 했다. 늘 절약이 생활 속에 익혀야 한다고 핀잔 주면서도 내면의 본성은 기쁨에 넘쳐 내 발자국은 앞서가고 있다. 남포동 번화가 레스토랑 딸이 손잡고 들어서니 「to young」 팝송이 은은한 불빛에 서며 오르고 옛 추억의 무아 음악 감상실 생각에 잠기게 한다. 그 옛날의 팝 가수 'elvis presley' 음악에 심취해 잔잔한 호수 위를 걷는 듯한 그 분위기 닮아 추억을 더듬고 있다. 애들 성화에 식탁에 오른 고급 음식들을 먹으면서도 마음 편치 않아 발걸음이 무겁다. 어린 너희들 손잡고 올랐던

용두산 공원 이제 너희들이 어미 손잡고 올라가고 있구나. 수없이 날아 오르는 저 비둘기가 날개 접고 앉으면 그 손에 움켜쥐어 보려고 이마에 땀 흘리며 뛰었다. 어찌 새가 작은 네 손에 소유될 수 있었겠느냐? 포기 않던 너희 둘을 보면서 가능성을 어미는 측정한 것이다. 참 먼 옛날의 추억이네. 이렇게 장년이 되어 이 공원에 다시 서니 감개무량 하구나. 저 하늘을 날아오르는 수많은 비둘기 죽지 않고 살아 숨 쉬며 우리를 환영하고 있구나. 정말 감회가 새롭다. 저 높은 타워에 한 번 올라가 볼 까요? 강산이 몇 번 변하도록 여기 살았으니 의미가 없는 듯하다. 내려 가서 국제시장을 한번 보자. 이곳은 이북 피난민들이 이루어 낸 장터라 소문난 그 사람들 큰돈 만진다는 후문이다. 여기 국제시장 낡은 건물이 지만 엄청난 물건들을 비치해 놓고 고객을 기다리는 곳이다. 여기를 중 심으로 어깨 부딪칠 정도의 사람들이 모이는 중심지다. 적합한 식당을 찾아 저녁 식사 해결해야 할 것 같다. 아빠가 근무 끝났을 터인데 자갈 치 시장 가서 회 먹고 가도록 하자. 너희들 어릴 때는 작은 손 놓일세라 신경 곤두서 즐거움보다는 지쳐 아빠와 귀가했던 기억이 남아있다. 이 제는 너희들이 엄마 손잡고 있으니 얼마나 소중한 것이냐? 자갈치 시장 안에 아이들 아빠와 바닷물이 출렁이는 이층집에 자리를 잡고 앉아 애 들이 좋아하는 광어와 장어 회를 시켰다. 애들이 상추와 깻잎 위 회 올 려 먹는 저 모습 내 입에 넣는 한 점마저도 아이들 입에서 녹기를 원하 는 이 행복한 외출이 또 언제쯤이 될까? 기약도 없는 생각에 젖어 창틀 에 앉고 있는 별들을 헤아리다 내 방 커튼을 힘없이 밀며 몸을 뉘었다. 동쪽 하늘에 환한 빛을 발하는 이른 아침 아들은 서울행 긴 열차를 타

기 위해 무거운 가방 등에 지고 손에 들고 떠나고 없다. 아비의 빈손에
놓고 가는 너의 노고의 값 의미가 아비한테 부여되었을까? 아비임을 주
장하며 주머니를 열었을 것이다. 많은 것을 남겨 놓은 내 집 거실을 빙
빙 돌아 아이 손때 묻은 여운들을 어루만지며 가슴 아려오는 것은 어
미의 눈물이다.

아이가 길을 나선다
집을 환히 밝히던
집 어항의 금붕어가
대해에 돛 올리러
가방은 꽉 차 뒤뚱거린다

꿈은 차창에 활강하고
낯선 부화(孵化)에
생각은 깊어진다

각오는 목줄에 길게 누비며
눈빛 서고 오르는
붉은 열정
운동화 끈 다시 매듭 한다

푸른 대나무 기상처럼
꿋꿋하게 일어서
뿌리 깊은 역사 놓기를!

— 아이가 길을 나선다

✏ 미래의 섬광을 만들어라

딸이 남기고 간 편지 들었다. 엄마 사랑해요. 늘 엄마가 바라는 딸이 못 되어 죄송하기만 합니다. 오빠는 공부를 위해 서울로 떠났고 저마저 기숙사로 갈 생각하니 엄마가 마음에 걸려서 이렇게 몇 자 적어 봅니다. 엄마가 바라는 대학에 못 들어갔지만 이젠 엄마 마음 아프게는 하지 않도록 하겠습니다. 하루가 멀게 잔소리와 책상 위를 차지하던 편지들 이 모든 것이 저에게 많은 도움이 되어가고 있습니다. 공부보다는 인성이 먼저라는 엄마. 날 바로 서게 잡아 준 착한 오빠 조화롭게 저를 가꿔준 우리 가족이 있기에 전 행복합니다. 엄마! 학교생활 잘 마무리할 테니 신경 쓰지 마시고 그동안 못했던 엄마 자신에게 관심 가져 보셔요. 건강하게 지내셔야 합니다. 학교에 가서 전화할게요. 예쁘게도 글 써 놓았네. 내 아이들의 손때 묻은 것들만 수 없는 여운을 부르며 자리를 지키고 앉아 있다. 그 인생을 위해 길을 떠나고 있다. 곡식 걷은 빈들의 허수아비처럼 춤추고 흐느적거리며 내 앞에 흔들린다. 거실 저쪽 내 위로의 도구처럼 앉아 있는 전축에 친구들과 자주 부르며 고독을 논했던, 「green field」 음악을 코드를 높이 올렸다. 조용하고 무거운 음률이 쓸쓸한 미로처럼 내 곁에 스며온다. 또 먼 기다림이 시작되고 저 닫혀있는 문이 열리고 어미 힘차게 부르며 들어서기만을 기다려야 한다. 내 아이들과 공부라는 제목으로 얼마나 많은 날의 번민에 잠을 이룰 수가 없었는가? 이제는 진자리 마른자리 가리지 않아도 목적의 할 일을 정돈할 줄 아는 모습에 안도의 숨을 쉬어 본다. 기숙사에 있어도 내 귀에 전화로 속삭이는 내 딸. 엄마, 저 정말 열심히 공부하고 있습니다. 이번 시험도 교수님에게 칭찬받을 정도로 잘하고 있습니다. 도스토예프스키의 말처럼 "내가 세상에서 한 가지 두려운 것이 있다면 내 고통이 가치 없이 되는 것이라 했다." 수많은 갈등을 이겨 넘기며 두려운 횃불을 높이 들어 너희들을 지켜냈다. 이제는 그 두려움을 내려놓고 미래로 가는 불빛을 높이 들어 올릴 것이다. 너희들의 열정과 신념으로 길을 걸어 섬광을 만들어나갈 것을 어미는 믿고 기도할 것이다. 시작의 길에서 아들이 대학 후문 쪽에 집을 전세 장만해 자취한다고 하는데, 어떻게 하는지 어떤 방법으로 생활하고 있는지 방은 따뜻한지 밥은 제때 해 먹을 수 있는지 반찬은 어떻게 하는지 선잠 깨게 한다. 어떤 방법도 모르는 어미는 여기 앉아 있구나, 저 공중에 발자국 남기지 않는 새처럼 허허롭고 마음 시리다. 이제 곧 내 가슴에서 떠나 다른 둥지를 마련되어야 하는 자연스러운 생의 질서를 준비하는 과정에 있는 것이다. 좀 강해진 자세로 마음 다져야 하는데 논리적 측면은 분명하지만 감싸고 있는 어미의 마음은 비켜 내지 못하고 있다. 밥도 먹지 않고 술에 취해 쌀쌀한 날씨에 이불도 덮지 않고 잠들지는 않는지 군대에선 시간관념이 정확한데 사회라는 자유함 속에서 생활의 질서는 지키고 있는지 궁금하고 걱정이 되어 사람의 그늘을 박차고 나갈 용기 부족해 멈추고 있다. 내일을 위해 서산에 걸려있던 해는 떨어지고 어둠 속에 침잠되어가는 대지를 바라보며 독백한다. 코끼리는 나이가 들면 자신의 무덤으로 찾아간다는데 인생의 길은 알 수 없는 죽음 앞에 삶에 애착은 맥박 멈춘 소리에 움켜쥔 손 놓고 편히 쉴 것이다. 그러고 보면 코끼리보다 무지한 인간의 원리가 아닌가? 아둔한 사람의 답인 것이다. 두 마리의 비둘기는 오늘도 변함없이 아들 방 창틀에 날아 앉아 아들을 기다리고 있는데 이 방과 저 방 텅 비어 손때 묻은 가구들만 문 여닫는 소리 멈춘 채 홀로 윙윙거리고 아직은 서툰 아들 돌보러 갈 것을 애 아빠를 설득해 봐야 하는데, 오늘도 날이 저물고 있다. 땅의 냉기를 걷어내고 따뜻한 봄기운이 올라와 시장바구니 든 길섶에 민들레가 활짝 웃으며 봄의 메신저를 나에게 주고 있네. 저 함박웃음처럼 속살 돋게 하는 이슈를 전해 주는 딸한테 편지 한 장 써야 할 것 같다. 또 먼 곳에서 아들이 어떻게 지내는지 많은 걱정을 몰고 온다. '사람은 나면 서울로 보내고 말은 나면 제주도로 보내라는 말' 그 원리를 주장해보면서 아이를 깊은 물가에 내놓고 반듯한 통찰력을 가져야 한다. 주장하며 교육 증진을 기대하는 어리석은 어미의 짓은 아닌지를 강한 후회로 선잠 깨 일어난다. 눈 껌벅이며 인내로 꾹꾹 눌러 지켜볼 수밖에 없는 현실이 높게 밀려오는 파도에 철벙거린다. 하루의 해는 서산마루에 걸려있고, 참 어려웠던 순간순간 작은 것에서 크게 일어서려 너희들을 안고 어떻게 맴돌았는지의 글 한 수 나열해 놓았다.

바다에 앉은
초록 섬 하나
고귀한 인연에 물기로 씻기며
유년 지난 역사는
목적 잃은 물이 흔들고 있다

내 손 놓지 않는 또렷한

살갗에 입 맞추며
모세 혈관 타고 흐르는 소리에
심장은 멈출 리 없다

생수로 순간을 축이며
순결한 흐름을 일렀다
묻어 놓아야 하는
무거운 바람 소리를

치마폭에 옥조(玉條) 그려
조약돌 수북이 쌓아 올렸다
높은 파도 너를 이기려

　　　　　　　　　　- 인생의 소리 저쪽

✎ 내 딸의 직장

"엄마, 합격이다. 컴퓨터 기사 자격 합격!" 그래 엄마 딸이 해 낼 줄 알았다. 정말 열심히 했구나. 컴퓨터를 몇 년을 공부해도 그 자격증 못 따내고 포기하고 무의미하게 학교 졸업하는 사람 엄마 주위에도 정말 많은데 그 어려운 관문을 통과하다니 앞으로는 컴퓨터 시대가 열릴 테니 살아갈 수 있는 너의 무기를 장만한 것이다. 엄마의 욕심으로 너를 간파했다면 큰 착오로 이어질 뻔했구나. 네가 원하고 즐겁게 일할 수 있는 과를 잘 선택되어 정말 다행한 일이다. 기쁨으로 가득 찬 하늘을 본다. 그 노력의 값은 틀림없이 너에게 제공될 것이다. 앞으로도 끊임없이 너의 지식을 요구될 곳이 많을 것이라 본다. 어미가 사랑한 까닭이 여기 있었구나. 조용히 코발트 하늘을 응시하고 있다. 지나가는 시간 가을 소리 형형색색 불꽃으로 분출하는 청아한 바람 소리 가슴에 누인다. 맑고 단아한 내 딸의 모습 대학원을 가지 않아도 유학을 갔다 오지 않아도 이 나라 인력이 된 것이다. 그래도 어미의 욕심은 가시지 않고 다 못한 것이 남아있다. 졸업을 앞두고 구청 전산실에 입사했다. 구청 직원 어른들 앞에서 컴퓨터를 가리킨다니 생각지도 않았던 일을 해내고 있다. 어리광만 부리던 내 딸이라 믿기 어려워 구청 직원에게 물었다.

"예! 그 애 어머니시죠? 많이 닮았습니다. 애가 참 밝고 컴퓨터를 잘 가리켜서 직원들이 칭찬 아끼지 않고 인기도 많아요. 걱정하시지 마세요." 어미한테 꾸중만 듣고 어리광부리던 딸의 내면적 성향과 리듬이다. 어떤 격려가 가장 적합할까? 전문적 교수의 큰 논문 발표보다 딸의 실질적 현실이 값진 것임을 말하고 싶어진다. 부모의 야망 때문에 순수한 영혼을 흔들 수 없다는 생각이 든다. 딸은 각박한 현실 속에 견디어 낼 수 있는 무한한 잠재력이 숨어있는 것이다. 끝이 없는 컴퓨터 공부에 매달려 수 없는 관문을 통과하고 있다. 국가 컴퓨터 자격증 가져와 흐뭇하게 해 주더니 결국은 세계적인 빌게이츠 자격증을 어미 손에 놓아준다. 그래 엄마가 원하는 선생님이 된 것이 아니냐? 최선을 다했다 싶다가도 모자라는 부분들에 마음 저렸는데 컴퓨터에 손을 올린 딸은 빈번한 초청 전화에 답하며 바쁘게 움직이는 모습이 입속에 웃음이 가득 번져 온다. 야망에 찬 분노도 없이 얼마나 평화로워 보이는가? 모자라는 아비 수입에 역행하지 않고 그 옆에 있는 현실에 적응하며 타협하는 것으로 풍겨 작은 영혼의 순수함을 바라보며 생각에 젖는다. 흐르는 물을 역류시키려 했으니 마음 다치지 않았던가? 주어진 것에 감사하고 소박함을 간직하며 내 아이들을 바라본다. 안부 전화 받는 곳마다 아이 능력 일렀던 곳에 대기업 서울 SK 본사 모집에 이력서 넣으라는 연락이다. 어떻게 해야 하나 구청장님께서 별정직 발령 날 것이라는 전달이 있었다는데 그것은 그 아이 능력을 알았기 때문일 것이다. 공직으로 가는 길이 더 합리적일 것 같은 데 그러나 본인의 의견을 경청해 볼 필요성에 강의 준비하는 딸에게 조심스럽게 한 말에 딸의 눈빛이 반짝인다. 서울 오빠 곁에 간다는 기쁨이 더 지배적인 듯하다. 엄마 쉬운 기회는 아닌 듯한데 최선을 다해 볼 것입니다. 까다롭고 힘든 절차에 이루어진 합격에 좋아 어쩔 줄 몰라 하는 아비를 향해 저 엄마랑 같이 서울 갈 거예요. 순간 당황해하는 아비를 향해 매달리며 호소하니 화를 벌컥 내며 방으로 들어가 버렸다. 큰 방문을 노크하며 뒤쫓는 딸 아이 모습을 지켜볼 수밖에 없었다. 방 안이 울리도록 소리가 높고 부모는 자식을 이길 수 있는 능력이 부족한 것이다. 근심에 젖어있는 것보다 아이들 곁에의 생활이 진취적 방법론으로 결정해 집안을 정리 정돈과 밑반찬 김치를 담아 냉장고에 가득 채우고 아이들을 위해 이 나라 끝자락에서 대도시로 긴 외출이 시작된 것이다. 아들이 마중 나와, "엄마 힘들었지요?" 말에 너 보는 기쁨이 더 큰 듯하다. 가슴에 안고 젖을 먹이고 그 해맑은 눈동자를 말없이 바라보며 삶의 끈을 놓지 않았던 갈등의 순간순간들 그 속에 성숙되어 타오르는 횃불 긴 막대 위에 꺼지지 않음을 알 수 있었다. 낯선 도시 아들 집에 푹 자고 일어나니 애들은 밖으로 나가고 아무도 없다. 안일한 것보다 아이들한테 도움 줄 수 있는 곳 중앙일보에 까다로운 서류와 소견서까지 동봉해 서류를 제출하고 면접을 했다. 이외의 결과, 첫 출근 각자의 목적을 향해 밝은 내일 준비에 발 디딜 틈없는 지하철 속을 내 영역을 채우기 위한 은밀함이 다문 입속에 물고 이행의 길을 가는 것이다. 빈 내 책상 서랍에 서류를 만들어 채워야 하고 만든 서류가 내 책상 위에 있어야 한다. 공직 생활에서 얻은 교훈은 묻어 있기는 하겠지만, 지금의 현실은 너무 무겁고 큰 듯하다. 연습으로 터득하고 지각 있는 판단력으로 이루어 볼 거라는 각오를 다져 본다.

양지바른 담 밑에
호박씨 묻었다
떡잎 기지개편 푸진 이파리

바람에 살랑인다

낯 선 문빗장마다 의아하고
하늘 향해 호박꽃 활짝 입 열어
벌이 노란 꽃가루이고
축제 열렸다

언제 와 있는 가을 입구에
돌담 타고 오라지도 않은
햇살 받은 누런 보물
떡 하니
담 위 둥근 달 떴네

— 완숙한 딸의 직장

✏ 한국의 월드컵

　이 나라 할렐루야 축구 선교 단체에서 "그의 용사들의 방패는 붉고 그의 무사들의 옷도 붉으며 그 항오를 벌이는 날에 병거의 쇠가 번쩍이고 노송나무의 창이 요동하도다." 위의 하나님 말씀으로 기도하며 큰 야구장을 빌려 붉은 악마 응원단을 만든 바탕으로 도시와 시골 방방곡곡 나라 전체가 붉은 용사의 옷을 입고 하늘을 향해 손뼉 치며 손을 높이 들어 승리를 부르짖었다. 그 거대한 역사적 함성이 한국과 포르투갈 16강 진출을 이끌어 골대로 향해 공을 쏴 올린 것이다. 이 비옥한 땅에 펼쳐진 대한민국의 용광로에 이글거리며 분출하고 있는 젊음의 기백을 보라. 그 옛날 일본에 이 기름진 땅을 빼앗기고 명석한 인재들은 일본 칼에 넘어졌고 국모까지 시해당했던 울분의 나약한 나라가 이제는 분명 아님을 보아라. 그 완악한 악행 속에서도 오뚝이처럼 일어나 맹수처럼 뛰어올랐지 않는가. 우리는 어떤 나라도 범접할 수 없는 야수를 뛰어넘어 밀어내는 기세를 보여야 할 것이다. 하나님은 애굽 땅에서 종살이하는 이스라엘 백성을 모세가 거대한 물을 가르고 가나안 땅으로 인도했듯이 이 나라도 얼마나 많은 세월 동안 척박한 땅 되어 패역의 소용돌이 속에서 백범 김구, 그 어른께서, "그런즉 이 일에 대하여 우리가 무슨 말을 하리요, 만일 하나님이 우리를 위하신다면 누가 우리를 대적하리요." 이 하나님 말씀을 수없이 기도로 일구어 놓은 땅 위에 초대 대통령 이승만 장로께서 하나님 말씀 따라 법치 국가를 세웠지만 6·25 전쟁이 일어나 맥아더 장군의 요청은 수도를 임시로 일본 땅으로 옮겨 있으라는 그 말에 진해 앞바다에 빠져 죽더라도 할 수 없는 일이라며 거절하시며 피난민을 바라보며 눈물을 흘리셨다 들었다. 불운의 시대였지만 비굴하지 않고 이 나라를 아끼셨던 수상이 아니었던가? 미국은 하나님의 십계명으로 법을 세워 세계적 강국이 되어있는 것을 우리의 눈으로 확인하고 있지 않은가? 구소련은 공산 국가로서 하나님 말씀 허용이 어려운 상황 속에서 그 아버지는 고르바초프를 문 앞에 세워 망을 보게 하고 누가 오면 성경책을 사진 걸어놓은 뒤에다 숨겨가며 그렇게 열심히 하나님 말씀을 가리킨 고르바초프가 소련의 최고 지도자가 되어 평화의 노벨상도 받은 것이다. 그때부터 성경책을 온 나라에 개방시켰다는 것이다. 우리나라도 그렇게 했다면 어떤 나라로 변모 되어 있을까? 일본인들에게 강제로 끌려갔던 서러운 징용도, 이 나라의 꽃다운 여자아이가 일본군의 성 노예로는 전락 되지는 않았을 것이 아닌가? 어쩌면 대원군의 쇄국으로 이끈 정책이 일본이 엿보게 만들었던 원인이 아니었을까 하는 의문도 가져 본다. 여러 가지로 지난 통념들이 아쉬움에 젖게 한다. 그렇다 지난 역사를 간파할 것이 아니라 두 번 다시는 그 처참한 역사를 되돌리지 않기 위해 다음 세대에 강한 통찰력을 심어주는 연구 개발에 치중되어 국가관을 확고하게 펼쳐 놓아야 한다. 기성세대에서 책임져 나가야 할 부분이다. 이 축구 하나만이라도 온 국민이 하나로 붉은 용사가 되어 시위를 제압해 이뤄낸 것처럼 더 크게 뭉쳐 일어서야 할 것이다. 흥분된 이 하루는 과거로 남으며 어둠을 준비한 하늘에서 일찍부터 굵은 빗줄기가 빛살 있던 창문에 요란하게 두들겨 뛰는 내 심장 박동 위에 떨어 지는 듯하다. 괴테의 표현대로 "아무리 구름 속을 보아도 거기에는 인생이 보일 리 없다." 어떤 경우에도 인생은 완전한 만족이란 없는 것이다. 구름 가려진 하늘을 알 수 없듯 내 인생의 그늘은 쉴 사이 없이 다가와 서러움에 울고 있었지만, 지금은 온몸에 감긴 끈을 풀어 내린 듯 편안한 안도의 긴 호흡을 해 본다. 운동화에 내 발을 넣고 밖으로 나왔다. 도로 위는 비에 젖은 자동차들이 행렬로 미끄러져 가고 길 위에 서 있는 나 또한 바쁘다. 은행나무 잎들은 태양을 향해 춤추고 있는 이곳 학문의 전당 연구 토론하는 서강대 캠퍼스, 길섶 나무 풀 포기마저도 조화롭게 정돈되어 마음 잔잔하게 누인다. 저쪽 운동장에서 띄워 올린 축구공이 날아와 내 안경을 스치고 뚝 떨어진다. 내 아들도 저 운동장에서 젊음을 만끽하며 뛰었으리라. 건물 옆 나무 그늘 긴 벤치에는 학생들이 진지한 토론에 젖어있는 곳을 지나 뒷산 작은 숲길 사이로 발을 옮겼다. 한참을 오르니 신발에 감겨오는 낙엽 위에 파닥이는 청량한 새 울음이 실바람에 날아와 내 온몸에 스민다. 큰 바윗돌 지나니 고목 나무가 힘없이 산 중턱에 누워있다. 나도 여기 앉아 너의 가냘픈 울음처럼 소리 내어 한 인생의 서러움을 토로해 보고 싶구나. 나뭇가지를 잡고 산마루터기에 올라섰다. 저 시야에 펼쳐진 광야에 삶을 영위하는 행렬이 보인다. 그 유형은 너와 내가 다르지 않으리라. 고집스럽게 가난에 매달려 내 자식 훌륭해지면 꽃가마 타리라 희망하며 손마디 저려 울고 있는 사람들의 묻혀있는 색소 들을 품어내는 외마디 소리 바람 따라 오르는 듯하다. 바위를 내려서니 초라한 꽃다발 하나 안고 산을 지키는 비석이 보인다. 학교에서 시위하다 유명을 달리한 영혼이라는 말에 목이 말라 왔다. 강건한 신념으로 마련된 터전 일진데 이 흙 속에 홀로 학교만을 지키지 말고 일어나라! 연구하고 희락을 같이해 이 나라를 지켜야지, 네 어미는 거리를 흐느적거리며 눈물 쏟고 있을 터인데 영혼이라도 일어나 심장이 녹아내리고 있는 네 어미 눈물 닦아주거라. 정말 애끓는 큰 나무 여기 누워있네. 산허리를 돌아 침침하고 안타까운 마음으로 수풀 속 향긋한 바람에 씻어본다.

공이 춤추는 축제
숲속을 마구 뛰는 하이에나
화살촉 높이 올려야 한다

선조 때부터 합 바지 흔들며
응원 목청소리 세계적이다
그 후예는 붉은 옷 갈아입었다
악마의 응원단으로

이 땅 출렁이며
손 높이든 영혼의 함성
하늘로 쏘아 올렸다

공이 긴 다리 뚫고
달궈진 용광로에 튕겨 들었다

우리는 해 낼 수 있었다

이 벅차오르는 환희

아, 대한민국!

– 월드컵 축구

✎ 아래 동서와의 이별

애들 친숙모가 나를 천주교 문턱 밟게 해 놓고 세상과 이별하고 말았다. 그 어떤 것도 무죄다. 두 눈을 영원히 감고, 하늘로 향해 버틴 육신 앞에서 침묵으로 멍할 수밖에 없다. 이 순간 자네 손에 움켜쥐고 있는 애착들 슬픔 고뇌 다 내려놓은 편안함이 무척 부럽다네. 동서, 자네와의 이별이 믿기지 않고 서로 간의 살아간다는 긴 세월 동안 집안 행사 때 만나 따뜻한 말 한마디도 전하지 못했지 않는가? 나도 자네처럼 놔 버릴 용기 없어 영위하는 것일세. 사람의 운명은 영원을 약속받은 존재가 아니니 말일세. 어차피 동서처럼 혼자서 허망한 길을 떠나야 하는 것을 그래도 자네는 너무 급하게 서두른 건 아니냐고 묻고 싶네. 생각 없는 영혼이라도 나를 한번 돌아보게나. 내 신발 바닥에 닿는 굽이 부서져 절뚝이다 저기 허공에 뜨는 속삭임이 살갗에 꽂혀 아파했네. 가을 햇살 녹아내린 벼밭에 풍성한 이삭 한아름 안고도 소리 없는 울음 울며 산허리 밟고 올라섰네. 초록 풀 솟은 땅에 무거운 육신 놓고 눈시울 올려 하늘을 보았네. 무지하게 펼쳐진 삶의 영위들이 어둡고 침침해도 홀로 넉넉함을 주장하며 울타리를 애틋함으로 이끌어 하나님 말씀을 펼쳤네. "내 마음이 약 해 질 때에 땅끝에서부터 주께 부르짖어 오리니 나보다 높은 바위에 나를 인도하소서." 이 하나님 말씀을 침묵 속에서 열거하면서 온전할 것을 기도했네. 자네는 육신의 병고로 갔지만 자네 시숙과의 갈등 자네와 같은 길에서 은밀히 일어나는 지혜가 나를 붙잡고 있었네. 내 아이들이 있어 준 것에 감사하며 일어서게 하는 힘을 얻게 한 것이네. 지금에 와 생각하니 이 가문의 후예인 아이들을 손색 없이 키워 내려고 노력했던 흔적들은 건강하게 자란 아이들일세. 집안 어른들의 배려로 학문에 치중하고 있는 자네 조카들이 고개 숙여 조문 하는 모습 바라보게나 건강하게 잘 자랐네. 아직 짙은 향기 풍길 수 있 는 수많은 노력이 필요함을 알고 있다네. 자네는 능력 있는 사람으로 주 위를 활발하게 채우다 누워있는 빈손을 보는 순간 오래간 내 묻어 두었 던 마음의 사실을 자네에게 토로하고파서 숨김없이 말한 것일세, 지금 이 순간 마음이 무척 무겁다네. 인생의 행복이 이곳에 있는지 저곳인지 는 알 수 없으면서 수많은 욕심을 채우려다 자네처럼 흙으로 돌아가는 육신 하나로 그 마지막인 것을! 삶의 희망들로 화려함을 꿈을 꾸고 있 었던 것이 아닌가 말일세. 이 무지한 잠자는 몸체로 살아있는 자 땅으 로 밀려 내려감을 실감하고 있네. 이제 장마가 시작되는 모양이다. 침침 한 하늘에서 쏟아 놓는 소나기에 길 가던 나그네가 빌딩 추녀 밑으로 몸을 숨기고 있다. 오늘 퇴근 시간은 ○○일보 본부장님 슬하 직원들 과의 회식이다. 경륜 있는 팀장들 속에 일행이 될 수 있었던 건 묻혀있 는 일에 최선을 다해낸 결과로 보여 감사하다. 시간 속에 책을 들고 애 들 맛나는 김치 담아 내 아이들을 배부르게 함이 순서다. 바람이 와 목 욕실 창문을 두들기고 사람 지나가는 구두 소리는 내 아이들이 퇴근해 오는 소리다. 뉘었던 몸 일으킨다. 기다림의 밖에는 쌀쌀하게 스치는 바 람 소리가 창틈으로 오고 대문을 활짝 여니 교양이 있어 보이는 내 옆 집 넘어 여인 건너오는 말이 진정한 사람의 소리로 다가선다. 그 인생 도 별다르지 않아 보여 살아가는 얘기 주고받으며 교회 집사라는 말에 동네 한 바퀴 걸었다. 내 엄마가 불교여서 애들 어릴 때는 절에 갔었는데 아래 동서 권유로 애 아빠와 천주교를 나가다 애들 곁에 와서는 필요성을 못 느껴 오래도록 냉담에 있습니다. 도란도란 나누는 얘기 뒤로 하고 집에 들어섰다. 아들이 친구들과 소란피우다 갔는지 싱크대 위에 씻을 그릇이 쌓여 있어 정돈이 바쁘고 먹거리 준비에 움직이고 나니 소리 없는 어둠이 깔려온다. 잠자리를 준비하고 편히 길게 누웠다. 라디오 FM을 눌렀다. 차이코프스키의 비창이 흐르고 있다. 죽음을 앞둔 서곡의 선율에 커다란 삶의 중력이 내 침전에 파고들고 있다. 응고된 한의 색소에 바람이 찾아와 창을 두들기고 무거운 오케스트라처럼 가슴이 요동이고 슬픔이 덮혀와 알 수 없는 눈물이 베개가 적셔온다. 잠이 들었던 눈을 뜨니 환하게 밖이 밝아오고 있다. 대충의 아침 밥상에 김치를 올리고 씻을 그릇 싱크대 위에 놓고 토요일이라 발에 운동화 끈을 졸라 대학 뒤 작은 산에 올랐다. 약속하지 않은 집사님을 만나 반가웠다. 친구, 교회에 가보셔요, 외로움도 슬픔도 감싸 안아 주십니다. 집사님께서 저를 기도 많이 해주시면 되지 않아요? 다른 얘기 하지요. 저는 친구를 처음 만났을 때부터 친구의 얼굴에 고여 있는 슬픔이 보여 구원의 기도하고 있습니다. 이것은 나도 모르는 사실이지만 마음이 붙들려 있는 듯합니다. 조금 마음이 안정될 때 천주교에 냉담 끝내고 걸음 해야지요. 헤어졌다 다시 만나 웃고 또다시 만나 공원길을 동행하고 얘기 나누며 많은 세월 들을 바람의 소리로 들으며 시간의 간격을 일구었다. 주님 전에 서야 한다는 많은 권유를 무의미로 일관한 오만이 힘없는 고집으로 이 각박한 마음을 넉넉한 것처럼 고개 들고 웃음 주면서 집에 들

어서니 텅 비어있다. 아들이 도서관에 간 모양이다 헤르만 헤세의『데미
안』이 방바닥에 뒹굴어져 있다. 아들이 보다가 밖에 나간 모양이다. 학
력도 없는 작가 어쩜 원초적 심리인 면을 섬세히 표현된 진지함에 감성
이 살아난다. 내용에 젖다 말고 일어서 커피 한 잔 손에 들었다. 수많은
기다림에서 그 끝이 어디인지는 모르지만, 그다음 해에는 좋아지리라,
그다음 해는 행복해지리라. 그 간절한 기다림이 고개를 넘고 늙어 감을
배우는 것이다. 나에게 담아진 무개에 순응하면서 나다움을 세워보지
만 어떤 변론도 답변도 있을 리 없다.

✏️ 구원의 역사

　라다크로부터 배운다, 책에서 오래된 미래를 읽다 잠이 들었다. 몇 시간을 꿈속에서 헤맸다. 어떤 큰 성전에 사람들은 엄숙한 기도 자세이고 가운데에 앞쪽 발에 끌리는 하얀 옷을 입은 장신인 분은 높은 십자가를 잡고 근엄한 자세로 앉아 있었다. 그 앞쪽 2미터쯤의 공간에 나무로 견고하게 형성된 금단 된 긴 재단이 가로로 놓여있었다. 그 너머 쪽 돌쩌귀 박은 입구 문에는 알 수 없는 사람들이 몰려들고, 그중 나도 포함되어 있었다. 교회 안에 성스럽게 앉아 계신 분에게 구원을 받아야 한다는 원칙에 웅성거리며 몰려드는 숨 갑은 사람의 소리였다. 어떤 모습도 소리 하나도 엄숙한 분들에게 전달되지 않는 하나의 영혼에 불과한 죄인들만 구원받으려 앞다투며 몰려와 허공에 날리는 욕망을 외치고 찢기는 영혼의 아우성이다, 성스럽게 기도하는 분들에게 이 영혼을 구원받아야 하는데, 출구 쪽으로 밀려만 갔다. 이 육신이 출구 3번째임을 의식하고 시선을 옆으로 돌렸다. 깊은 낭떠러지에 독사 구렁이들이 우글대고 이름 모를 짐승들이 허기진 눈을 번뜩이며 기름진 몸집들을 세우고 먹이를 기다리는 전경에 '아! 이것이 무엇인가?' 전율을 일으켜 목이 터지게 비명 지르며 살려달라 소리 질러 댔다. 그때 엄숙한 자세였던 성도 중 왼쪽 6번째 앉은 분이 움직이기에 나의 존재를 알려야 하는 갈급한 순간 목청껏 울부짖었다. 불이 탈 듯 간절함이 전달된 것인지 걸어오는 분은 나를 교회인도 하려는 집사님이셨다. 오, 집사님! 나를 구해 주소서. 너무 무서워요! 두려움에 떨며 붙부팁시는 내 손을 잡아주는 순간, 아! 살았다는 황홀감에 깊은 잠에서 눈을 번쩍 떴다. 혼미한 정신 속에 온 전신은 땀으로 범벅되어 몸을 일으킬 수 없었고, 그 많은 죄인의 영혼 속에서 나만이 구원되었단 말인가? 이건 인간 초월 영혼의 지옥이 아니든가! 신비한 조화에 천정만 멍하니 응시하고 있었다. 오! 집사님 당신의 기도가 태평양 바다 물속보다 깊은 이 심연을 움직여 놓았네요. 오랜 세월 동안 집사님의 그 많은 설득에도 외면하고 고집과 아둔함에 구제가 어려우니 주님의 모습 보이시며, 그 크신 하나님의 역량으로 이 아둔한 여인을 주님 곁으로 이끄시는 이 놀라운 역사를! 잠자리에서 벌떡 일어났다. 뻗쳐 있는 머리조차 매만지지 않고 교회를 찾아 헤맸다. 이 사실들을 어떻게 글로 표현해낼 수 있을지 꿈속 그 성전이 어디에 있는 것인가? 내 집 주위를 많이 헤매다 지쳐 다음 날로 미루며 오는 길목에서 고개를 들어 올려 보는 순간, 지붕 위 십자가가 유난히 반짝이며 시선을 멈추게 해 발을 옮겼다. 규모가 큰 성전은 아님을 느끼면서 들어섰다. 내 마음 정률(定律)이 멈추며, 재단 앞 양쪽에 놓인 꽃향기에 아늑하고 포근함이 나를 감싸는 듯해 굳은 자세로 한참을 앉아 정중함에 두 손을 가슴에 올렸다. 그리고 눈물이 하염없이 흐르기 시작했다. 하나님, 이 마음도 몸도 고단함을 어찌 헤아렸는지요? 금 그릇이 넘어질 것 같고, 은 그릇이 깨어질 듯하니 주님 역량 세우신 것인가요? 한 말씀만 주소서! 손에 떨어지는 콧물 눈물범벅이 되어 옷자락을 적셔오며 한참을 울었다. "주일 몇 시 예배인가요?" 세습에 젖어 마음 다치지 않고 평화로움을 다스려 갈 곳에 인도된 것이다. 이 큰 사실들을 글로 온전히 표현할 수 있는 지혜를 허락해 주옵소서! 왜 이다지

엄마 품속 같은 포옹의 느낌이 감도는지 알 수 없는 신비로움으로 묵상
에 잠겼다.

백 년을 산 듯
내 안의 파편들이
길 위에 즐비하게 늘려 온다

절구 찧는 두려움의 각혈이 땀에 젖어
그래도 등뼈는 단단하고
살을 비틀어 아프니
죽지 않고 살아있음이다
길에서 넘어지면
그 길을 붙들고 일어서야 하는
어김없는 진리의 처연함
너는 알고 있으랴

한 줌의 흙으로
육신을 식혀 숙성시키는
고독한 생의 질서에
아, 끔찍이도 또 일어서
순간을 이기니

구원의 역사는

소리 없는 크신 손길로

촛불을 환히 밝힌다

　　　　　　　　　　　　　－ 구원의 역사

✏️ 손에 들려진 선물

　이른 아침 출근, 먼저 파악하고 퇴근 시간까지 허둥대다 보니 냉랭한 사무실 안은 훈훈한 공기가 감돌고 하루를 바삐 오가던 직원들은 책상을 정돈하고 회식이라 자리를 비웠다. 다 하지 못한 정리에 텅 빈 사무실을 지키다 침침한 공기가 무겁게 다가오는 듯해서 가방을 손에 들었다. 어둠이 내려앉는 거리에 옷깃을 여미는 바람을 밟으며 망년회에 가방을 놓고 고급 음식 차려진 모서리에 앉았다. 본사 팀장 본부장 술잔이 오가고 얼굴이 발갛게 물들어 목 긴 글라스에 출렁이는 포도주로 마른 목을 축인다. 멋진 움직임으로 음악이 넘쳐흐르고 회식의 촛불이 꺼져도 한 해를 보내는 아쉬움에 직원들을 서점으로 인솔해 좋은 생각 책 한 권씩을 들려주는 손을 바라본다. 한 해가 저무는 서러움에 움츠린다. 내 곁에 소박함을 잃지 않고 조금만 더 유유함을 원하는 작은 것인데, 융합의 실마리는 어려운 것 보면 내 성품이 더 단점일 수도 있다는 생각이 지배적이다. 돌아보며 힘없는 내 아이들을 가슴에 안는다. 길을 덮고 있는 냉기 어린 칼바람은 살 속으로 파고들고 내 방향의 지하철에 몸을 올리고 도심의 땅속을 달리고 있다. 창밖은 어둠이 막아서 있고 하루 일에 지친 남자와 여자, 긴 의자에 몸을 기댄 채 졸고 이화여대 입구라는 안내 방송에 고개 들고 출구를 찾고 있다. 지하철 계단을 밟고 어둠 덮인 한적한 길, 가로등 불빛에 내 그림자를 끌고 서강대 후문 쪽으로 걷고 있다. 은행잎 하나가 내 발 등을 찍고 날려 간다. 나를 환호하는 풍부한 사물들을 초극한 삶에서 행복을 만들어 내야 하고, 가슴에 달아오르는 삶의 용솟음 속에 열창해 보면서 미소를 지어 봐야 한다. 내일을 약속하고 오랜 친구 만나기 위해 편한 옷으로 갈아입고 KTX 서울역 긴 차에 몸을 올렸다. 남편 곁에서 참신하게 살아가는 강산이 해묵은 친구들과 광안리 따뜻한 찜질방으로 갔다. 바다 수평선을 내려다보며 손잡고 물장구치고 어깨동무하고 마주 보고 웃고 동공에 눈물도 심으면서 물속을 출렁이며 몇 시간을 그렇게 놀았다. 따끈한 바닥에 자리 잡고 서로의 얼굴에 주름살 헤아리며 시작한 삶의 이야기는 하얗게 밤을 밝혔다. 네가 살아가는 방법이 최선 인가를 묻는다. 어떤 방법론으로 설정된 건 아니다로 답변에 쓸쓸한 여운 웃음을 남겼다. 아쉬움을 남겨 놓고 또 내일을 기다리는 곳에 직원들이 내 생일을 축하하느라 케이크를 준비하고 수장(首長)의『인생 제2막』책 한 권과 감사의 말 쓰진 종이 한 장에 축하 노래를 듣는 순간 내 오빠들 생각에 호흡을 멈추게 했다. 초등학교 3학년 생일 때였다.『쌍무지개 뜨는 언덕』과『장발장』이라는 책을 선물 해 줘서 그 글귀 구절구절에 감명받아 많은 책을 접하게 했던 기억이 살아난다. 내 인생의 큰 양식을 받은 고마움이 소중함으로 남아 직원들의 생일 축하 박수 소리에 눈물이 동공을 채웠다. 언제나 동생을 챙겨주셨고 토닥여 주었던 오빠들은 엄마가 내 곁을 영원히 떠나 슬픔을 침묵으로 일관할 때도 편지로 선물로 내 집념과 고독의 승화를 이룰 수 있도록 만들어주었다. 정작 이 동생은 어렵다는 이유로 소중한 조카들이 경쟁 높은 일류 대학 졸업을 거듭해도 오빠들처럼 기억에 남는 사랑의 등불 하나 전달 못 한 처사가 허전하고 조카들한테 부끄럽기 그지없다. 언제인가는 이 마음 전하는 기회가 주어질 수나 있을까? 이 깊숙한 고모의 어려움을 어찌 헤아려 상상이나 할 수나 있을까? 오빠들한테 받은 것만 수북한데 동생은 베푼 것이 아무 것도 없어 붉어진 얼굴이 땅으로 떨구어진다. 많은 생각에 교차하는 순 간 나를 교회인도 하신 집사님 전화다. 교회 가시니까 좀 어떠하신지 요? 아직 교회라는 질서도 지키지도 못하고 있습니다. 주님 말씀은 깊이 가 있어 천주교회 나갈 때부터 읽고 있었지만 내게 더 많은 말씀 소장 되려면 시간이 필요할 것 같습니다. 형식만 갖추고 사모님께서 차려 주 시는 밥상이 얼마나 정갈한지 그 밥 먹으러 가는 기분 들어 송구스러울 뿐입니다. 꾸준히 다녀 보시면 큰 느낌을 받을 것입니다. 그냥 살아 계 시는 어른에게 내 마음 토로하며 마음 의지한다고 생각하시며 다녀 보 십시오. 그렇게 해 보려고요. 이 땅의 소음 속에 각박하게 움직이며 살 아가는 인간미가 저렇게 아름답고 의미 있을 수 있을까? 과연 나는 값 있게 보답하는 자세가 숨어있을까? 언제나 정신적 가난으로 남에게 소 중함을 보여 주지 못한 듯하다. 가만히 들여다보면 지성적 주인이 낯설 고 즉흥적 면이 내포되는 단점을 발견할 때면 스스로 많은 수양이 요구 되는 듯했다. 지금부터라도 절대적 가치를 높일 수 있는 내면을 다져 봐 야 할 것 같다. 많은 계획 뒤로하며 조카한테 갔다. 언니가 베풀어 놓은 기름진 땅에 자란 나무들이 여기 있으니 편안한 영혼 되어 하늘로 날아 오르소서!

수장(垂長)의 선물
직원들의 박수 소리에

울컥 넘치는 호흡
긴 여운에 두고 간
아버지 바라기
천자문 쓰라 별빛 뜨면

질고(質古)에 찐 엄니 체머리
청초한 떨림의 운석들

세월 그 속에 말라가는 그리움
백조 긴 목에 젖은 이정표로
기재(記載) 닳은 책갈피에
꽃물 들였다

여기 오늘을 위해
직립의 힘 떠 받쳐
탄생일로부터
울면서 바빴다

– 수장의 선물

✏️ 대표이사님의 거한 회식

　오랜 세월 동안 냉철하고 판단력 빠른 외국 특파원으로 올인 공헌하신 대표이사님의 거한 회식, 나무젓가락 흔들리는 시늉으로 음악에 움직이며 즐겁게 어울렸다. 그래도 돌아갈 때 아쉬움이 남았던지 직원들에게 왕 만두 한 도시락 손에 들려주는 따뜻한 면모, 외국에서 오래 견딘 사람답잖게 소박한 인간미를 심어주었다. 미리 준비된 것인지 향과 따끈함이 온몸에 온기가 돌고 집에 돌아가 내 아이들이 맛있게 먹을 생각하며 입가 미소 담는다. 도심의 빌딩 사이로 싸늘하고 냉랭한 바람의 음성 들으며 또 하루를 뒤로하고 내일을 상기하면서 세상에서 가장 따뜻한 아이들이 있는 집으로 향해 걷고 있다. '어! 딸이 편지 써났네. 세상에서 가장 사랑하는 엄마 인생을 되돌아보면 눈물이 쉽게 핑 돌아 눈시울이 빨갛게 달아오르는데 엄마의 아픈 가슴을 누가 씻어 줄 수 있을까?' 저를 이렇게 키워 준 엄마를 무지 자랑스럽게 생각하고 있어요. 솔직히 훗날 내 자식도 그렇게 키울 수 있을까 하는 두려움이 먼저 앞서는데 지금처럼 건강하게 곁에 있어 주는 것만으로도 감사하고 복된 것이라 생각 들어요. 엄마 때문에 많이 느끼고 반성도 참고 인내하는 법을 배운 것입니다. 엄마 아프게 해서 죄송한 마음 깊이 간직하고 있어요. 이제는 엄마가 원하는 그런 딸이 되도록 노력할 테니 제발 건강하게만 지내고 마음 편하게 있어 줘요. 여행 가시는 엄마에게 작은 성의밖에 드리지 못해 마음 아파요. 우리 엄마 자존심이 상할 텐데 이렇게 지낼 때라도 정말 마음 편히 계셨으면 합니다. 사랑해요. 엄마 이렇게 짧은 글로 저의 마음 다 표현 안 되지만 너무나 간절하게 엄마 사랑하고 있어요. '다 자랐네.' 어미 위로할 줄도 알고 괴테의 말처럼 너희들에게 온 정성을 다한 걸 알고 있으니 엄마 슬프지 않아도 되겠구나. 조용히 생각의 길을 더듬으며 소리 일어나지 않는 밤의 서정에 잠 이루려 눈을 감는다. 수없이 뒤척이다 눈을 뜨니 토요일이다. 이웃 집사님 전화다. 아들 데리고 오산리 기도원에 가는데 같이 가자 권한다. 참석하시면 그런 곳은 손해 볼 것 없습니다. 아들이 집에 오고 있다니 태우고 모시러 갈게요. 도심을 벗어나 한탄강 강줄기 따라 이어진 도로를 달리고 있다. 잎새 없는 앙상한 나뭇가지 위에 매서운 칼바람이 앉아 엉엉 그리고 있다. 저 산언저리 산간 집도 옛 초가집은 간곳없고 멋을 창조한 주택들이 시선을 멈추게 한다. 산야에 흐르는 강물은 공단 결이 무색하게 작은 물보라가 햇살에 춤추며 눈부시게 밀려오고 있다. 집사님 옆자리에 앉아 유유히 흐르는 강만 바라보던 아들이 4층 집을 가리키는 곳은 레스토랑이다. 강물이 보이는 통 유리된 창 쪽 빈자리에 앉았다. 청아한 산야의 맑은 물소리인 듯한 「To run Sorrento」 음악이 흐르고 빈 탁자 위에 커피잔이 놓여 두 손으로 감쌌다. 따뜻한 온기가 내 손안에 번진다. 흐르는 이 음악 즐겨 부를 때의 학창 시절 그렇게 엄마는 가셨다. 영원히, 머리 숙여 주님을 향해 용서와 회개의 제목으로 두 손 모아 흙 같은 이 육신에 무거움을 느끼며 자리에 앉았다. 일어서는 자리는 돌담처럼 나를 우두커니 세운다. 집에 가서 아이 밥을 줘야 한다. 해 질 무렵 창문에 불이 밝혀지고 또 짙은 어둠이 지나 일주일을 보낼 정도로 긴 명절이 지나갔다. 명목 없는 휴식이 아니라 목적이 살아 숨 쉬는 자유 속에서 편히 쉬고 가벼운 마음으로 출근했다. 수다 떨 시간도 없이 팩스 보내고 복사하고 전화 받으며 자기 일의 완성을 한 점의 실수도 용서치 않으면서 경륜과 지혜를 포장해 신념을 창출해 내어야 했다. 점심은 부장님이 생태 매운탕으로 같이하자 말에 직원들이 환하게 웃는다. 항상 물밑 작업으로 성사해 내는 탁월한 능력을 지닌 여장부다. 나의 실존의 가치가 버거움으로 안은 채 비장함을 세워도 무너져 내리는 소리가 이명처럼 멍하게 한다. 긍정적 사고에서 낙관으로 살아갈 수 있다면 삶의 최고의 고지가 아닌가? 그러나 이 속해지는 어려운 사실 앞에서 고민할 부분들을 지혜를 세우고 일어서봐야 한다. 출근했던 가방을 내려놓고 수요일 교회로 발걸음을 옮겼다. 복음성가 한 구절에 마음 따뜻해지고 그 속에 마음 담고 천사처럼 하늘로 날아올랐다. 이 심오한 곳에 뿌리내리는 듯 성전 안으로 빛살처럼 퍼져 나간다. 앞서려는 노력은 어쩐지 비루함을 참아야 했고 고적함을 넘겨야 했다. 언제나 이 영혼 출렁이게 하소서! 퇴근 시간 임박해 서류 정리하다 접수된 것에 많은 여유로움으로 일월 마감하느라 정신없이 지나가고 지친 몸 이끌고 내 방에 가방을 놓고 윗옷을 옷장에 걸었다. 아이들은 들어오는 기척이 없고 커피잔 속에 타오르는 모닥불 같은 따뜻함이 가득 번진다. 아들이 전화 오고 딸의 전화를 받고 진정한 나의 초석 너희들에게 영양 보충될 수 있는 것으로 저녁 준비해야 한다.

"오래 머무는 소리에 놀라지 않는 사자와 같이
그물에 걸리지 않는 바람과 같이

무소의 뿔처럼 혼자서 가라."

- 공지영 작가 책에서

  그렇다, 어떤 소리도 내가 놀랄 것인가? 바람이 불면 보자기로 바람 가리던 보퓔 될 사람은 핑그르르 눈물 고이리라. 어떤 압도도 가로지를 수 있는 능력자는 엄마라는 존재 가치다. 침묵으로 일관하며 일어서 세상도 흔들어 깨우는 힘의 상징 엄마임을 다시 또 상기하며 출근 가방을 들고 사무실에 발을 놓는다. 마감 결과 할당된 이상에 즐거운 회식이다. 대단한 꽃샘추위 나만 추워 일찍 퇴근해 초저녁잠 푹 자고 나니 자정이 지난 시간이다. 고요가 적막으로 깔려있고 세월의 초침만 나의 귀에 거슬린다. 아, 잠이 들어 버렸었네! 애들이 저녁은 어떻게 해결하고 잠을 자는 것일까? 곤하게 잠자는 어미 깨울세라 소리 한 점 없이 해결하고 잠이 들어있구나. 사랑스러운 내 아이들! 밖의 바람이 문살을 밀어 덜커덩대는 걸 보면 거리에 뒹굴어진 노란 은행잎들을 쓸어 오고 가는 모양이다. 저 잠든 아이들에게 성령이여 덮어 주소서 머리카락 하나 상치 않는 길을 갈 수 있게 성령이여 임하소서! 이 방과 저 방에서 평온의 꿈을 꾸고 있는 아이들 이불 다독여 보살피고 일어섰다. 밝아오는 창 차가운 햇살이 내 머리를 누르고 있다. 앙상한 나뭇가지 사이 비집고 있는 노란 잎 하나마저 길섶으로 날려 앉는다. 인생도 바람에 찌든 저 나무의 옷처럼 털어 내리고 다시 돋아날 수 있다면 응고된 색소는 남기지 않아도 될 것이지만, 누가 만든 윤리와 도덕인가 그냥 온전하기를 원하는 태도이리라. 오늘의 내 점심 도시락은 딸이 어미 생각하느라 새벽부터 일어나 편지까지 곁들인 푸짐한 반찬을 보고 별다른 음식이라 동료 직원들이 칭찬을 아끼지 않는다. 공부라는 방법론만 제시하고 항상 공자 때리는 소리만 늘어놓은 것 같은데 주부로의 연습을 하는 듯해 어미의 정성들이 헛되진 않았다는 생각을 하며 예쁜 글씨로 포장된 편지를 들었다. 엄마 새벽이면 그 많은 도시락을 과일까지 푸짐하게 해 주셨던 엄마를 생각하며 준비했습니다. 건강하셔서 우리 곁을 지켜주셨으면 하는 간절한 마음입니다. '엄마, 맛있게 드세요. 오늘도 파이팅!' 가르쳐 주지 않는 손길을 배우고 있구나. 언제나 큰 질책에도 다정하게 어미한테 다가서는 딸의 모습 떠올리며 한 술의 밥을 입에 음미하며 짙은 그 마음의 향기에서 목이 메어온다. 보배로운 너, 자랑스럽구나! 수많은 출퇴근 속에 고단함이 나를 눕혀 오늘의 점심 준비 없이 출근해 근처 대학교 안 식당을 찾았다. 학생들이 밥을 입에 물고 귀에 꽂힌 영어 토플 공부에 치중하는 촌음을 아끼는 모습을 보면서 가난한 부모 만나 고생했을 아들과 딸 생각에 밥술을 내려놓게 한다. 어미와 떨어져 힘겨운 날이 더 많았을 터인데도 오히려 아버지 성품을 근심하며 어미 걱정하던 아이들 배고픈 소크라테스이기를 바라지 않으면서 수많은 노력을 거듭했으리라. 시간 들은 언제나 나를 긴장시키며 슬프게 만든다. 사무실 창가에 섰다. 의미 없이 지나가는 날을 무언가를 근본적 대책이 있어야 한다면서도 아무런 특별 성을 가지지 못하고 고민해야 하는 현실이다. 노력을 거듭하며 내 있는 그대로의 모습에서 조금만 더 승화시켜 활활 타는 불꽃처럼 살아 일어나도록 내 언어 키보드에 눌러놓아야 한다. 어긋난 문살 틈으로 파고드는 모진 추위와 떨림으로 허기진 배를 움켜잡더라도 따뜻한 솜이불로 아이들을 덮어 벌벌 떨게는 않

을 것이다. 그러나 편협하고 왜소해지는 능력의 한계를 바라보며 비루
함을 이길 수가 없다. 그래도 안정된 원칙을 세우고 뚜렷한 가치를 지우
지 않는 내 폴더에 저장해야 한다. 많은 시간의 언어들이 지나가고 생
동하는 3월에 함박눈이 침침한 하늘에서 하염없이 내려놓고 있다. 어떤
낭만을 연출하며 sentimentalism에 잠겨 수많은 시집과 애틋한 사랑
의 소설을 간파하며 친구들과 저 눈 속에서 꿈을 수놓고 풋풋한 젊음
을 펼쳤던 날들은 퇴색되어 나의 역사 속으로 묻은 지 오래다. 그래도,
아직은 삶을 스케치하고 화려한 삶을 꿈을 꾸며 힘찬 발걸음 딛어본
다. 하지만 눈 덮인 소산처럼 차가움이 더 많이 차지하고 있다. 집에 돌
아가 따뜻한 아랫목에 떨리는 한기를 녹이며 육신의 고단함을 뉘고 싶
어진다. 이것이 나의 한계다. 그러나 어미 찾는 아이들의 목소리에 커다
란 힘으로 일어나 눈을 크게 뜨고 발걸음 재촉한다. 아이 밥그릇에 밥
을 더 올려 주고 김이 오르는 찌개 그릇에 숟가락 담아 맛나게 먹게 해
야 한다. 그래야지만 봄의 향기가 옷자락에 스미고 계절의 감각도 알아
차리며 저 길을 걸을 수 있을 것이다. 백 년 만의 3월의 눈이 지난 밤손
님으로 홀연히 대지에 앉아 하얗게 누웠다. 그 옛날의 넓은 집 구석구
석 어둠을 밝히던 참기름 접시 불꽃 켜시던 별빛에 젖은 엄마의 모습이
감겨들어 눈밭에 그리움으로 침잠 되어간다. 가만히 나를 당신 품으로
안으시며 춥다, 방에 들어가 이불 덮고 따뜻하게 있으라는 사랑에 찬
엄마 목소리 영원히 찾을 수도 내 귀에 들을 수도 없다. 얼마나 많은 날
속에 사랑의 그리운 색소에 옷깃을 여미고 움츠렸는가? 저기 보이는 나
무마다 엄마 옷자락 닮은 흰 눈을 가지에 펼치고 있는 아름다운 설화도

세상을 등지고 영원히 가버린 엄마처럼 무너져 사라지리라. 나 또한 삶의 가치관을 이 땅에 심어 놓고 자연의 섭리 되로 저 흙 속에 잠들어야 하리. 내 생활하는 밥 한 공기에 몇 가지 되지 않는 식사보다 목 긴 잔 높이 들어 위하여, 부딪친 출렁이는 붉은 포도주로 마른 목을 축이는 이 회식 자리는 항상 내 아버지 모습이 떠올라 술 문화를 즐겨 보지 못했다. 모든 음식은 과하면 독이고 술이란 자세를 흩어지게 하니 여자는 삼가는 것이 좋다. 명언처럼 머릿속에 남아 언제나 지키고자 하는 자세로 기품을 간직하게 했다. 허술해지지 않고 당찬 걸음 걸을 수 있었던 것은 숨어있는 큰 교육들이 스며있었기에 이행된 것이라 생각이 든다. 많은 생각에 잠기며 집 들어오는 아들 방 창문이 환하게 불 밝혀있다. 친구들과 끼니를 해결했는지 싱크대 위 씻을 그릇 쌓여 있다. 어미 기다리다 밖에 나간 듯하다. 소지품들이 여기저기 늘려있다. 이 모두를 정돈하고 내일의 계획을 고민해야 한다.

망년회로
넓은 카페 현악의 중주
태풍 같은 음악 줄을 타고
긴 인형에 빛 방울
현란하게 출렁인다

질기도록 매달려 우는 색소
부서지도록 하루를 떨쳐본다

드럼 막대 튕겨 오르고
야심한 밤 사자의 울음같이
허공을 향해 빛을 비키는 절정의 소리가
그림자로 지니
손에 따끈한 왕만두 한 도시락
외국 특파원 공헌
오랜 세월에도 새싹 마음 숨어있었네

감사의 마음 위에
희미한 가로등 길을 덮고
내일을 기대는 달빛 또한
살갗에 미끄러진다

깊어 가는 밤을 밀어내는 지하철
말없이 내 앞에 머문다
집 가는 발을 올린다

- 왕만두 한 도시락

✏ 사무실 책상 위 딸이 준 화분

　부장님이 직원들의 단합을 위해 호프집 한쪽 자리를 차지했다. 쓴 술
맛보다 골뱅이 무침의 맛은 식사 대용으로 충분했다. 직원들의 말과 말
들이 비화되고 과장, 차장 발탁의 승부수에 격해진 사람의 소리 현실
이 불길 속으로 뛰어드는 기묘한 기류가 형성되고 있다. 나는 갈 길 멀
어 자리를 비우고 일어서 발걸음 재촉했다. 이 땅을 딛고 설 수 있었던
지난날의 흔적과 수많은 용기의 버팀목이 되었던 내 아이들을 생각해
본다. 작은 눈망울 굴리며 가슴에 파고들던 생명력 내 아이들의 속살들
이 나를 고목처럼 버티게 했다는 위안이 밀물처럼 몰려 왔다. 길을 걷
다 저 산의 골 푸른 물속 풍덩풍덩 노닐며 빛살 내리는 바위에 앉아 실
바람 이는 사색에 잠겨 한결같은 것 말고 사뿐히 내려서는 기쁨 있기를
소망해 본다. 긴 하루 저쪽 담장에 매달린 왜소한 노란 개나리꽃, 수줍
게 아름다움을 연출하는 몇 마디 꺾어 딸이 내 책상 위에 놓고 간 화분
에 꽂으니 더욱 사랑스러운 얼굴이 환히 보인다. 옆 직원이 딸이 예쁘다
칭찬한 말 한마디 보배로움이 가슴 가득 감사함으로 번진다. 짙어지는
유월이 되면 원숙한 여인으로 녹음 속에 돋아날 것을 딸을 향해 기도해
본다. 나의 자세를 가다듬고 스스로 큰 동력으로 위대한 사상과 철학이
일구어질 것을 기대해 보지만 고갈된 창의력은 언제나 나를 주저앉게
만든다. 여리고 힘없이 연습 없는 갈채로 어미를 보는 듯해 두 손을 모
아 기도한다. 구체적 영역의 가치를 세워보기 위해서 끝없는 노력이 내
게 숨어있어야 한다는 것을. 많은 생각에 잠겨 걷고 있는 길에서 전화가

울린다. 들려오는 언니의 말은 바람에 시들어 있는 듯 삶의 길목은 누구도 다르지 않은 어려움에서 성취 해 나가려는 부분들이다. 묻어 나오는 교훈의 말을 상기해본다.

엄니 일구는 일터에
꽃이 핀 화분을
책상 모서리에 놓고 갔다

눈이 시리도록 고운
딸의 빚어진 으뜸
코끝이 아려온다

저쪽 가는 길목
정체(停滯)를 순환시키며
꽃향기 내 등을 토닥인다

목적의 유형(類型)끼리
무언의 옷자락 당기며
곧은 속결 정확도 위치를
한 치 어긋남도 용서치 않는
지혜의 보도 각도에
세상을 물어 말한다
완성을 넘어

성지를 이뤄야

                     – 엄니 직장에 위로 화분

✏️ 대학병원에서

건강하게 출근할 수 있고 원하는 일을 할 수 있다는 게 감사한 일이다. 어떤 차원의 능력을 소장했는지 어떤 사고로 일구어 가는지 어떤 관점을 지니고 있는지도 터득되어야지만 마음을 열고 위안을 주고받을 수 있지 않을까? 내 아이들의 성화에 공덕에 있는 까르네스테이션에서의 식사, 조용한 음악이 흐르고 작은 불빛으로 연출 되어있다. wine과 사진 촬영까지 주어진 곳 목이 긴 잔에다 아들이 wine을 붓고 딸이 잔을 채워놓는 어버이날의 감사 잔으로 내 목을 축였다. 그러나 사랑의 방법론으로 목마름을 거두게 하는 소중함을 알지 못하는 당신이 옆에 없어 침묵에 숙연해진다. 넉넉하고 유유한 자유로운 존엄성으로 그 유형이 변모되어 의지할 수 있는 마음의 여유 지니기를 기다려 볼 수밖에 없는 현실에서 손발이 저리고 마음이 무겁다. 여린 마음이 손상되어 자기 속으로 구부러져 사물들을 부정적 사고로 포장되어 있는 듯하니 좀 더 시간이 가면 변모되리라. 아이들이 어미 곁에 다가앉으며 위로의 잔을 권했던 다음날, 아들이 회사의 많은 이익창출을 위해 중국으로 출장 갔다. 잘 도착했다는 전화를 받았다. 목소리만으로도 일어나는 일들을 짐작의 신경은 어미만이 지닌 아들과의 무언의 대화다. 인구가 포화 상태에 있는 중국과의 교류는 지혜롭게만 발전시킨다면 얻을 수 있는 게 더 많을 것으로 보인다. 내밀하고 광활한 자유의 능력으로 해낼 것을 어미는 믿는다. 소달구지 느림 같은 어미를 닮지 말고 21세기 디지털 장비로 자크 아탈리의 표현대로 너는 인터넷의 유목민이 되어 세상을 말하고 들어라. 어미는 현실적 논리는 거창하다. 하지만 내면은 많이 두려운 것이다. 우리나라도 마찬가지겠지만 중국의 그 넓은 땅 갈구고 포악한 사람들 많을 터인데 일정한 곳에 국한되어 안전한 곳이겠지만 타국에 있는 네가 걱정되어 밤잠 설치고 있다. 회사일 힘 있게 잘 마무리하고 내 나라 땅 밟고 활보할 수 있는 곳으로 서둘러 오너라. 몇 날을 밤잠 설치고 영양 보충이 어려웠던지 바람이 부는 듯 갑자기 내 몸 속의 어떤 영혼이 비켜 가는 느낌에 세상 움직이는 소리가 멈춘 듯 먼 이웃으로 들리고 있다. 출근해서 책상 위 정리하는 서류 만지다 말고 신촌 대학병원 별관에 입원했다. 너무 많은 신경을 세우는 일을 하시는 것인가요? 의사의 질문에 아무 답변을 할 수가 없었다. 내 지금의 현실에 국한된 것보다 내 옆의 소리에 놀라 웅크리고 삶의 상처를 이 작은 가슴으로 담아내느라 영혼이 머물지 못했으리라 병원 침대 천정을 보고 길게 누웠다. 나를 움직여 받아들이는 소리가 멈춘다면 멍한 눈을 뜨고 무엇을 할 수 있겠는가? 세상 삶이 익숙지 않은 아이들의 길을 더 다듬어 돌부리에 넘어지는 어설픔이 없어야 하는데. 어미가 병원 침대에 누웠으니 핼쑥하고 어깨 내려져 있는 아이 누가 보살핀단 말인가. 누워있는 아픔보다 아이 힘 잃어 있는 모습이 더 아프니 일터로 갈 수 있게 일으켜 주소서! 의사의 병실 회진에서 마음을 편하게 하시고 드시는 것 소홀하게 말라는 당부다. 그러나 숱한 좁은 대열에 아이가 일어서 힘차게 될 것을 소망하면서 기도의 힘을 세웠다. 치료의 가능성을 물으니 이대로 일주일을 넘겼으면 병원에서도 방법이 없는데 일주를 넘기지 않아 치료될 수 있다는 말에 가슴 뭉클해 왔다. 아이들을 조금 더 돌 볼 수 있는 건강 주어져 감사한 마음으로 병원문을 나왔다. 가을비에 마른 대지를 촉촉이 적셔 싸늘한 기운 오르고 있다. 고등어를 우거지 넣어 졸였더니 저녁 반찬으로 훌륭하다. 밥상 앞에 동생 자리 비어 있어 묻는다. 과장이 새로 부임되어 일이 많아 늦는단다. 어미가 좋아한다며 사다 놓은 고구마 몇 개를 삶아 뜨거운 김이 올라 권하니 자리를 옮겨 앉는다. 이 손들은 땅속에 신비로운 영양소를 마다하는지 중얼중얼하는 어미를 바라보며 하나를 집어 간다. 성품이 유유해 훗날 짝을 만나도 소리 없이 여유롭게 살아가리라. 며칠 전의 약속 이행하려 바바리코트를 걸치고 길을 나섰다. 저 땅끝에 이는 바람과 식은 햇살에 녹은 낙엽은 서럽게 몸부림치며 옷자락에 날려 와 땅을 쓸며 뒹굴고 있다. 우두커니 바라보며 이 삶의 영역 혼자 감당해야 할 소리 없는 일들이 언제나 멍하게 하는 게 나의 몫이 너무 크고 두렵다. 자발적 가난의 테레사 수녀님을 생각해본다. 그 많은 어려운 아이들을 돌보는 마음을 극복하는 게 아니라 아름다움으로 승화시켜 나가는 모습을, 어느 자매님의 물음에 그래도 겐지스강 물 한 컵 들어내는 것밖에 안 된다는 답변은 세상 사람들을 숙연하게 만들고 고개 숙이게 했으리라. 어려운 사람들을 품을 수 있다는 것은 성령의 힘이 아니면 이룰 수 없는 것이 아닌가. 사람들은 그 반대편 길을 걸으면서 슬픔을 독소처럼 품어내고 있는 것이 아닌가. 고요히 하나님을 향해 기도해라! 그래야지만 내가 살아갈 수 있는 길이 보일 것이다.

바람결에 익은
긴 소프라노에 기지(氣志) 잃고
병원 침대 뉘어졌다
이 외골수 머리 위
봄의 늘어진 햇살이
환상(幻相)의 그늘로 드리운다

저 뻗어있는 빈 가지에
별빛 하나 오르기를
기원(祈願)하던
소망 여기 누웠네

삶의 뿌리
침묵을 입 안 가득 물은
초라한 영혼의 덫
천정을 지르는 불빛마저
동공 속 갈퀴를 흔든다

무너지지 마라
생기 끝나지 않았으니
너는 엄마니까!

                              - 고독한 병실

✏️ 망년회

이 겨울에 천둥 번개를 동반한 소낙비가 세찬 바람과 함께 사무실 창문을 후려치고 있다. 퇴근해야 하는데 망설이다 쏟아지는 빗줄기 속을 우산을 펴 머리 위로 올리고 거리를 나섰다. 우산을 치는 빗물은 옷자락에 스며오고 도로 위에 놓는 내 신발은 빗물에 담겨 철벅 인다. 지난날 학교 간 아이들 비 눈 온다고 우산 받쳐 준 적 없었다. 이 각박한 세상을 이기는 방법론으로 선택해 아이 머리카락에 빗물 스며들어 앞을 가리고 발에 빗물 담긴 운동화 벗기며 목욕시킬 때마다 그 안타까움을 이겨 내지 못해 내 눈물과 함께 씻긴 적이 한두 번이 아니다. 그렇듯 눈, 비, 바람 이겨 내며 튼튼하게 잘 자라서 이제는 제법 완성을 향해가고 있는 아이들을 보면서 무한한 감사와 어떤 희열의 보따리처럼 소중하다. 또 다른 하루를 맞이하는 가는 말의 답변에 신중을 기울이다 보면 퇴근이 아닌가. 오늘의 회식은 연예인들이 많이 붐비는 정통 브라질 고급 고기요리 집이다. 푸짐한 회식을 마치고 일어서는 얼굴에 화색이 돌고 있다. 식당 가까운 덕수궁 돌담길을 동료들과 걸었다. 숱한 노래 곡조 속에 드라마 속에서도 보아 왔지만, 이 돌담길은 처음 밟아 보는 의미 있는 날이다. 선조들의 손으로 정교하게 빚어진 돌담 안에서 유구한 역사가 이루어졌고 오백 년을 희미한 가로등 불 밑에서 보존되어 살아 숨 쉬는 것 같은 주인들은 바람 되어 사라지고 흔적만 남아있다. 우리는 너도나도 편히 쉬는 집으로 돌아가 계획하며 꿈을 꾸어야 할 것 같다. 내일은 금요 특집 광고에 날이 저물어야 할 것 같다. 안녕히들 가십시오. 붙들어 세울 수도 없는 시간 들은 어찌 이리도 잘 가는지 오늘은 어버이날이다. 아이들이 어버이날 챙겨주느라 특별한 음식점에 어미를 초대했다. 아웃백 레스토랑이라는 곳에서 저녁 식사다. 다음 또 기회 되면 엄마 못 드신 음식 챙겨 보겠습니다. 엄마는 괜찮으니 너희들 하는 일 허술하게 해서는 절대로 안 된다. 잠깐 백범 김구 그 어른이 남긴 글귀들을 떠올린다. "내 비록 늙었으나 이 몸을 헛되이 썩히지 않을 것이다. 나라는 내 나라요 남의 나라가 아니다 독립은 내가 하는 것이지 어떤 사람이 하는 것 아니다" 이런 중한 글귀들은 너희들도 잊어선 안 될 것이다. 우리가 이렇게 평화롭게 식사할 수 있는 것은 훌륭한 이 나라 어른들이 계셨기에 가능한 것이다. 맡은 바 충실히 이행해 나를 위함이 곧 나라 위하는 것이니 최선을 다하여야 한다. 네 알겠습니다. 어미를 챙겨주는 아이들과의 대화는 밤이 늦어서야 어둠을 비집고 집에 들어와 커텐을 밀고 자리에 몸을 뉘었다. 깊은 밤 뒤척이다 잠든 머리맡의 소리에 눈을 뜨고 또 새로운 아침을 맞으며 연출 기획해 보려는 소재들은 멀어져 있고 겨울은 내 옆에 있다. 본사 국장님 참석한 망년회 한 신문사 국장답게 전체 분위기를 매료시킨다. 개성 있는 노래 넘치고 있는데 과연 나는 잘하는 게 무엇일까. 뚜렷하게 나타내는 소질도 숨어있지 않다. 우직한 숨소리만 깊어 있다. 나무젓가락 같은 어색한 몸짓으로 흥을 거들어 즐거움을 돋우며 정당화처럼 움직였다. 밤바람이 차고 매서운데도 기분이 거듭된 목소리 높고 각자의 갈 길들이 바쁘다. 딸이 사준 밍크코트 깃을 세우고 지하철 전동차 안에 들어서니 역한 술 향기 코를 찌르고 높은 손잡이 의지해 흔들거리고 있다. 내릴

장소에 눈을 번쩍 뜨고 입구를 찾고 있다. 내 집에 와 보일러를 올리고
따끈한 녹차 한 잔 손에 들었다. 커다란 무게만 어깨에 놓여 전전긍긍
하다 하루는 저쪽에서 일 년의 망년회를 맞이한다

            낙엽 지는 날 가면
            겨울의 차가움에 밀던 바람개비
            그때 뛰던 절정의 선연한 햇살

            이제 노을 곁에
            바람 붙들고 선 모습 하나로
            은빛 머리카락 찬란히 나부끼네
            묵직한 침묵은
            멍하게 눈망울 젖었네
            한 번도 와 보지 않은
            이 낮 설은 길에 즐비하게 누운
            세월의 절묘한 시 한 수 엮어

            종이 위에 놓아야 할 것이다
            다시 올 리 없는
            그 잎새 기억에 담아!

                               – 남겨진 이 시간

✏️ 아들의 결혼식

호텔에서의 대향연 아들의 결혼식 내 비옥한 땅에 소중한 두 생명의 결합을 이루어 주기 위해 옆에 애 아빠가 서 있고 고마운 분들이 보낸 축하 화환과 여기 또 자리를 지키고 있는 화환에서 보배로운 존재들에게 꽃향기 뿌리고 있다. 살아간다는 조건에서 평소 자주 볼 수 없었던 친지들이 새 옷을 갈아입고 웃음 머금으며 축하의 진심 어린 말들에 감사의 고개를 숙였다. 친구 따라 강남 가기 위해 천 리 길을 달려온 내 친구들! ○○일보 부장님, 차장님 고개 숙여 인사하고 아들의 직장 동료 지인들 나에게 복에 복을 더해 주기 위해 애써 주신 분들이 여기 모여 살아있는 한 감사하며 보답하리라. 며느리가 해 준 연두색 한복이 찬란한 날개를 단 듯 안사돈과 잡은 손조차 의식 없이 허공을 향해 식장 안을 걸었다. 내 등 쓰다듬는 바이올린 선율은 격양된 가슴의 흐느낌으로 잔잔히 등줄기를 타고 내린다. 고뇌 속에서도 침묵해야 했고 무너져 내릴 듯했던 허기짐도 빛을 발하는 날을 위해 줄기차게 마음을 붙들었던 미련했던 삶들이 이 자리 장식해 놓았다. 어미에게 무릎 꿇어 큰절 올리는 아들의 동공에 고여 오는 눈물은 가슴 언저리에 뿌려 져 커다란 기쁨으로 나를 다독인다. 지인들은 고마움을 남겨 놓고 친지들은 옷자락 스치는 정겨움을 두고 곱고 아름다운 얼굴들은 내 곁을 떠나고 예식장 안의 울림은 희망찬 여운으로 꽃들이 남아 숨 고르고 있다. 나는 집으로 돌아가 또 하나의 허전함을 감당해야 하는 아들이 이적해 가는 공간을 매만져야 했기 때문이다. 저 빈방의 등을 얼마나 많이 껐

다 다시 켜며 번민에 밤잠 설치며 목말라 했을지를 거울처럼 환해 온다. 이제 예쁘고 고운 짝을 만나 저 넓은 광야를 달려도 짝의 손을 잡고 행복하게 갈 수 있으리라. 어미에게 큰 등불이 되어 주었듯이 비 갠 날의 아침처럼 살아갈 것을 의심치 않는다. 들었던 잠 깨어 눈을 뜨고 거실로 나왔다. 밖은 햇살이 곱게도 내려와 눈부시게 피어난 방울 꽃 곁에 무성한 잡초가 단정히 깎이고 담장 밑 바람이 와 방울 소리 들리는 듯 흔들고 있다. 아들 내외가 놓고 간 카네이션 화분에서 꽃대가 올라 예쁘게도 피어있다. 어릴 때 넓은 베란다에 무성하게 피어오르던 꽃과 나무를 생각하며 여기 놓았으리라. 너희들에게 해 주고 싶은 것 많은데 허둥지둥하다가 참 먼 곳까지 와 있네. 한 쌍의 비둘기처럼 얼마나 예쁜 사랑을 나누는지 정말 사랑스럽고 흐뭇하다.

선비 파종하느라
무거운 발걸음 쫓으며
설원을 뚫었으리라

이제 갓 피어난
국화 향 퍼지는 광장에
세상 구상 나선 소녀가
하얀 드레스 면사포 머리 올려
사랑의 동산에 마중 나왔다
은총의 불빛 속으로
호랑나비 힘있게 날갯짓한다

눈이 시리도록 고여 드는
엄니 일러준 사용 설명서
익히고 새겨 옷깃 실바람 엮어
여기 꽃 활짝 피우네

                    - 아들 결혼식

✏ 혼자 사는 삶

뻗어지는 뿌리를 다져 보려고 더 북쪽으로 집을 옮겼다. 마음에 들지 않는 짐 보따리는 왜 이렇게 많은지 그래도 풀어서 내 아이들 옷을 햇살 쪽에 걸어 놔야 어미한테 오면 등을 가릴 수 있을 것이다. 구석구석 정리되어 넓은 집 햇살도 아낌없이 내려 평안히 쉬게 하는 안식처로 만들어졌다. 가벼운 마음으로 가방을 들고 출근길 나섰다. 삭막했던 땅에 온기를 품으며 물오른 풀잎이 대지를 초록색 향기로 가득 번지게 하는 6월이다. 아직도 나의 가능성에 밤을 밝히며 고민해야 하는 일 들이 너무 많다. 눈 뜨면 아침 시간은 저만큼 가 있고 대충 단장에 잰걸음으로 지하철에 올랐다. 손에 들고 있는 신문을 펼친다. 천천히 읽어 넘기며 사설 쪽으로 집중했다. 그 옛날 신문에 사설을 가위로 오려 애들한테 내밀었던 생각이 떠올라서다. 아이에게 이해시키는 것이 어렵다는 걸 알면서도 애들의 성숙을 위해 엄마만의 생각으로 내밀었다. 어렵다 떼를 써 읽어 보고 그냥 몇 자라도 적어 오라 일렀던 기억이 생생하게 살아난다. 비평과 진지함을 겸비한 내용들, 하지 않았던 것보다 조금은 터득되지 않았을까? 덕정역에 닿으니 전철 안은 빈자리가 채워지고 마주 보는 사람들, 침묵의 공간에 인생이 덧없고 환상에 불과한 어떤 논리를 생각하면서도 삶의 터전을 위하여 초췌한 모습으로 몸을 열차에 맡긴 채로 흔들거리며 졸고 있다. 차창 밖 저 높은 빌딩과 비옥한 땅에 펼쳐진 벼 들은 바람에 출렁이고 대지를 깔고 누운 풀잎들은 쏟아지는 햇살에 춤추고 있다. 대 자연의 향연 속에 열차는 달리고 정차하는 역마다 더운 열기를 안은 사람이 오르고 청량리역을 지나면 땅속으로 숨어 달린다. 앉아 있기조차 숨이 찰 정도로 사람의 발은 보이지 않는다. 종로 3가와 종각역을 지나 앉았던 의자에서 일어나 출입문 쪽으로 발을 옮긴다. 빠른 걸음 옮기며 삼성 공제 조합을 지나 중앙일보 본사, 붉은 벽돌 깎아 세운 빌딩 안으로 발을 들여놓는다. 대리석으로 조화롭게 장식해 놓은 호암아트홀 이곳은 흔들림 없는 내 고귀함을 상징할 수 있는 분위기여서 마음 잔잔하게 쉬게 해서 가든 길 멈추게 하는 곳이다. 저 높은 빌딩이 내 존재 가치를 자랑하는 사무실이다. 엘리베이터 문이 열리고 나를 내려놓는다. 요란하게 들리는 구두 소리 생각나게 하는 지난 나의 젊음의 열정을 부었던 그때의 출근 시간은 걷지 않고 뛰었다. 3번 지각은 반성문 들고 국장실에 호출되어야 했고, 전쟁 훈련복을 입은 채 국장님의 훈시 너희들은 전쟁이 일어나면 빌딩 지하로 몸을 숨기는 게 아니라 자리이탈 시에는 총살이다. 이 국장의 말이 아니라 국가의 명령이다. 그 당시 야간 통행금지에다 북에서는 남한을 불바다로 만든다며 위협적인 망발을 했던 시기였기에 젊은 나의 공직 생활은 긴장 속에서 훈련했고, 모든 것이 재래식에 힘겨운 생활이었지만, 당연한 것으로 당당하게 받아들이며 힘있게 삶을 살았던 것 같다. 지금의 나의 직장 생활은 얼마나 편안하고 쉬운 일인가? 모든 업무가 컴퓨터로 이루어지고 인공 지능까지 다 이루어지는 우주 과학의 시대에 살고 있으니 행운이 아닌가? 사무실 안으로 들어서니 부장님이 책상을 지키고 앉아 서류 정리에 바쁘게 움직이는 모습이다. 오늘의 서류 정리 자료 들을 책상 위에 올려놓고 따끈한 녹차를 손에 들고 창가에 섰다. 녹차의 특유 향이 나의 마음을 잔잔하게 한다. 줄지어 서 있는 저 빌딩은 제각각 삶을 담고 우뚝우뚝 솟아 있으리라. "일찍 나오셨네요?" 등 뒤에서 이 과장의 목소리가 들린다. 언제나 정답고 소리 나는 쪽으로 순발력 있게 움직여 일의 어휘력을 높이는 사람이다. 벽 쪽의 내 자리는 안정감 있고 마음 편안하게 정돈할 수 있는 곳이라 좋다. 전화벨이 울리고 답변의 어휘는 논리 정련하고 설득력 있게 승화시키는 과정은 남들보다 뛰어나야지만 살아남을 수 있는 이곳에서 언제나 부족함 없기를 바라는 마음 간절하다. 온전한 하루가 될 수 있기를 기도해 본다. 허둥지둥 하루는 가고 퇴근길, 시청역사, 고전 갈색 벽돌로 견고하게 꾸며진 넓은 지하 공간을 걷고 있다. 어디선가 팝송 「autumn leaves」 고엽이 무거운 음률로 고요히 들려와 발걸음 멈췄다. 각종 음악 테이프를 판매하는 작은 가게 저 음악 내 귀에 속삭일 때면 살갗으로 파고드는 고독에 커피잔 속에 눈물이 뚝 떨어지곤 했는데, 주인은 아무런 표정이 없다. 그렇다 살아가는 길이 너 가 다르고 내가 다르듯 얼굴에 스미는 미소도 다르리라. 집으로 가야 하는 지하철에 몸을 올렸다. 지나는 차창 밖 시선을 멈추게 하는 한국외국어대학이 보인다. 이 대학 지날 때마다 자랑스러운 조카사위가 생각난다. 이 학교에서 TOP을 장식하고 미국 하버드 대학까지 졸업해 외대에서 큰 영어 학자로 인정받으며 부총장직을 해내는 조카사위, 하나님 말씀 따라 살아가고 있는 선한 모습은 조카가 살아가는 데는 불편함이 없어 보인다. 차창 밖에 움직이는 나무들 푸른 골짜기 밤이면 나뭇가지 스치는 바람 소리 들으며 이랑에 채소 심어 아이들한테 주어보고 싶다. 옷가지 챙긴 가방 들고 여행이라는 제목도 부쳐 떠나보고 싶기도 하다. 오가는 출퇴근 길도 인생 여행길 그 속에 사람들이 살아가는 모습을 음미할 수 있고 삶의 소리도 나쁘진 않아 이렇게 지하철 전동차 손잡이를 잡고 있다. 하루의 고단한 몸으로 내 집 길목을 들어선다. 저기 빈 가게에 꺼졌던 불이 밝혀지고 작고 큰 네온사인들이 환하게 나를 반긴다. 어둠을 안고 집에 들어서 작은 서재에 불을 밝혔다. 잘 정돈된 책들은 나를 기다리고 있고 방 앞 식탁 위엔 찐 고구마 몇 개 담긴 접시에 물기가 말라 있다. 거실에 드리워진 커튼 안은 적막이 내 숨 쉬는 것조차도 가로막는다. 이탈리아 올림픽 때 아들이 녹음해 두었던 테이프를 검은 전축에 넣고 버튼을 눌렀다. 플라스토도밍고, 후치아노파파로치, 호세아카레라스, 올림픽 축하공연을 작은 TV에서만 감상할 수밖에 없었지만, 그 거장(巨匠)의 몸에 진동하며 '오! 솔레미오'가 흐르는 음률은 온 올림픽 장에 큰 천둥의 빛을 쏟아 내리는 듯 웅장함이 세계적임을 과시했다. 불타는 호기심의 산실이었던 애들과 탄성의 호흡이 향기처럼 가슴을 살며시 문지른다. 손끝에 젖어 오는 고독을 문지르며 지나간 내 일기장을 폈다. 큰애 초등학교 4학년 때에 쓴 반성문 원고지가 퇴색되어 내 일기장 페이지에 있다. 반성문이 아니라 요구 조건만 가득 기록되어 있는 것을 보고 서재 방이 떠나가도록 혼자 웃었다. 아들의 작고 여렸던 모습 떠올리며 지난 힘겨웠던 일들을 더듬어 본다. 아이들이 잘못을 저질러 어미가 화가 나 첫 번째 잘못 두 번째 잘못 헤아리면 장롱 위 회초리를 가져와 울면서 어미 앞에 무릎 꿇었던 생각이 난다. 설득력으로 품위를 지켜도 되었겠지만 평등하지 못한 인류의 자유 속에서 살아남을 수 있으려면 어떤 가공의 공포를 감당할 수 있어야 한다는 생각에 극명하게 바라보는 힘의 본질을 세웠다. 산적한 일들 속에 홀로 일어서 걸어야 하기 때문이다. 지금은 나라에 필요한 사람 되어 애들 목소리도 마음대로 들을 수가 없다. 직장에 있을 시간엔 근무에 지장 있을까, 집에 있을 시간에는 며느리한테 지장 줄까 망설이다 하루 저문다.

어미가 순간 지니
미니 세발자전거 끌고 나가
이마 계급장 떡 하나

밤 지새든 인생 반나절
소작의 빈들처럼 여기 혼자다
창가 비가 들친다
아이 발소리 닮아
숨 멈춰 벌떡 일어나니

내 심장 허공에 떨며
허리춤에 매어진 긴 침묵이었다
저 신작로
아침 햇살에 누운 그림자
어찌 저리도
내 아이 손짓 닮았을꼬

어김없이 해는 서산 가고

또 나를 데리고
어둠 쌓여가는 정적에 가두리라

내일이면 빛나는 별 하나 들고
마른 숨들이며
내 문 앞 기척 있으리

                       – 짝 찾아간 아이

   피로를 풀기 위해 욕조에 따끈한 물을 받아 몸을 담갔다. 온몸이 녹아내리는 듯 안도감에 편안함을 느낀다. 휴식이 따로 없네. 애들 어렸을 때의 깊은 생각에 잠긴다. 쉴 사이 없이 두들겨 댔을 문이 지금은 아무런 기척 없이 굳게 닫혀있다. 목소리 다하도록 내 아이들을 불러 본다. 하얗게 서리 낀 공간의 울림은 나를 질식시킬 것만 같은 적막으로 막아선다. 시대의 흐름에 적응해야 했고, 혼자 텅 빈 고독도 감당해야 함을 진작 알지 못했다. 얼마 전 중앙일보 신문에 게재된 문학자인 이어령 박사님의 글이 떠오른다. 도끼 한 자루. 이 글 속에서 우리 인생의 길이 환히 보인다. 허공에 열창하다 늙어짐을 알지 못하는 것이다. 조용히 일어나 아이의 모습을 그림 그려 봐야 한다.

       창틀에 빗물은
       줄줄이 매달려 어둠 끌고
       내 골골한 유령은

안개 낀 곡선 헤매다 오늘이네
처연한 햇살이
찬란한 삶의 무늬 만드느라
순간을 소중히
카르페 디엠 음악 볼륨 올렸다
솔바람 깃털 올리듯
내 살 속을 판다

물 한 모금 입술 적시니
파란 하늘 구름
내 동공을 아리도록 더듬어온다
저기 비에 씻긴 길 위
그리움 주렁주렁 엮어
대로에 오르락거리네
어미 불러 울던 내 아가

- 둥지에 홀로

✏ 미국 대통령 한국 학생 칭송

조선 왕조시대 시카고 엑스포 참석 사절단이 미국 클리블랜드 대통령에게 조선을 알리기 위해 어전 법락을 연주한 사례도 역사 속에 있다. 6·25 전후 외국군이 초콜릿 하나 던져 주면 아이들이 몰려와 아우성치며 그 초콜릿 입에 물고 우리는 일어섰다. 너와 나의 어머니들은 허기진 배를 보리죽으로 채우면서 우리를 훌륭히 키워 낸 것이다. 우리는 하나 되어 선조들이 일구어 놓은 이 땅을 더 탄탄하게 다지기 위해 수많은 노력을 거듭하고 있는 힘의 근본, 이 나라 학생들의 긴 공부 시간을 미국 대통령의 칭송은 이례적이다. 우리가 많은 시간 연구 개발 않으면 또 지배당하는 나라 되고 만다. 내 아이들이 학문 연구 몰두할 수 있도록 아직은 이 나라 어머니들은 허리끈 졸라매야 할 것이다.

세계로 풍류 펼치는
깊고 유구한 이 땅
한쪽 기우는 다시 올려
생기 일으킨 기름진 그루터기

모국어 세기는
우리 아이 긴 공부 시간
이국 수상의 의례적 언급
우리의 촌음은 금이었음을

세계는 말한다

이제는

선진국이라고!

– 대한민국은 선진국이다

이 풍부한 물질들을 절약을 생활화해야 한다. 그래야지만 선진국 대열 문턱에서 더 빛을 발하는 나라 될 것이라 본다. 화음을 리듬 화해 남들보다 먼저 일어나고 늦게 누워 계획과 실행을 해내야지만 전진할 수 있을 것이다. "건강은 국력이다." 말을 상기하면서 활발하게 일어서야 할 것이다. 그러나 건강이란 것은 아무도 장담은 어려운 것이다. 나의 체력의 한계에 기초의 할 일을 멈추었다. 내 주장과 달리 아무런 이유 모르면서 힘 잃고 바닥에 정신을 놓아 버렸다. 누군가 코밑을 찔러 눈을 뜨고 발바닥 찔러 눈을 뜨고, 순간순간 다가서든 고독도 두려움도 파도에 묻히는 모래성처럼 온 세상 속에서 제외되어 감을 느끼며 편안함을 보았는데 또 심장을 팔락이며 숨을 쉬고 있구나. 서산대사의 선시가 생각나게 한다. "눈 오는 길을 가로질러 갈 때 발걸음 함부로 하지 말라. 내가 남긴 발자국을 드디어 뒷사람의 길이 되느니." 역사 속에 묻혀있는 말들처럼 아직은 내 아이들에게 해 줘야 할 것이 많이 남아있어 쉽게 눈을 감을 수가 없다. 황급히 달려온 아들 내외 엄마 없는 세상의 두려움에 눈동자가 흔들리고 있다. 힘이 없는 내 애들을 조금만 더 지켜 온전히 세상을 살아갈 수 있어야 한다. 내 두 손을 모아 하늘을 향해 고개 숙인다. 덕목이 있어야 한다. 겸손해야 한다. 어미 잔소리 듣는 딸은 걷는 발소리 들리지 않고 넓은 집은 스쳐 간 바람처럼 허전한 공기가 다가선다. 포근한 말 한마디에 가슴 울렁이는 그런 순박함이 스민 여인임을 외면하고 강한 척 위선 떨며 이 자리 지켜온 여인 독백하며 일어서 본다. 마른 가지에 한 잎의 이파리를 보면서 눈물 글썽이는 이 여인의 본성 비밀을 어느 누가 알겠는가? 라디오 작은 버튼을 눌렀다. 조수미 소프라노 동심초가 천상에 울림처럼 낮은 속삭임으로 날아들고 집안의 동행자 말티즈 강아지가 호수 같은 눈으로 응시하는 공간 살아 숨쉬는 생명체 너 있어 위안이 되는구나. 옛날 우리의 선조들은 얼마나 어렵게 그 시대를 넘겼을까? 기름진 불변의 땅을 모시 적삼 땀으로 다 젖어 오도록 일구어 농업시대에서 산업시대로 접할 수 있게 만들어 낸 것을 잊어선 안 될 것이다. 헛된 낭비를 줄이고 다음 세대에 더 넉넉함을 넘겨 놓아야 할 것이다. 그렇다. 이제는 그 시대의 누렁이 생각도 잊어버려야 한다. 지금 동행하고 있는 말티즈 강아지가 가장 큰 사랑의 표현으로 꼬리 흔들어 반기고 빗물 젖은 발등 상 입으로 닦아 주고 온몸으로 애교 부려 미소 짓게 하는 저 예쁜 모습에 만족해야 할 것이다.

> 어느날에
> 내 삶을 높이 세우니
> 길 위 부싯돌에 넘어져
> 무릎에 피멍 시퍼렇다

> 운동화 끈 조르고 걸었다

바다 냄새 발이 모래에 서걱거린다
넘실대는 파도 치맛자락 휘감고

꿈틀거리며 도는
저 마장의 바닷물
인생은 저 휩쓸려 도는
풀잎인 것을

선홍빛 날렵하게 흔드는 침묵을
바닷바람에 씻어
모래 깊숙이 다독다독
묻어 두어야 할 것이다

　　　　　　　　　　　　　　　　　　 – 바닷바람

✏️ 아이가 준 컴퓨터

프리랜서(freelancers)로 전락했다. 사무실에서 오래 쓰던 엉덩이 나온 컴퓨터 그냥 두기엔 추억이 너무 많이 묻어 집으로 가져왔다. 그런데 기능들이 느려 있어 순간 포착이 어려워 순발력 있게 속결하는 일을 놓쳤다. 마우스를 밀쳤다. 딸이 지켜보았던지 신형 노트북을 책상 위에 올려놓았다. 책상 위를 넓게 만들어 놓아서 반짝이는 모니터를 손으로 어루만지며 딸에게 감사의 표시를 했다. "엄마가 우리에게 쏟은 정성에 비하면 작은 것인데 감동하네." 딸의 그 한마디에 잔잔한 자신감이 솟아올랐다. 내 아이들이 용기 부어주고 튼튼한 기둥으로 지키고 있는 것이 아닌가? 이것이 내 살아있는 증거인 것이다. 또 하루는 나를 밀치고 가버렸고, 오는 하루는 동쪽 하늘을 붉게 물들이고 있다. 일을 마치고 집에 들어서니 하얀 말티즈 강아지가 바닥에서 뛰어오르며 온몸으로 환영하고 있다. 고요가 산처럼 내려앉은 공간에 너의 즉흥적 몸짓 소리에 웃음 번지게 하는구나. 베란다 앞뜰에는 노을이 짙게 깔려오고 담장 밑 소담한 꽃이 해마다 땅을 밀고 오르는 너처럼이 아니라 퇴색되어가는 생명을 질기도록 항해하며 다른 아침을 맞이해 한 가지 또 한 가지 가슴 속에 눕히며 항상 용기를 더한다. 긴 그림자 드리워진 황혼을 순응으로 발걸음을 옮겨야 한다. 일어서 공원길을 걷고 있다. 길옆 화단에 앙증스럽고 어여쁜 꽃들은 흙 위에 나 풀이고 늘어져 있는 소달구지는 소작의 땅에서 꽃나무만 무겁도록 올려져 어디로 갈려는지 알 수 없는 길을 멈추고 서 있다. 작대기에 의지해 허리 굽힌 지게에는 꽃이 만발해 아름다움을 상징하며 묵묵히 고개 숙이고 있어 길 걷는 자 입가 웃음 가득 번지게 한다. 수풀에 어우러진 밭에 깎은 작은 산등성이 돌 조각 예술품에 손으로 음미해 보며 오래도록 서 있다. 그 옆 긴 솟대 비둘기 저 산 너머 저 너머 바라보며 무상의 긴 그림자 드리우고 화단에 줄지어 서 있는 둥근 통나무 위 돌에 그린 시 줄은 나그네 심연을 지나는 바람 속에 묻혀 한 영혼의 애틋한 그리움을 노래하는 듯 땅 위에 묵묵히 서 있다. 저기 내 엄마 장 담그던 둥근 큰 장독은 꽃대와 어우러져 앉아 언제 걸어도 눈비 맞으며 견디어 오던 내 엄마 닮아 반가운 소리 울려오는 듯 쓸쓸한 고향 나그네 음성으로 불러 세운다. 시민을 위한 공연장이 보인다. 텅 비어 길 가는 사람 시선 돌리며 언젠가처럼 사회자 낭랑한 목소리로 모인 사람 흥겹게 해줄 날 또 있으리라. 돌아서면 마트 앞 볏짚으로 꾸민 미니 원두막 수박을 가득 안고 있어 길 걷는 나그네 발 멈추고 그 고향 떠올라 서성인다. 건널목 지나 꿈나무 도서관은 유일한 나의 정보 수집처 각 매체 신문이 나열되어 있고 종류별 책들이 진열된 이곳에 떠들며 야단법석할 아이들이, 고요히 책장만 넘기고 있다. 이해되는지 안 되는지는 저 진지한 표정에서 무언가를 많이 머릿속에 담는 듯 신문을 가득 안고 옆자리에 앉아도 눈길도 주지 않는 아이들을 보며 잠깐 내 아이 떠올린다. 그때도 이 풍부한 곳이 있었다면 다양한 책들을 많이 접했을 터인데 그땐 목돈으로 책을 사서 읽었기에 많은 책 읽지 못한 어려움에서 장성 되어 아쉬움이 숨어있다. 시대적 흐름을 실감 하면서 그 시절에는 값을 주고 책을 빌려 읽었기에 더 알뜰히 명작들을 읽지 않았을까 하는 생각이 든다. 지금의 내 나라가 얼마나 감사한 것인가? 아무런 조건 없이 카드만 만들면 도서관 책을 빌려 볼 수 있지 않은가? 시원한 에어컨 바람에 자유롭게 독서하는 애들의 모습에 밝은 미래가 창조될 수 있게 만들어 놓았으니 애들 아이들은 마음껏 꿈을 펼칠 수 있게 만들어져 있다. 이것이 내 나라 터전이다.

내 일터를 달구던
세기의 엉덩이 내민 컴퓨터
거실 구석 자리 놓았다

이마 땀방울 바라보며
맑은 물 떨구었던
눈 부시는 신형 노트북
책상에 놓는다

어깨 파도 일던 그만큼
황금빛으로
저 굽어 오는 강물 그리라네

등굣길 가파른 계단
숨 몰아쉬던
그 지극한 느림의 아이

새로이 언어 등불 켜

별들의 균형 빚어내리

내 딸아 감사한다

　　　　　　　　　　－ 새 노트북이 반짝인다

✏ seoul city out 차로 관광

우주의 공간에서 목소리로 알고 어미 좋아하는 명곡들을 가져와 들려준 테이프들 바라보며 기다리고 있다. 오늘이 가고 내일이면 어미 기뻐할 소재 가지고 웃음 머금게 할 것이다. 큰시누이의 목소리가 들린다. 하나의 궁핍을 몰래 감추며 기다림에 젖은 나에게 city out bus 타고 관광 가자 요청한다. 부산에서 둘째 딸 올라와 서울 명승지를 구경시켜 준다니 준비해서 오라는 전달이다. 시집와서 몇 고개를 넘는 지금까지도 다독다독해 주시는 애들 큰고모 궂은일 좋은 일 보살피시며 눈물 흘릴 때면 눈물 닦아 주셨고 마음 다칠세라 염려하시며 그 고운 모습이 이제 나와 같이 늙어 가고 있다. 자손들의 풍요로움에 즐거워하시는 애들 고모, 고모부 그 마음 풍성해 웃음이 차 안에 가득하다. 함께 떠들고 웃다 돌아오는 길은 쓸쓸한 내 발소리 너무 크다. 무덤처럼 적막만 산적해 있는 내 집 베란다에 창문을 때리며 비가 쏟아지고 있다. 비를 몰고 가물가물 울려오는 뇌성 소리 그 빛의 여백에 무력한 내 모습 비치고 사라진다. 보이지 않는 진리들은 익숙할 무렵인데도 여울들이 삭풍에 매달려 목표를 세우다 모래성처럼 무너지는 소리 요란하다. 심오한 가슴을 벌컥대며 심장에 묻고 쉴 사이 없이 움직이는 나의 일과, 또 내일을 알리며 비 그친 창문에 쪽 달빛이 거실 바닥에 희미하게 내려앉고 있다. 하얀 털 나풀거리는 사랑이가 뭐가 불만인지 발등을 물어 댄다. 아마도 멍한 주인의 모습이 싫은 모양이다. 당나라 옛 시인 이하의 시에서 "장닭 한 번 큰 울음에 천하가 밝아오는구나." 아마도 국가적 차원에서 전해 오는 시의 일부겠지만 그 누구도 막연한 삶의 연속이기를 원하진 않을 것이다. 내 아이들이 총체적 버팀목이지만 시름겹고 공고한 일들이 머무는 것은 삶의 철학인 것이다. 딸이 휴가에서 돌아와 비어 있는 냉장고에 먹을 것을 채우고 휴가 한번 못 가는 엄마 생각에 마음 아팠다며 포천 백운계곡 가자 권하며 자동차에 먹을 것을 가득 담는다. 아직은 마음 젊어 딸을 바라보며 웃는다. 이 먼 맑은 물 흐르는 계곡에 데려다준 딸에게 웃음으로 감사를 표했다. 휴가철이 비킨 계곡 사람 소리, 먼 여운처럼 들려오고 옥처럼 맑고 투명한 물소리 청량하다. 까마귀가 구름 비킨 먼 하늘가를 돌며 까악거리고 조카가 전화와 아빠 또 입원했다며 걱정하는 말끝이 흐려져 있다. 한 인생을 마감해야 하는 귀로에 있다. 남존여비 사상이 농후했던 시대의 큰오빠, 자라온 방법론에서 큰올케가 힘든 뒷바라지에도 불만 한번 토로 않고 내색 한번 않는 양반 기품과 성품이 몸에 스민 큰올케, 작은 체구로 가문을 어깨에 메고 큰 발걸음 내딛지 못하고 다독이며 가문 일이 먼저였던 어른이다. 토요일이라 시간 내어 입원실에 들렀다. 화려한 인생을 장식했던 큰오빠는 놓아 버린 정신을 가다듬으며 누나 왔나! 큰오빠! 누나가 아니고 동생입니다. 이것은 살아있는 자의 저 비어 가는 영혼의 여백에 침묵할 뿐이다. 환자가 누워있는 병실에 한참을 서 있다. 아무 말도 요구치 않는 오빠에게 동생 갑니다. 했지만 멍하니 응시하는 동공 속은 영혼이 어디론가 사라져 가고 있는 모습이 가슴으로 느껴져 왔다. 밖으로 나오니 병원 문 앞에 장대비가 반란의 용솟음처럼 마구 땅을 치고 있다. 병원 입구에서 발걸음 옮길 수 없고 내 형제의 슬픔 들을 쏟아 놓는 빗물들을 하염없이 바라보며 토스트에프스키의 문학 논리는 "인생은 결국 허망한 것이다." 문구가 가슴에 화살처럼 꽂힌다. 청량리 경동 시장에 갔다. 어깨가 부딪치는 사람 가득하고 가게에 서 있는 사람 눈빛은 살아 움직인다. 내가 사고픈 한약재 몇 가지를 손에 들고 시장을 나왔다. 한참을 걸어도 목적지가 보이지 않는다. 지금 어디로 가고 있는 걸까? 허망한 영혼의 울음에 젖어 길을 잃었다. 반대편으로 멀리도 걷고 있었네. 뒤돌아 지하철 타는 곳을 찾아야 한다. 어둠이 내려앉기 전 집에 가야 강아지의 불빛 없는 서글픔을 달래 줄 수 있을 것인데.

✎ 사랑하는 딸의 결혼식

내 딸 남자 친구를 집안 어른들에게 인사드리려 KTX 긴 열차에 몸을 올렸다. 대지에 누워 새벽바람 밀며 힘 있게 달리고 차창 넘어 풍요로운 황금색 벼들은 손색없는 풍년을 알리고 있다. 집안 어른들이 너를 축복해 주는 것만큼 구름 지나지 않는 푸른 하늘이 너를 감싸고 있음을 알아야 한다. 차분히 설계하고 준비에 최선을 다해야 할 것이다. 해 줄 것이 너무 많은데 아무런 대책 없이 사위를 맞이해야 하니 나의 한계가 그냥 마음 한가득 무겁다. 어떻게 하면 좋을꼬! 어미는 또 가방을 들고 도서관 가서 생각에 잠겨 봐야 한다. 각 매체 신문 보느라 바쁜 나에게 내 모습과 비슷한 분 그를 찬찬히 바라보았다. 어떤 무신론자 분위기였지만 어딘가 모르게 슈베르트 안젤모의 연주처럼 조용히 내게 스밈을 느꼈다. 여름 지나가는 강한 열기 식혀 주는 잎새는 형형색색 불꽃으로 태우며 분출하고 가을의 입구 청정한 바람 자연의 질서에 호흡하며 언제나 화장기 없는 쪽 머리 친구와 공원 산책로를 걷는다. 살아갈 얘기 살아온 얘기 산처럼 묻어 둔 얘기 나누면서 가슴 문지르는 내 엄마의 모습 떠오르게 했다. 무명시대 생존의 오한을 혼자 감당했던, 따뜻한 엄마의 입김들이 그리움으로 침잠했던 시절을 저 흐르는 구름 안에 스크린 해본다. 맑고 단정한 모습으로 엄마의 의미를 새길 것을 거듭하는 내게 빛은 내려앉고 있다. 저 수없이 밝아오는 날 내 딸의 결혼식은 어느새 가깝게 와 있는데 골짝마다 깊고 힘들기가 그지없다. 무능한 엄마의 모습 그 값이 어디에 있는지 어미의 잔소리를 받아넘기며 곁에 다가서는 예쁘고 청수한 그 모습으로 이제는 미래를 설계해야 할 곳에 서야 한다. 눈물은 절대 보여서는 안 된다. 어미의 당부 말을 실천하고 있는 하얀 드레스 침침한 예식장 안은 딸의 아름다운 모습 빛을 발하고 있다. 어미와의 시선이 마주한다. 이 세상의 모든 걸 그 작은 가슴을 열고 포용할 수 있는 웃음이어야 함을 명심해야 한다. 그래야지만 행복할 수 있고 저 잔잔한 물 위를 소리 없이 사뿐히 걸어갈 것을 여기 다 모인 사람과 사람들이 너를 향해 축복하고 어미가 기립 박수 보내고 있음을 보아라. 너 혼자만의 고독한 발걸음이 아니라 둘의 힘찬 발걸음으로 세상을 딛고 일어서야 한다. 너의 행복한 낙원의 길을 어미는 기도로 잠이 들 것이다. 서로의 존엄성을 잃지 않으면서 큰 사랑의 둘레를 지켜나갈 것을 당부한다. 하루가 저물고 있구나. 너의 눈물 흘리는 일 들은 이 어미가 막아설 것이다. 당당하게 일어서야 한다. 너 움직임이 없는 집 넓은 베란다에 어울려 숲을 이루고 있는 몇 개의 화분이 새싹 돋아 신비로움에 젖어 사랑스러웠던 너를 생각하게 한다. 엄마를 즐거움으로 이끌던 고운 얼굴로 잘 살아갈 것을 믿는다는 꽃과 짧은 대화 가냘픈 줄기에 매달려 피는 선인장과 개발의 겨울 꽃향기 애들과 함께 봐야 하는데 너희들 올 때쯤이면 이 꽃은 시들어 버리고 없겠구나, 어버이날 딸이 선물한 홍삼액 따끈하게 데워 탁자 위에 놓았다. 따뜻한 온기가 맑은 피를 돌게 하는 듯 그 아이 모습 보인다. 내 며느리가 정성을 다한 흰 봉투 속 새 돈은 아직도 그 돈 쓰지 못하고 마음속에 품고 있다. 정성 다하는 아이들에게 기도로 새벽을 밝혀야 한다. 딸은 만삭 배를 안고 시아버지 칠순 행사에 힘겨운 모습 보인다. 사람이 살아가는 내면은 바로 기본을 지키고 도리를 다하는 것이 나를 세우는 가장 큰 주춧돌이 될 것이다. 어미는 이 생명 다하는 날까지 너의 편이며, 너를 지킬 것이다.

맑은 영혼 곱게 영글어
새 풀 돋은 아이
입술 열어 까르르 수두룩
치마폭 넓게 펴 시집간단다

창공에 무수한 별 담아
발 걸음걸음 교만 감춘
애처로이 둘린 하얀 드레스

우레같은 박수 기립에
온몸 가득 별뉘 열리네
오색 찬란한 황금 축복
너는 받아도 옳다
우주에 도도한 빛으로

– 내 딸 결혼식

✏️ 춤추는 외할머니

여름이란 계절의 활활 타는 열기는 바닥에 맥을 놓고 앉게 만든다. 마시는 한약재를 입에 머금고 어지르지는 내 몸을 세우려 쓰디쓴 물을 마시고 또 마셨다. 힘 있게 일어서기를 소망하면서, 그래도 기쁨의 날은 딸이 새 생명을 탄생시켰다. 하늘에서 내린 커다란 선물 무한한 경의로움이 가슴 벅차게 한다. 또 하나의 소망이 가슴을 누르고 있다. 아들 내외도 생육하고 번성할 수 있기를 간절히 기도합니다. 오직, 하나님 뜻 기다리며 잠 못 이루고 있습니다. 저를 죄 많은 자에 세우지 마시고 죄를 용서받는 자에 세워서 저의 간절함을 하늘에 상달 되어 내 며느리에게 잉태의 기쁨 허락해 주옵소서! 동트는 새벽 고단한 몸 일으켜 하나님 말씀 속에 이 무릎 꿇어 숨 쉬고 있습니다. 생각하여 돌아봐 주옵소서! 내 속에서 태어난 아이가 그 골육을 안고 신비로운 기쁨에 웃게 되기를 간절히 원하옵나이다. 이 근심 햇살 빛으로 덮어 주시기를 원합니다. 간절한 기도로 이루어짐을 믿을 것입니다. 햇살은 또 올라 내 일에 입을 열어 최선을 다하고 나의 성과를 보여야 하는데 그렇지 못한 채 수만 부 신문들이 독자 앞에 놓일 것이다. 필사적으로 흔들어 놓은 마음 조용한 인내로 이마에 손을 올렸다. 천년의 길인 듯 욕심의 어둠을 걸으며 가슴을 웅크리고 있다. 지친 영혼을 순간순간 잠재워도 함박눈처럼 쌓여오는 고독을 삼켜 올리며 일에 매달려 왕의 왕 거미라는데 가질 수 없는 것만 어깨에 매달려 있다. 전화벨이 울린다. 내 아이가 어미 부르는 소리에 힘 있게 웃는다. 고단함을 잠재워 주고 저 달빛처럼 너그럽고 샘물 솟아오르는 소리 내 귓전에 울린다. 아이들이 각자의 가정을 꾸며 참신한 삶을 이루고 있다. 수없이 보고 싶은 아이들 사위가 일주일 여름휴가 받아 핏덩이 손녀를 안고 집 안에 들어선다. 손녀를 받아 안고 거실을 돌고 있으니 딸이 피아노를 열어 소녀의 기도 음악을 두들기고 어미는 백조의 호수 은반 위에 변신한 무용수로 환희의 춤을 추고 있다. 이 얼마나 경의에 찬 신비로운 축복인가? 세상을 다 움키고 있는 듯 두 주먹 불끈 쥐고 있는 이 작은 손에 입을 맞추고 가늘게 움직이는 작은 볼에다 내 입술로 음미하고 있으니 딸은 또 하나의 엘리자를 위하여 곡 음반을 두들기며 내 춤의 은은한 향기를 번져 오르게 하고 있다. 격이 있는 피아노 선율에 외할미가 춤추고 있음을 알고 있으리라. 너 어미 낳았을 때는 암울한 한기에 가리어 너처럼 환희에 넘치지 못해 지금이라도 너와 환상의 춤을 추는 것이다. 부디 건강하게 잘 자라서 훗날 이 고사리 같은 예쁜 손을 잡고 어설픈 율동이라도 너와 함께 다시 출 것을 원한다. 지금도 기다림에 할미지만 이제는 고급스러운 기다림으로 바라볼 것이다. 그 작고 여린 살결에 기저귀 채워주고 가슴에 안아 기쁨에 넘치던 손녀를 아이들이 회사에 출근해야 한다며 흩어진 소지품을 젖어 있는 채로 보따리 뭉쳐 가버리고 없다. 갑자기 보던 TV를 끄고 소파에서 벌떡 일어섰다. 조절 감각을 잃은 듯 사방을 휘둘렀다. 이 텅 빈 곳 나를 두고 온 정성을 다한 내 아이들이 다들 어디 갔는지 말하라! 나를 억누르며 살아온 지금을 보라! 혼자 웃는 것이 아니냐? 새벽의 고단한 몸 일으켜 도시락 준비하던 손길 떠올리는 우리네 인생 반나절! 남아있는 영혼 잠재우며 황혼의 길목을 지켜야 하나니! 닫혀있는 저 문 열어 어미 여기 있노라, 말해 줘야지만 웃음 머금고 집에 들어설 것이다. 그때를 준비의 발걸음 옮겨야 한다. 햇살 퍼지는 길을 밟으며 걷고 있다. 공원의 작은 호수 연꽃이 우중충한 물 위 넓은 보좌에 거만히 올라앉아 그 화려함을 뽐내던 꽃은 사라지고 풍성한 잎들은 퇴색되어 힘없이 물 위에 누워있다. 작은 호수 옆 긴 의자에 가방을 내려놓고 앉았다. 외손녀 백일 날 조촐하게 가족의 만남을 내 며느리의 작은 솜씨로 노력한 마음 읽을 수 있어 얼마나 예쁘고 감사했는지 허술한 시어머니 만나 힘들 터인데도 내색 한번 않는 모습이 대견하고 사랑스럽다. 수고하고 애썼다. 그 말 한마디로 등 한번 토닥이지 못 해준 처사가 내내 후회스럽다. 그렇다. 언제나 표현력 약해 나를 나타내지 못하는 내면이 비어 있는 것 같아 마음 무겁다. 너는 세상에서 하나밖에 없는 소중한 내 아들의 짝이다. 어느 하늘 아래서 곱게 자라 알뜰함이 숨어있는 네가 내 곁에 있어 행복한 것이다. 나를 얼마나 풍요롭게 하는지 너는 알지 못할 것이다. 오래간 입을 꾹 닫은 침묵의 원인이 그런 듯하다. 소중한 내 아들이 너를 사랑한다니 이 화분에 피어있는 꽃과 같이 예쁜 것이다. 너 진심 어린 손끝으로 쓰다듬어 주었던 내 딸의 아이 저 호수가 풀잎 위로 어려 온다. 이불 밀어내는 여린 발이 미지를 향하여 내딛는 듯 신비롭기도 했다. 집에 들어서니 아들이 보낸 쌀 포대가 와 있다. 울컥했던 마음 달래며 쌀 포대 응시하고 있다. 그래, 지극히 고맙구나. 어려움 들이 내 살을 도려내는 듯 아팠지만 참음이 여기 뭉쳐있는 듯 순간을 살면서도 다 하지 못한 것이 너무 많아 고개 숙인다. 좀 더 지혜로워 보려니 저쪽 황혼이 내게 다가서고 있다. 벽에 걸려있는 시계의 초침은 세월을 증명하며 움직이고, 맹수처럼 다가선 추위의 결빙 한강 유람선은 얼음 위에 선잠 자고 양식장 물고기 들은 수면 위에 얼음 되어 누워있다. 그 아픈 것보다 더한 것은 구제 때문에 소들이 살아있는 체 매장되어가고 새끼를 낳아 고통 속에 숨 고르고 있는 어미 소와 이 땅을 겨우 발 딛는 비틀거리는 생명 새끼송아지마저도 흙 속에 묻어야 한다는 말에 온 전신의 전율로 머리를 감싸 안고 바닥에 무릎 세우고 얼굴 묻었다. '오! 하나님 이 나라의 슬픈 재앙 물러가게 하옵소서! 사람이 만든 과학이 우주를 움직이고 있는데 인간을 의지하는 말 없는 생명을 어떻게 한단 말입니까? 무지의 불가항력의 기류를 타고 흐르는 재앙의 불씨, 이 땅에 멈춰 생명을 건지게 하소서!' 고개 드니 냉랭한 찬 바람이 창문 틈을 비집고 들어와 온기라고는 없다. 거실에는 옷자락 스치는 기운이 화분에 채워져 줄기 자락에 소담스러운 겨울꽃이 활짝 피어 따뜻함이 스며온다. 따끈한 돌침대 위에 이 몸을 녹일 수 있고 애들이 어미 춥게 지낼세라 통장에 아이 이름 찍혀있는 걸 보면 가냘픈 노인으로 보이는 모양이다. "저 농 위에 회초리 가져와!" 포효하듯 소리치던 그런 어미는 저 황혼의 들녘에 주춤하며 발걸음 뒤로 물러서 있다. 그래도 너희들을 지키려 눈부신 햇살에 버티고 서 있는 것이다. 친구가 생강을 직접 강판에 갈아 만든 따끈한 차를 식탁 위에 놓았다. 찻잔 속에 피어오르는 안개 그 속에 쪽머리 한 너를 담아 쓸쓸한 마음을 전 해보고 싶구나. 이 넓은 식탁 위에 짠 음식 싱거운 음식 가득 채워 맛있게 먹는 요란한 소리에 행복했던 날은 먼 옛날처럼 지나 버려 찻잔 하나 담고 저 언덕을 바라보며 너희들을 기다리고 있다. 감당해야 하는 추위는

뼈마디까지 스며 오르고 며느리가 찬바람 막아 주는 오리털 코트 보내와 폭신하고 따뜻하다. 고마운 마음 전달해야 하는데 언제나 감사의 표현 부족하고 인색해 엄마 스스로 책망한다. 손으로 만지면 부서질세라 소중히도 키워온 내 아들이 너에게 향하는 고운 사랑이 아름답운데, 어찌 네 작은 등불 곁에 부는 바람을 막아 주고 싶지 않겠느냐. 어미가 허전함을 잠재 울 수 있는 것은 너희들 행복이 먼저라서 그런 것이다. 예쁘게 사랑을 나누는 것을 지켜보는 어미는 행복감에 젖는다. 또 한해가 지나가는 소리 시계는 17시에 가 있다. 쌀 씻어 밥을 짓고 가을에 무 배추 잎 쪄 놓은 것을 된장찌개 끓이고 어묵도 볶았다. 설날 바쁜 손길로 내 며느리가 올망졸망 싸준 것 꺼내 놓으니 식탁 위에 푸짐한 나만의 성찬이다. 나와는 비교되지 않는 야무지게 공부해 대학원 졸업한 학자 며느리 이 음식 만드느라 분주했을 터인데 내색 없이 시 어미 밥상 접시에 담긴 찬들이 맛나고 잠자리 만들어 다독다독 만져주는 손길에 전에 없는 포근함에 젖어 섰다. 이 감사함을 주님 전에 기도 제목으로 하루를 열고 있다. 그 옛날 큰형님이 명절이면 이것저것 음식 챙겨 담아 주셨는데 내 딸 결혼식에 서운한 말 한마디에 해가 바뀌어도 문안 인사 못 드려 편협한 나를 책망해 본다. 서산에 달이 지고 동쪽 하늘을 물들이며 해가 올라 누군가 기다리는 것처럼 가방을 들고 창이 긴 모자 머리에 올려 도서관에 갔다. 친구와 얘기 나누던 탁자 위엔 햇살만 내려 앉아 있다. 윗옷 의자에 걸고 신문을 펴들었다. 따닥따닥 구두 소리 내며 신문 들고 내게 다가와 다정히 말 건넬 것 같은 친구는 손자 보느라 정신없이 바쁘다. 친구 그것이 엄마 자리인 것을요.

위대한 탄생
펄펄 끓는 붉은 피를 젖히고
반질반질한 몸매로
누리에 호흡 소리 우렁차다

내 딸의 푸석한 얼굴
희열에 찬 눈 속은 흐리다
아가야 너를 만나러 기다렸다
풀어진 공기 속에 숨은 내쉬었지만
시간의 긴장 가슴 눌렀다

초점 없는 동공 속
우주의 그림이 찬란하여
어둠의 밤하늘 별이 오고
계절의 봄꽃이 활짝 웃고
세상 두려움도 펼쳐지누

할미의 야베스 기도로
큰 지경 위에 뉘어져
풀꽃 하나도 천사이기를

눈을 뜨라 밝고 환하다
내 아이 살을 뚫고
태어난 아가야!

– 내 딸 아가 탄생

✏️ 동물원 구경

소리 한 점 없이 대지 위 하얀 밤손님이 내려앉은 광야 신비의 소금 꽃이 길 위에 덮고 있다. 흔들리는 나뭇가지 사이로 눈꽃이 스산하게 머리 위에 내려앉고 아기 엄마들은 유모차에 아기 담고 모자를 머리에 올려 운치에 묻혀 낭만을 노래하는 듯 멍하니 서 있는 모습에 찡그리니 내 딸과 손녀가 동공 속에 파고든다. 발길 옮기려다 도착한 곳은 도서관이다. 신문을 펴 하루에 일어나 있는 보도에 관심 기울여 보면서 그 편집들의 집중에 눈길이 멈춰있다. 울림으로 돌려놓은 전화기에서 딸의 전화번호가 뜬다. 동물원에 가자는 딸의 목소리가 나르고 있다. 부산하게 움직여 외손녀를 유모차에 올리고 아들과 딸 며느리 사위와 함께 온 가족의 소풍이다. 벌판에 흔들리는 나뭇가지들은 삭풍에 떨고 유모차 속 시누 딸 추울세라 다독다독 해주는 내 며느리 야무진 손길을 보노라니 눈물이 핑 돋아 올라 먼 산을 응시하며 잠재운다. "너 속에서 난 아이 그렇게 돌봐야지." 이 어미의 심사를 어찌 알고! 새벽의 어둠을 깨고 생육하고 번성 기도의 간절함이 하늘에 상달을 원하고 있습니다. 이 간절함 아직도 모자라는 것이 옵니까? 구하면 열린다는 하나님 말씀 믿고 기다릴 것입니다. 마음 편치 않아 멍하니 서 있다. 저쪽 길 아래 사자가 영역의 위엄을 알리며 큰소리 지르고 있다. 그 울림에 앙상한 나뭇가지 흔들며 노래하던 새들이 하늘 높이 날아오른다. 건물 안으로 들어서니 하마와 파충류들의 어두운 물밑 짝과 사랑을 나누는 잔잔한 움직임의 신묘한 사연의 신비로움에 찢겨 있을 때마다 애들이 임마 오리 부른다. 해는 저물어가고 유모차에 손녀는 젖 달라 운다. 사랑스러운 내 아이들과 하루가 저물었다. 이 몸을 뉠 자리로 가는 지하철 긴 의자에 몸을 기대고 눈을 감아 본다. 나사렛 예수님처럼 다시 태어날 수 있다면 빈 가지에 걸려있는 나그네가 아니라 신중함을 다해 택한 자와 함께 행복의 그늘에서 융합의 세상을 바라볼 수도 있었을 터인데, 누가 만들어 준 극본이 아니라 내가 만든 연출에 의연함을 잃고 밀물처럼 쓸려가다 길게 호흡한다. 이 마음 붙들어주는 내 아이들을 본다. 하나님 말씀을 내 심장 속에 가득 채워주시고 찬송으로 내 심연을 물들이게 하소서! 구하는 기도에 곤하게 잠들었던 나를 아침 햇살이 와 깨운다. 가방을 어깨에 메고 시립 도서관으로 발을 옮긴다. 강으로 흐르는 높고 긴 다리 위 자동차들이 많은 소음 일으키는 도로 나무 한 포기 없는 삭막한 바람만 쓸고 온다. 챙이 긴 모자 손으로 잡고 들어선 도서관 안은 정숙이 감돌고 앉은 사람 뒤로 가지런하게 정돈된 책 중 열심히 읽었던 책은 몇 권이나 될까? 그중에 경기도 도심 관광 여행 가이드 책이 눈에 들어온다. 타인들은 외국 여행하고 견문을 넓혀온다지만, 내 살아가는 지역이나마 토요일에 여행이란 제목으로 메모해 본다. 혼자 여행은 자신이 서지 않아 강 집사와 동행해 형편에 맞는 경기도라도 탐방하여 내 죽음의 영혼이 이 한 곳에라도 낯설지 않고 안식할 수 있는 시야를 만들어 볼 계획을 세웠다. 그 말에 딸이 지나가지 않고 사위가 준비해준 빨간 잠바와 등산화는 어떻게 만들어졌는지 발 시린 냉기 없이 폭신하다. 작은 배낭은 가벼워 딛는 발자국마다 정성을 다한 그 마음에 포근함을 느끼며 걷고 있다. 여행지는 애들과 다 못 본 동물원에 갔다. 입구에 들어서니 작은 호수에 그때는 보이지 않았던 큰 새들의 행렬, 화려한 깃털 햇살에 말리니 무지개 같은 아름다움을 과시하며 긴 목 황색 부리 하늘로 쳐들고 꽥 꽥 우짖는 소리 어떤 영혼을 부르듯 숲속을 흔들고 있다. 우아하게 걷는 긴 주둥이 날개 쪽지에 숨기고 한쪽 다리는 몸통 깃털에 올려 긴 막대 위 큰 황금 덩이같이 꾸며 낮잠 즐기는 모습 깃털 어느 것 하나도 곱게 빗은 어여쁜 새, 신비로운 아름다움의 실존적인 이 가치를 언제 또 한 번 볼 수나 있을까? 발걸음 옮겨 걷노라니 다듬어진 돌이 식탁 대용으로 충분해 집사님의 음식 솜씨 발휘한 찰밥과 봄나물 내 준비한 푸짐한 과일을 돌 위에 올렸다. 너와 나의 야외 성찬이다. 머리 위로 펼쳐져 있는 긴 겨울의 웅크려진 앙상한 나뭇가지 끝자락을 밟고 헤아릴 수 없는 까치들이 날개 펼쳐 깍깍 이며 높이 날아오르고 타고 내리며 환영의 세레나데를 요란하게 열창하는 신묘한 생동감에 노년의 침묵을 술렁이는 즐거움으로 활짝 펴 놓았다. 오! 이 장관을 어떻게 남겨 놓아야 하나. 물오르는 나무 위 우짖고 날개 올려 춤추는 이 반기는 소리 어디에서 또 들을 수 있을지! 언제인가 한번은 계획 세워 너희들을 볼 날이 또 있을까를 아쉬움으로 쓸쓸한 발걸음 옮겨 놓는다. 지나는 길가에 빨간 꽃이 핀 작은 화분을 손에 들었다. 집에 돌아와 예쁜 화분에 심었다. 어버이날 아이들이 챙겨준 꽃 옆 창가에 놓았다. 쏟아지는 햇살 받아 잔잔하게 피어오른 꽃송이에 아이들의 고운 마음 환하게 다가선다. 거실로 들어와 TV를 켰다. 대 지진과 해일로 일본 한 부분 땅을 덮쳐 수만 명 희생자에 놀라지 않을 수가 없다. 분명 슬프고 안타까움에 마음 저려야 하는데 역사 속에 살아 숨 쉬는 이 나라를 짓밟은 그 악행에 울부짖던 우리 선조들의 폭발, 몸부림의 통곡이라는 생각을 떨쳐 버릴 수가 없다. 일본 위안부로 끌려가 수치스러운 비밀에 가득한 성 노예 치유될 수 없는 한스러움을 안고 있는 지금의 생존자라도 외면 않고 가치성이라도 존재케 해 줄 수 있다면 이 나라 사람들의 마음이라 도 치유될 수 있을까? 인류애를 지키려는 이 나라에 밝은 태양이 비춰 빛이 발하고 어두운 밤 세상을 밝히는 달빛 또한 구름 가리지 않고 내 나라를 선명하게 빛이 내리고 있다. 수없이 강조되어도 우리는 단단하 게 일어서야 하고, 그 옛날 엄마들이 손톱이 다 닳도록 땅을 일구어 정 직한 돈으로 자식 공부시켜 낸 위대한 삶의 정신 부분들을 닮아 있어 야 이 시대를 열어 줄 내 아이들을 당당히 가르칠 수 있을 것이다. 우리 는 수많은 준비를 거듭해야 함을 명심해야 할 것이다. 잠이 들었던 긴 겨울밤 창밖의 밤손님이 찾아와 온 시야가 하얗다. 내 엄마의 흰 옷자 락 닮은 맑음에 발자국 남다르게 새겨 보겠다는 원칙의 불변은 원치 않 는 곳에서 고개 들고 그래도 사자 발자국처럼 밀며 의지를 세우다 우 두커니 앉아 바라볼 수밖에 없는 현실은 눈물로도 다 못하는 초라함이 엄습해온다. 대지에 누운 하얀 겨울 손님에 칼바람이 몰고 와 뜰에 얼 음으로 파란 잎에 생기를 덮어 놓았다. 그러나 또 살며시 찾아드는 온기 에 소생의 움이 돌아 올라 풀 향기가 오르고 있다. 저쪽 굽어 오는 저 무는 길 내려놓음을 안치시켜 봐야 한다. 어느 왕자의 말이 떠오른다. "사막이 아름다운 것은 사막 어느 곳에 우물을 감추고 있기 때문이라 고." 고요하게 자리 잡은 추억들 아픈 속살처럼 아려 많은 생각에 잠겨 나의 정체성을 헤아리며 침묵한다. 내 손녀의 천사 같은 웃음이 감돌아 딸이 좋아하는 빵을 이것저것 한 보따리 손에 들었다. 현관문을 열고 들어서니 딸이 빵을 받아들며 "무거운데 뭐하러 사 왔냐." 분명 어미를 위하는 말인데도 서운함이 얼굴에 스며와 너희들 키울 때의 그 날에는 위엄 있고 단호하게 말꼬리 멈추게 했을 것이다. 그런데 왠지 모를 서운함은 내 딸의 자리가 아니라 사위의 아내임을 알아차렸기 때문일 것이다. 이로써 이 마음 솜털처럼 힘없이 눕혀진 공간을 르네상스 시대의 변천 교양인이라 위선 떨며 위안해 보지만, 내면에 자리 잡은 나이 들은 허망한 흔들림에 머리를 숙인다. 내 마음 들킬세라 표정을 가다듬고 집 구석구석 정돈된 것에 칭찬을 아끼지 않았다. 내 딸과의 하루 깊고 진솔한 말 들을 나누며 애 띤 얼굴에다 어미 볼을 갔다 대고 일어섰다. 손녀를 뒤로하고 하루는 저물었다. 눈 크게 뜨고 밝은 햇살을 밟으며 도서관 한쪽에서 신문을 폈다. 반가운 사람이 신문 한쪽 모습을 더러 냈다. 가수 윤복희 순회공연 어떤 삶을 살아가고 있는지 가늘고 작은 체구로 통곡하는 듯한 그 가창력을 지닌 진정한 노래하는 여인으로 내게 남아있는 여인이다. 무대에 올라 지난 삶의 무거움을 하나의 음악으로 토해 인생을 마감할 수 있는 것은 삶의 가치성이 농후하다는 생각이 든다. 우리네는 저만큼 숨어있는 슬픔 다독이며 걸어온 차원보다 우월한 원칙을 세우는 것이 아닌가? 나 또한 나름의 방법으로 작은 추억 담으려 사위가 사준 등산 가방에 먹을 것을 챙겨 담아 어깨에 메고 지하철을 타고 내리며 오빈역에 도착했다. 수목원에 들어서니 감탄이 이어지는 들꽃들의 향연 내 한껏 가슴에 꽃향기 들이키고 있다. 잔잔하게 누워 실바람에 나부끼는 소담스럽고 앙증스러운 모습이 햇살 받아 고운 빛 상징에 눈이 시리도록 부셔 온다. 발자국 옮겨 놓으니 종류별 나무들이 줄지어 그 행렬을 이루고 있어 나를 눕혀 어떤 영혼 속에 잠겨 보고 싶은 압도를 느끼며 천천히 걷고 있다. 옆의 길 언덕 아래 광야 같은 강, 물비늘들이 햇살을 구하고 그 위에 청둥오리 쌍쌍이 물결 따라 노닐며 애틋한 사랑을 합하여 간다. 나도 함께 너희들과 노닐어 보고 싶은 이 마음 아느냐? 정신 놓아 버린 머리카락은 바람이 와 휘저어 올리고 어린 시절 추억이 물 위에 춤을 춘다. 수많은 그리움들이 아직 그 눈물 남아있네.

내 옥빛으로 품었다가
세상 문을 연 아이
어미 손잡고 동물원 구경 왔다

그 세월 속에 기인(基因)한 백발
바람이 흔들어 세우네
입구에 발 놓으니
파충류들이 품어내는 호흡
물은 찐득하고

백호는 창살 밀어
요람에 코침 놓으니
날아오르는 새 소리 잠잠하여라

원숭이는 나무 위 짓시늉이고
주둥이 밀어 기교 넘쳐
새끼 깃털 촘촘히 사랑을 놓는다

서산에 기우는 햇살
둥지로 열린 휑한 나무 끝에
긴 그림자 땅 위에 놓네

엄니 불러 데던 숨결
오늘은 따뜻했네
또 타오르는 내일은!

— 동물원 구경

✏ 큰오빠와의 영원한 이별

비 내린 뒤 눈부신 대지를 밟으며 활기찬 발걸음을 세어 본다. 지나는 공원 작은 호수에 연꽃잎이 물 위에 올라 햇살을 달구고 어두운 물밑은 크고 작은 고기들이 분노로 출렁이고 있다. 기다림 속에 소망을 담은 꽃은 잎 속을 비집고 선녀의 모습으로 올라앉을 것이다. 그때가 언제쯤이 될지, 그렇다. 기다림의 흔적은 언제나 적막과 두려움이었다. 이제는 기다림이 아니라 진지함과 정중함으로 균형 감각 잃지 않는 노년으로 길을 떠나야 한다. 이 초로의 길, 비 갠 날처럼 화려한 빛을 사냥하면서 언덕을 오르고 있다. 내 영혼, 죽음처럼 침묵하는 침침함을 이제는 영원히 날려 보리라. 이 가슴에 밝은 등을 켜고 일어서리라. 큰오빠는 이 세상 밖으로 갔다. 유토피아 공원 묘원에 안장되었다. 창녕 조씨 선조 묻힌 곳으로 가야 옳았지만 먼 거리라고 자손들이 오갈 수 있는 곳을 택한 이곳은 허허한 공간이다. 자연의 섭리대로의 원칙 된 사실을 외면하고 싶어진다. 고인의 아내인 큰 올케 작은 오빠 아버지 손자 손녀들 살아가는 게 서로 달라 마음 터놓고 얘기 나눌 시간도 허락지 않았는데 삼우제에 마련된 소중한 자리 물줄기 쏟는 옆 나무숲 사이 한적한 잔디밭에 자리를 깔고 장례 절차에 움직이느라 초췌한 모습의 얼굴로 마주 앉았다. 가족들이 모여 고인의 아쉬움을 말하고 있었지만, 나는 그 옛날의 내 엄마를 떠올리고 있었다. 대책 없이 공부만 했던 나를 두고 엄마는 먼 길 가서 버려 수없이 마음의 방황에 울며 공부하며 그 세월의 흔적에서 의지해 왔던 소중한 형제, 술에 취해 생활의 질서를 잊어도 바람에 취해 일렁거려도 내 엄마 같은 채취로 바라보았던 오빠의 영혼을 안개 자욱한 이곳에 두고 가는 속절없는 현실에 마지막 애절히 오빠를 불렀다. 동생은 집으로 갑니다. 내 이름 부르는 듯 돌아보아 황량한 넋 저 지나는 바람결에 누워 우는 새 소리여! 하나님 품에 편히 쉬소서! 수많은 들풀 들이 나를 달래 주며 잔잔하게 누워있다. 또 살아갈 수 있음을 소리 울려오는 곳 쓸쓸한 미소로 작은 여행 제목으로 가방을 들고 일어서 본다. 긴 지하철이 나를 종로3가에 데려다 놓는다. 종묘 돌담길을 돌아 창경궁에 도착해 넓은 큰 대문 안으로 들어섰다. 오백 년의 역사를 자랑하는 세종대왕의 얼이 담겨있는 성종 왕이 창건한 찬란한 역사의 현물을 보고 있으니 감개무량하다. 지금의 건물들은 첨단 기법으로 이루어지겠지만, 당시의 건물들은 사람의 혼으로 돌을 깎아 목재를 세운 이 섬세한 깊은 예술의 유구함이 스며 있다. 그 위대한 선조들의 형성된 영혼에 감격하며 정교한 마룻바닥 손으로 만져 본다. 그 위에 얼마나 많은 임금의 신하와 여인들이 울고 웃었던 장소인가? 아직도 그 깊은 나무 향이 숨어있는 듯 투명한 바람이 일어서는 듯하다. 이 소중한 건물을 지켜 온 여기와 저기 소나무, 궁의 역사를 담고 허리를 세워 힘없이 서 있다. 건물 담을 돌아가니 아름 되는 큰 소나무들이 하늘을 가리고 하나의 산맥처럼 이루고 있는 공원에 자리하고 있는 긴 의자 옆에 자리를 폈다. 식사 그릇을 자리에 펼치니 어디서 날아왔는지 비둘기 세 마리가 생존의 날개를 높이 올리고 우리의 식사 그릇 비우기라도 할 듯 기세게 작은 눈망울 굴리며 큰 소리로 구구이고 땅을 힘 있게 쪼아 데며 가깝게 다가서고 있다. 인간 본질의 생존경쟁과 다를 바 없이 무방비로 달려드는 신비로운 너희와의 식사가 오늘이고 내일은 있을 리 없고 영원히 없을지도 모를 듯 있는 날이었구나. 비둘기들은 식사 한 끼 단단히 챙기고 둥지로 가버렸고 우리도 짐을 뭉쳐 어깨에 메었다. 공원을 내려서니 우거진 숲속 마당에 한쪽 다리 불편하게 절며 먹이 찾고 있는 비둘기 한 마리 있어 네게 먹이 주겠노라 손 내미니 필사적으로 도망간다. 집에 와 시간이 지날수록 사금파리라도 주어서 물을 놓고 왔어야 했을 것을 아쉬움 남아 마음 편치 않았다. 하늘에서 우로 내려 그 비둘기 목숨 거두게는 않으리라. 이 좋은 여행길이 또 만들어질까? 쓸쓸히 적막이 내리는 어둠을 안고 눈을 감았다. 대지에 햇살 피어오르는 날 하나님 말씀 따라 은혜의 강가로 양들을 인도하셨다.

몸이 편치 않은 두 분 권사님 창건부터 지금까지 교회 지켜 오신 여러 직분들의 위안 연회인 듯하다. 나는 강이 내려다보이는 숲 그늘에 자리 잡고 앉았다. 저 먼 시야, 강 위에 펼쳐진 초록의 아름다움으로 사로잡는 유혹에 잔잔하게 떠오르는 그림 인생을 바친 빈센트 반고흐 신학 공부를 마치고 목사의 길을 걷기 위해 석탄 갱 속까지 들어가 삶에 지친 양들을 주님의 곁으로 인도하려고 수많은 노력 거듭했지만, 하나님의 은혜는 그를 보듬어 주시지 않았는지 역경에 침체 되어 낙망해 있었다. 그러나 하나님은 목사의 길을 인도하신 게 아니라 그 손에 그림의 무한한 능력을 발휘할 수 있는 역량을 허락해 주신 것이다. 냉랭한 가난 속에 먹을 게 없어 붓끝이 흐려 왔지만, 그 화가의 명성은 세계적으로 인정되어 완성된 그림은 우리네는 소장할 수도 없는 정교한 그림이다. 그러나 저 시야 강물 위에 펼쳐진 진초록 나무들의 향연은 그 그림과 비교가 어렵다. 저 유유히 흐르는 강물 위에 노란 보트가 세찬 강바람에 물을 가르며 요동이고 있다. 이 풍성한 자연의 섭리 속에 갈매기 한 쌍이 끼릭끼릭 울며 내 머리 위를 지나가고 있다. 내 엄마가 나를 달래는 정다운 소리 같아 몸을 돌려 소리 있는 쪽으로 바라보노라니 머리 위 하얀 서리 내린 분이 저기 앉아 계신다. 조용하고도 곱상한 모습 항상 내 엄마를 연상케 했던 권사님 자식을 낳아 그 여린 생명 매만지며 살아온 세월 들의 흔적 어느 곳에서 보상받아야 할지를 말씀 없으시며 그래도 기도로 자식들을 어루만지시고 있으리라. 저기 바쁘게 움직이시는 사모님, 하나님 말씀대로 따뜻하게 보살펴 치아 시원치 않은 권사님들을 식사 못 드실세라 부드러운 음식으로 대접에 여념 없으시다. 이 모든 게 감사투성이인데도 표현력 없어 내 마음 전달하지 못하는 안일하고 못난 처사가 마음에 들지 않는 부분이다. 집으로 돌아가야 하는 육중한 버스가 움직이고, 저 큰 나무는 절벽을 안고, 이 길을 열어주고, 도로 가 풀숲 철망에 고개 민 빨간 장미꽃 내 마음으로 꺾어 곱상하고 조용한 내 앞자리 앉아 계시는 엄마 닮은 권사님에게 이 붉은 장미꽃을 드립니다. 오래 이 교회 지켜 주신 선물입니다. 오늘은 즐거웠고 내일은 또 어떤 기다림이 정해질지 알지 못하는 우리 모두의 숙제 안녕히들 가십시오. 가슴이 텅 비어 허무함이 나를 밀어도 나는 깨어 있어야 하고 밀려 내리는 서글픔에 내 발끝이 웅크려 져도 나는 눈을 올려 뜨고 있어야 한다. 아직은 저 먼 가능성을 날카로운 분석으로 흉내 내어 봐야 하기 때문이다.

큰오라버니
삶의 질서가 눈부시든
인생 닻 하나를 내렸다

슬퍼 가슴 미어지는 곡소리
구름 위 애가(哀歌)로
산자 가운데 문지른다

그 질긴 핏줄 당겨
까마귀 까악까악 앞마당에 앉아
내 아버지 우네
이 땅 비운 큰아들 어루만지며
침묵의 파랑새
날개 올려 잠잠하여라

대천(大川) 연어는 멈추었고
까마귀 까악까악
앞마당에 앉는다
이제 하늘 먼 그곳에
큰아들 공단 결 펴소서
아버지 곁에 영원할 것입니다

– 영원한 이별 큰오빠

✏ 내 외손녀의 돌

서강팔경 한식집에서 행사할 거라고 답사까지 했는데 시간 되어 도착한 곳은 반대편에 서 있다. 이 어처구니없는 일에 아무런 대안 떠오르지 않아 멍하니 서 있다. 정말 무지한 나의 처사가 힘겹다. 전화가 계속 울린다. 내려간 핏물이 역류해 오르는 듯 얼굴이 상기되어 홍당무로 변해 가고 있다. 좀 더 빠른 수단으로 행사장소 가려고 탑승한 택시는 한강로에서 멈춰있고 바람 위 촛불처럼 불안에 흔들리고 있다. 내 속에 있는 화를 이기지 못해 한쪽 엄지발가락을 한 발로 밟고 아픔에 입술 깨물며 차창 밖을 응시하고 있다. 강이 성수에서만 보이는 것으로 착각한 건 나였는데 누구에게 화를 낸 것인가. 오히려 딸에게 미안하다 사과하는 게 옳다. 그래도 이 뒤처지는 어미를 인정하고 있으니 감사해야 한다. 행사는 진행형인데 자동차들이 길을 덮고 있는 택시에 앉아 있으려니 이 정체성이 혼란스럽고 답답하다. 준비한다고 한 것 같은데 완성은 언제나 나만 비켜 가는 듯 마음 무거운 채로 행사장에 들어서 고개 숙였다. 축제는 허둥거리다 그렇게 끝이 나고 어두운 밤이 지나 빛이 내려앉는 한적한 길을 기쁨을 헤아려 보며 발을 옮겨 놓고 있다. 작은 몸을 가진 조카한테서 전화가 울린다. 한 초등학교 교육자라 야무진 쪽에 속해 코오롱에서 큰 자리 지키는 남편 만나 내 귀를 즐겁게 해주는 그 엄마인 큰올케 자식 안고 애절하게 사랑 줄 시간조차 없었던 그 옛날 아버지 엄마 시집살이에다 머슴들 식사에다 사랑채 손님은 얼마나 많았는가? 큰 가문 살림 다 맡아 해내야 했으니 파실 안 씨 대가에서 곱게 자라 서러움을 이겨 내느라 비루함을 많이도 넘겼을 터인데도 흐트러지지 않고 단정하게 부모 공경한 모습이 눈앞에 선하다. 네 엄마와 시간이 되는 날 따끈한 된장 끓여 포기김치 밥 위에 걸쳐서 입 크게 벌려 먹으며 옛 감사한 마음을 전달해 보고 싶은 것이다. 시간 만들어 보아라. 고모는 일찍부터 열무김치 담느라 분주하다. 맛나게 담겨있는데 동생이 아기 병원 다녀서 못 온다는 말에 맛들은 김치 통을 시장바구니 카에다 올리고 과일 가게에 쌓아 놓은 싱싱한 수박 싼 가격 주겠노라 소리치고 있기에 김치 통 위에 올려 끈을 졸라매며 이 문명의 시대라도 힘겨운 여행 내 가능성의 경험 시작해 볼 것이다. 분명 아이들이 환영하지 않을 것이지만 내 가능성의 경험을 해 볼 것이다. 아직은 너희들에게 간절히 해주고 싶은 힘 있는 어미임을 너희들이 보아야 할 것이다. 카를 끌고 지하철에 올랐다. 어이없고 무모함이 압박해 온다. 그래도 애들이 달게 먹는 모습만 시선을 가리고 즐거움으로 이끌어 놓는다. 어떤 모습의 나인지 생각할 여지도 없이 긴 계단 만나 발 동동 구르고 에스컬레이터 앞에서 멍하니 서 힘겨움에 등줄기에 식은땀이 젖어 흐르고 있다. 죽음을 담보로 야만족의 국경을 넘나들며 우유에 생 소피를 주식으로 하는 맛사이족까지 인간 형성의 내면들을 경험한 고지 여행자 한비야라는 여인 대담함을 초월한 여행자도 있지 아니한가? 좀 더 지혜를 가지고 용기 잃지 말고 힘을 내어보자. 발걸음 바쁜 지하 공간에도 각박한 것만은 아니다. 사람의 인정이 묻어 무거운 것을 계단 밟고 올려 주고 돌아서는 뒤에다 절하고 카를 잡고 멍청히 서 있다. 우리나라가 선진국 대열에 있다. 그러나 내 겪은 오늘의 어려움은 좀 더 발전됨을 기다려 봐야 한다. 백범 김구 그 어른의 말처럼 내 시체 그냥 썩히지 말고 이 나라 성벽 쌓으면 더한 나라 발전 있으리라. 수많은 사람이 오가는 지하철 길목에 담은 김치와 수박은 카에 담겨 끌고 있다. 세계적으로 땅 밑 거미줄 지하철은 이 나라뿐이라니 다른 호선 타려면 에스컬레이터 타고 엘리베이터를 타고 올라야지 내 딸 집 가서 짐을 풀고 쉴 수 있을 듯하다. 그래도 우리는 6·25도 일본치하에서도 온갖 풍파 이겨 낸 만고불변의 자손이라 나는 해 낼 수 있었던 것이 아닌가 생각을 해본다.

손녀 돌이라
옷 차려입고 길을 나섰다
무엇 그리 바람 안겨 좋았는지
엉뚱한 먼 곳이다

도시 향이 짙은 한강로 차로
숨 헐떡거리며
전화기 불이 요란한 색채 떠
저 공중 나르고 펴다

풀잎에 날려오는
손가락 아리는 아이
어미 빈자리 꽃 들고 있겠네
무거운 발에 만상을 놓으니
귀한 인연 등을 켠다

호수처럼 묻은 동공

두 손 여며

겸허히 고개 숙였다.

－ 손녀 돌잔치

✏️ 장마 빗물

더반에서 IOC 위원장이 들어 올린 Pyeongchang 2018년 동계올림픽 발표 팻말에 온 국민이 벌떡 일어나 손을 들어 벅찬 함성 터졌으리라. 더반에서 일하는 고급스럽고 든든한 일꾼들을 보라 대통령께서 영어로 진솔한 표현으로 이끌었고 세계적 은반의 요정 김연아가 애교스럽게 몸짓 발짓 기교(技巧)의 영상으로 IOC 위원들을 협정 마당으로 이끌었으리라. 비굴하지 않고 호소력 있는 말들로 우리 편으로 해냈다. 우리는 기억해야 한다. 고종 황제시대 일본에 나라 빼앗기고 우리 국민을 멕시코 유카탄반도 애니 갱 농장으로 끌고 가, 가시 독성이 강한 용설란 재배에 독사들이 우글대고 40℃ 넘는 무더위에, 돼지우리 옆에서 가시에 찔려 죽고 할당된 분량 채우지 못하면 짐승처럼 맞아 죽어가는 생명의 내 민족, 조국이 없어 호소할 수 없었던 그런 피 끓는 역사를 이 대회를 이끈 어른들은 기억하시며 뜨거운 눈물 솟구쳤으리라. 우리는 막연한 삶이 아닌 두 주먹 불끈 쥐고 행해야 이 기름진 땅 남이 아닌 내가 지켜야 함을 명심 되어야 할 것이다. 평화를 상징한 땅에 줄기차게 내려놓던 긴 장마 비는 물러가고 흠뻑 젖은 대지 위 햇살 쏟아져 잎새는 하늘을 향해 행복의 춤을 추고 있다. 그리그의 솔베지의 노래 전축에 넣고 볼륨을 올렸다. "그 여름날이 지나면 세월 간다." 이 음악 주인공처럼 천 년 후 세상 구경할 수 있다면 장마 끝나 온 세상에 내려놓은 빛의 소중함을 알지 못한 채 어둠 속에 침잠되어 세월의 무상함을 바라만 보고 있으리라. 잔잔하게 밀리는 나의 징제성 소외시킬 수 없는 소재 가슴 텅 비게 하는 사실들에 어쩜 솔베지 노래 주인공처럼 살아가고 있는지도 모른다. 「그 겨울이 지나면 봄철이 오고」 이 노래 열창해 주시던 화장기 없는 눈이 큰 음악 선생님 깊은 사색에 심취해 동공에 고여들던 애수에 젖은 눈물 아직 기억하고 있습니다. 선생님 살아 숨 쉬고 있을까? 아니면 진작 흙 속에서 천진했던 우리 그리워하고 계실까, 맑은 눈동자 속에 묻혀있던 슬픔은 무엇이었을까, 우리는 아무도 몰라요. 선생님 작은 촛불 들고 와 잔잔히 내밀 듯했든 음악, 한 번만이라도 더 듣고 싶어 간절해지기까지 합니다. 그러나 영원히 다시 들을 수 없이 가늘게 움직이는 내 가슴 속에 아름다움으로 간직되어 있어야 할 것 같습니다. 수 없이 높던 하늘은 어두운 구름으로 하늘을 가리고 대지엔 심상치 않은 바람의 습기가 구름 기둥으로 쌓여오고 있다. 공포의 우레가 불을 번쩍이며 비를 몰고 와 창틀에 동이로 내려 부음같이 쏟아져 하천이 넘치는 듯 사이렌 소리가 죽음의 외마디같이 내 등줄기를 타고 내린다. 강아지가 위협을 느끼는지 안으로 컹컹 이며 내 발뒤꿈치를 물며 따라 다니고 있다. 아파트 관리실에선 지하 3층 주차된 차량 지하 2층으로 올리라 관리소장의 다급한 목소리 이어 지하 1층으로 올리라는 긴장된 목소리 울리고 TV에선 우면산 사태에 불을 켠 자동차가 황토에 쓸려가고 도로 위 자동차는 빗물 따라가고 있다. 물에 담긴 사람은 들 컷에 올려져 있다. '하나님! 이 나라에 땅속까지 빗물 스며들어 땅 위로 넘쳐 큰 재앙으로 가고 있습니다. 가뭄에 식물이 죽어가고 식수 없어 흙물로 생명이 병들어 가는 나라에 뿌려 그 백성 마른 목 추기게 하소서!' 간절한 기도로 머리 숙인 내게 전화가 계속 울린다. 애타는 애들 목소리에 안도를 느끼며 어미 별일 없다는 말 전하니 강아지가 뭘 전달하고 싶은지 전화기를 바라보며 짖어댄다. 이 넓은 집 나 하나의 생명이 불안하고 위협을 느끼는지 구원을 요청하는 짖음 같은 간절한 울림으로 들린다. 비 쏟는 새벽에 눈을 뜨고 창문을 열었다. 끝없이 이어지는 빗줄기는 베란다 앞 파란 잎새 위에 떨어져 소리 없는 어둠을 적시고 내 한참의 기도 소리에 정적을 깨어도 빗소리 멈출 리 없다. 내 머리 차가운 거실 바닥에 놓았다. 하나님! 이 나라 푸른 숲속 풍성히 열려있는 열매 소중한 빗물로 병들어 썩히지 마시고 태양의 빛살로 익은 곡식 거둬 양식 풍족하게 해 주옵소서! 저 빗줄기 햇살 줄기로 먼동 트는 새벽이 내 나라에 열리게 해 주소서!. 수많은 기도에 잠이 들었다가 일어나니 손녀 병원 입원하는 소리에 내 발이 빗질 결에 미끄러지고 기쁨을 버린 채 다시 걸으며 어떤 길이 무사할지를 구하며 병원 손녀한테 갔다가 힘 잃은 발걸음으로 집에 들어서니 거실 천정에 불 밝히던 큰 등이 떨어져 박살 난 채 넓은 거실 온 바닥이 유리 조각으로 가득하다. 우두커니 바라보다 말고 바닥에 주저앉았다. 오! 내 손녀가 할미 구했구나. 이 덩치 작은 강아지가 저 조각 난 유리 속에 묻히지 않고 살아 숨 쉬고 있어 감사하다. 떨고 있는 작은 생명 품에 안고 그냥 바닥에 두 다리 편히 뻗고 누웠다. 침침함이 나를 덮은 듯 소리 없는 어둠이 내려앉는다. 볼 것도 안 볼 것도 이 가슴에 다 묻혀있는데 뭐 그리 소녀 같은 슬픔을 토하는가? 가버린 생의 종착 그 길에서 어리석은 자의 소리로 울지 말고 밤이슬 내리기 전에 산산조각의 바닥 유리들을 담아내야 한다. 집 전체를 황토물에 덮혀 그 참담함을 울부짖으며 그릇에 담긴 흙 씻어

내는 사람 있는데 담대함을 잃은 것이 아닌가? 일어서 가장 아늑한 곳의 축복을 헤아리며 저 우주의 바람을 한끝 들이켜 심장 속에 채워봐야 한다. 멍청히 빛살 내리는 창밖을 응시하다 외손녀 오는 소리에 문을 활짝 열었다. 병원 신세 지는 병아리가 엄마 아빠 모시고 세상 밖 구경 나왔다. 아직 앉아 있을 수도 없지만 내 손녀가 예쁘고 소중하다. 사위가 여름휴가에 집에 온 것이다. 집 여기저기 또닥또닥 손질해서 창문 활짝 열어 혼탁한 소음 가지고 습하고 더운 바람이 밀려들어 빨래 걸이에 늘어놓은 손녀 옷들은 마르지 않고 젖어 있다. 양손으로 내 손녀 올려 얼굴을 마주했다. 사위가 달아놓은 거실 등 불빛에 할미 얼굴 찬찬히 보드니 함박웃음 나에게 선물한다. 어떤 융숭한 대접보다 더한 행복감이 내 어깨에 올라앉는다. 균형 잡힌 지성인의 모습보다 고무적인 내 딸의 엄마 된 모습이 더 사랑스럽다. 이른 아침이 되자 아기 돌보느라 집 여기저기 바삐 움직이던 아이들은 젖은 빨래 걸어 손녀 둘러매고 출근길 늦다 부산떨다 돌아가고 딸과 함께 이쪽저쪽 간섭하며 바삐 움직이던 강아지는 빈 거실 주인 되어 창 너머를 바라보며 짖어댄다. 저기 힘없이 책상 위에 올려진 가방 들고 도서관으로 발을 옮겨야 한다. 우중충한 날이긴 하지만 비 그친 듯 맑아 오는 것 같았다. 도서관 도착한 발걸음 뒤에 갑작스러운 비가 쏟아져 보는 신문 페이지가 다 넘어가고 이 신문 저 신문 다 뒤적여도 그칠 줄 모르는 음산한 빗줄기에 창밖은 어둠으로 쌓여온다. 한참을 기다려도 방법 없어 빗줄기 속을 걸었다. 빗물이 온몸에 적셔 내린다. 사람 비킨 거리의 물이 신발 위로 철벅 이고 도로 위 자동차는 날뛰는 물결 위로 질주하고 있다. 내 입속은 슬픔 한 가득 입에 물고 사자 울음처럼 빗속으로 내뱉으며 서러움을 한끝 토해 냈다. 두렵고 힘든 방향 부정이 초월한 사람의 보필 힘겨워서 운다. 부정된 말은 혀가 베이고 마음은 생각에 베이며 좁은 가슴에 어떻게 포용했는지 알 수가 없다. 꼬리 없는 경제가 녹슬어 쏟아지는 빗물에 씻으려 질퍽 이며 길을 걷고 있다. 어리석은 자의 지주 속에서 허덕였던 인생이 알 수 없는 미묘한 조각들 정말 짐스러웠다. 후회의 불꽃이 동공에 출렁이며 내려놓는 빗물에 씻겨 내려앉는다. 다음 해는 괜찮아지리라 그다음 해는 좋아지리라 그 많은 기다림의 흔적 이제는 인생의 끝자락에 와 있다. 도너츠휴 작가의 말처럼 거북이는 내면의 나침반을 가지고 살아가고 있다는데 나는 아무것도 없이 명함 속에 지혜의 소리 따라 내 안에 파동 이는 눈물만 고여 있었다. 대문에 부착된 번호를 찍고 들어서니 강아지가 나를 향해 짖어대더니 비에 젖은 주인임을 알아차리고 발 등에 고인 빗물 닦으며 꼬리 흔들어 위로하고 있다. 전화기에 불이 켜지고 내 어떤 분위기 와는 상관없이 나는 일하는 사람이다. 신속하고 정확한 말 전달을 해 줘야 한다. 거센 필 하모니 목줄로 넘기며 정중한 답 남겨야 한다.

> 우주를 부술 듯
> 천둥 번개가 먼 하늘 구름 감고
> 인생 끝에서 오는
> 유한(遺恨)의 몸부림처럼

어둠을 뚫고 장대비가
비릿한 콧등을 씻기며
기다림의 길에서 운다

빗속을 거니는
뜨거운 바람이여
만물이 젖어 춤추는 풀잎이여

그 위에 가냘픈 이 몸 하나
조금만 더
오늘을 버틸 용기 주소서
나는 엄마이니까!

                   - 눈물 섞인 빗물

✏ 불꽃처럼 일다 사라진다

추석이라 애들이 왁자지껄하다 모두 가버리고 없다. 오빠네 가족까지 왔으니 명절다운 날이 지나갔다. 애들과 조카들이 내 손에 들려준 용돈 봉투, 가지고 싶은 것도 많을 터인데 아껴서 봉투를 내게 준 것에 몇 번이고 어루만지며 빈 식탁 의자에 몸을 기대고 깊은 생각에 젖는다. 몇 날 며칠을 짧은 음식 솜씨로 만드느라 힘겨웠지만 잘 먹어 줘서 즐거웠던 게 아닌가? 집에 두고 가는 어미가 마음 무거운지 돌아보고 또 돌아보던 애들한테 잘 있겠노라고 했지만, 텅 비어 있는 공간에 묵직한 숨결, 바람 되어 다가온다. 꼬리 사방으로 흔들고 쉴 사이 없이 바빴던 강아지도 꼬리 내리고 문 쪽을 바라보며 또 누군가를 기다리고 앉아 있다. 전화가 요란하게 울린다. 둘째 시누 손녀 돌잔치 초대 연락이다. 직선적 성품이 농후한 편이라 마음 상할 때도 있었지만, 아들과 함께 참석했다. 가지런히 놓인 탁자에 아들과 마주 앉았다. 어미를 바라보며 미소 짓는 얼굴에 초라한 아들 돌날 전경이 환히 그려지고 있다. 접시에 담긴 백설떡과 사진관에서 박은 흑백 돌 사진은 탈색된 채 앨범 앞쪽에 아직도 누워있다. 그리도 여렸던 아들이 나라일 한몫하고 있는 장한 모습이 믿음직스럽다. 너의 얼굴 바라보며 옹알이하는 아기라도 있다면 이 어미가 바라는 게 무엇이 있겠느냐! 그 많은 기다림으로 숨 몰아쉬며 달려왔는데 다시 간절한 소망 기도로 새벽을 밝힐 것이다. 구하면 너에게 큰 생명 내려 주시리라 믿고 기다려야 한다. 네 둘째 고모 얼굴 한번 보아라. 언제나 베푸는 데는 인색하지 않지만 말 어휘력이 강해 마음 상할 때

많아도 침묵으로 다스렸다. 돌아서는 인사를 남기고 집에 왔다. 하루는 또 그렇게 가고 일찍 일어나 신문을 폈다. 사람의 위대성은 그 생명도 영원함이 아님을 알려 준다. 스티브 잡스의 세상과 이별에 각 신문 일면이 도배되었다. 오프라인 세상은 떠났어도 그의 창의성과 도전 정신은 온라인상에 영원히 살아남아 꿈꾸는 영감을 제공할 것이다. 스텐포드 대학 졸업식 연설에 정말 본받을 연설문 "항상 갈구하라, 항상 바보처럼 우직하라(stay hungry stay foolish)." 지식 인자는 이 지구를 떠났지만 살아남은 자에게 위대한 말을 남겨 놓은 것이다. 그리고 보면 세상을 출렁이게 하던 춤의 선구자 마이클 잭슨도 다 하지 못한 생을 마감하지 않았는가? 우리네는 불행하다면서도 어느 순간엔가 작은 만족 가슴에 묻으며 말없이 지탱하는 삶과는 차원이 다르다는 생각에 잠긴다. 만감이 교차하며 길을 걷고 있다. 논리적 측면에 죽음이란 반드시 있는 현실을 영원성이 나에게만 존재 된 것이라 어리석은 오만과 무지한 삶의 연속이 내일을 계획하고 기획하는 것이 아닌가? 우리네 가슴 속에 숨어있는 사랑의 방법론 순수한 아름다움으로 승화될 것을 바라보지만, 질서의 역행에 울고 있는 사람 더 많을 것이다. 추구하는 것만큼 얼마나 나에게 소장될 수 있을까를 생각에 잠겨 본다. 조용한 방에 전화가 울린다. 언제나 나를 다독이며 위안해 주시는 큰시누이다. 합천 해인사 여행 가신다며 같이 가자는 요청이다. 나는 대충 챙겨서 먼 여행 차에 올랐다. 이 도시 한 귀퉁이에서 축제 일 바라보며 일어서고 있는 사람의 꽃잎 움직이는 육중한 버스 한자리에 앉아 먼 시야를 응시하고 있다. 내 고향 그 길 닮아 뚫어지라 바라보는 것이다. 옷소매 스치는 소리에 호흡하고 은밀한 언어에 웃음소리 정겨워 닫은 마음 열어본다. 도시를 지나 저 높은 바람과 구름 사이 푸르게 하늘이던 청산은 계절에 묻히고 산허리마다 오색 입은 나무들이 휘어져 가을의 청정한 햇살에 분출하는 듯 쏟아지고 있다. 저 역사를 지키고 있는 푸른 소나무 그 수려함이 해인사를 감싸고 서 있다. 옛 수학여행길에서 본 진열된 팔만대장경이 아니라 하나의 애니메이션으로 만들어 더한 가치를 높여 역사의 빛으로 심어 놓은 것이다. 귀가 버스 안 흥겨움에 몸이 굽어져 술잔이 오간다. 흔들리는 사람의 그림자 지친 응어리 풀어 내리듯 재즈 음악에 취해 춤을 춘다. 손을 흔들어 주고 손뼉을 쳐 흥겨움을 거들어 주었다. 그 옛날 토닥토닥 다툼도 용서를 지나 지친 삶도 지나 없어선 안 될 소중한 짝으로 살아가는 큰시누와 시매의 사랑의 손길이 얼마나 애틋한지 정말 아름다운 인연의 가치로 이제는 저녁노을의 눈물이 고여 있다. 시누이라는 자리가 앙숙인 형제들이 더 많을 것이다. 그러나 이 가문에 시집와서 고개를 넘고 또 넘어가는데도 언제나 챙겨주시며 내 얼굴 안쓰럽게 바라보시며 양반 가문에서 시집왔기에 살아오면서 들을 소리 못들을 소리 삼키며 우직하게 지켜 준다는 칭찬과 위로를 아끼지 않았다. 어렵고 힘든 일들을 굳건히 버티게 해 주신 집안 어른이고 고급 공무원으로 일을 해내신 어른이다. 이제는 내 삶 속에서 같이 늙어 가고 있는 것이 아닌가? 맑고 고운 하늘을 향해 두 분의 건강을 지켜 줄 것을 기도로 두 손을 모아본다. 세월의 초침을 누가 멈추게 하겠는가? 훅훅하는 더위가 지나니 한 해가 지나는 길목 가을이 와 있다. 해마다 다른 느낌으로 다가서는 계절의 바람 소리 영혼을 끌어내리는 듯 스산함에 길

가에 섰다. 코스모스가 송이송이 왜소한 목을 한들거리고 있다. 고운 빛 소녀 같은 마음 연출하며 너를 본다. 그 시절보다 더욱 아름다움을 부어 상징하는 꽃의 광야에 길게 나를 눕혀 환상적 그대로의 모습으로 일어날 수 없기를 바라면서도 다시 허리 펴 세우고 도서관에 가 신문 펴 넘긴다. 가지런히 신문 자리에 세워 두고 공원길을 걷고 있다. 걷는 발길에 누워있는 낙엽들 빗질 결에 후르르 흘러내리는 탈색되어 가는 내 머리카락 닮았네. 곱게 빗질 단장이라도 할 수 있어야 긴 열차 타고 여행이라는 제목도 붙여 볼 터인데 거울을 한 번 본다. 낙엽 닮아가는 내 얼굴을 채우지 못한 소망들이 가득 고여 있다. 내 영혼 훨훨 이럴 때쯤이면 온화하게 머리 쓰다듬어 빗질해 주시던 엄마 숨어있는 곳을 찾아서 깊게 숨겨 두었던 간절한 보따리 풀어 소리 없는 울음 그 서러움 토해 볼 것인데, 아무것도 이루지 못한 수많은 욕망의 그늘에서 비켜서지 못한 채 살아 움직이는 이 여인의 모습이 이제는 까마귀 머리 위로 날아오르는 늙은 체취로 저 높은 하늘 구름 속에 휘감겨오고 있다. 내 광야는 어두워, 나무숲 우거져 있는 골 푸른 곳에 내리는 햇빛 사냥하며 내 존재의 가치를 북돋게 해봐야 할 것 같다. 헛되고 헛된 이 인생의 미로에서, 무모하고 욕심에 찬 리비아 나라의 카다피 대통령, 총탄으로 난사된 체 최후의 인간 모습이 각 신문 일면에 그림 그려져 있다. 사람의 욕심의 그늘은 음산하고 무서운 하나님의 칼끝이 번뜩임을 알지 못하는 마지막 숨을 작은 동굴 하수구에서의 죽음이란 처참한 모습은 살아남은 자에게 많은 생각에 숨을 몰아쉬게 한다. 한의 색소가 가득 차 변질되지 말고 풍성한 사랑으로 담아 어떤 일에도 용서의 문을 열게 해 주소서! 작은 소망을 지니고 소박하게 살아가는 언저리를 매만져 주소서! 노을이 퍼지는 해가 질 무렵의 안식 시기인데도 홀로 애태우는 것은 아직도 묻어 있는 간절히 바라는 바가 있기 때문일 것입니다. 저문 나이로 조카가 독일서 왔다. 순호! 많은 세월 동안 보관된 너와 나의 얘기들로 내 계획은 뒤로한 채 10월의 마지막 일주일 낮을 지나 밤이 되도록 인생의 역사를 말하고 밝아오는 동창에 세월의 흔적 얼굴 지도를 보아라. 그래도 환하게 웃는 우리의 얼굴은 나이 들어 주름져 가고 있다. 너는 넘친 인생 설계에 독일이란 나라에 장식되었고, 나는 평범한 것을 원해 내 나라 강산을 바라보며 웃고 울며 살아온 나와 는 다르게 그 나라 문화에 익숙해 있네. 딸과 함께 제주도 여행은 좋았냐? 내 집에 다시 온다는 제안 못 받아들여 미안하다. 혼자의 시간에 너무 익숙해 있어서 함께 못함을 용서해다오. 여고 다닐 때의 교복 입은 다각한 천진함을 품고 나를 압도하던 푸른 풀 같은 모습으로 나에게, 『돌아온 미소』라는 책 주던 청수한 얼굴은 보이지 않고 나이 들어있는 모습만 나를 슬프게 할 뿐이다. 조용한 공간 아무도 마음 다치게 않아 좋고 지나온 삶의 정돈도 계획에 포함 시키며, 수많은 생각에 잠기게 하는 거실에 햇살이 찾아들어 웅크린 어깨에 내려앉아 따스한 온기 주는 내 집이 좋다. 방문 앞을 지키고 있는 전축에 패티킴의 아베마리아 음악을 볼륨 높이 올렸다. 천상에서 우짖는 환상의 소리 고요히 밀려오는 파도에 쓸고 오르는 해변의 모래 물결처럼 소리 없는 고독이 서며 오르고 있다. 늘 아쉬움의 등불을 들고 일어서야 했던 젊음의 초석도 저만치 주저앉아 쉬고 있다.

길 위 흔들어 대는
갈색 복실 강아지
학교 오솔길 풀잎에 젖어
책보 등에 업어달라 간섭하던
나의 수호천사

도랑물 금모래 들어올리니
언덕 위
아버지 넉넉한 웃음소리
중한 책 몸에 지녀야지
집에 숙제하러 가자

청량한 물줄기 위로
피라미 화답한다
사계절 억세풀 위
속살거리던 그리움
이리도 눈가 꽃을 피우네.

– 고향 누렁이

✏️ 인생의 마지막

아들이 언제 아버지 숨 거둔 곁에 며느리와 갔는지 전화에 울먹이며 엄마 빨리 오라 말한다. 내 동공에 어려 오는 잘못한 아쉬움 들이 가슴을 헤집고 고통스럽게 밀려온다. 무엇으로도 보상될 수도 없는 현실을 눈물로 대신할 수밖에 없다. 사위가 운전하는 차 안에 손녀는 열이 38도로 오르내리고 딸은 아이 안고, 아버지 잃은 슬픔에 울고 있다. 도착한 장례식장 안은 싸늘하고 비길 수 없는 누적들이 온통 안으로 펴져 오른다. 이 모습 그냥 주저앉아 버리고 싶은 생각만 꽉 찬다. 뭐 그리 대단한 삶이라고 침묵하며 버티고 있었나! 이 힘없는 여인 세상에 두고 편히 그 손 땅으로 넣어 떨이지 마시오. 정교하게 박아 놓은 날렵한 화살을 뽑아 저 광야에 불사르고 가야지 작은 풀 같은 이 사람한테 뭘 기대하고 눈 감고 있느냐 말입니다. 분노의 눈물을 당신은 편히 누워 바라보지 말라 고요! 허망한 소리 허공에 뿌린들 무너져 내리는 내 곡소리만 창공에 흩어져 까마귀만 와서 날개 치고 있구려! 생동하는 잎새들은 솟아오르는데 준비 없는 먼 길을 택해버린 사람은 나에게 사과의 따뜻한 말 한마디 없이 영원히 가버렸구나. 그 다문 입속에 뭘 담고 떠나는 건가요? 수많은 원망과 질시 가득 담고 먼 길 가려면 무거울 터인데 다 내려놓고 가시지 그랬어요? 죽음의 발걸음으로 돌아보고 또 걱정의 태산을 온몸에 감고 떠나갔겠지요. 통곡과 침묵으로 일관할 수밖에 없는 이 초라한 모습 당신은 원하지 않았을 것이 아닌가요? 그 무엇으로도 위안 될 수 없는 공허를 혼자만의 울부짖음으로 감당해야 하는 현실에 머릿속은 텅 비어 있다. 단점이 가득 차 있고 질시의 눈 부릅떴지만 모든 의미를 잃고 수렁으로 밀려 내려감을 느낀다. 길 위에 주저앉아 내 육신은 움직일 수 없어 병원 침대 위에 뉘어졌다. 눈물이 고여 있는 눈망울은 병원 천장에 거대한 호수로 물결치고 모자랐던 지혜는 병원 베개에 젖어 오고 있다. 수많은 갈등 속에 길을 다듬어 걸어왔던 현실은 무모하고 허탈함에 당신과 나의 섬광은 영원히 저 바다 밑으로 가라앉아 버리고 말았구려. 딸이 어미 안고 흐느끼고 아들은 말없이 엄마 손 꼭 잡으며 눈물 뚝뚝 떨군다. 남자는 부모 잃었을 때만 눈물 보이라 일렀으니 아비가 네 곁을 영원히 떠났으니 어미 앞에서 슬픔 표해도 되겠구나. 울음으로 두 팔을 벌려 아이들을 안았다. 통곡이 가슴에 차올라 어미 귓속을 서러움으로 채우며 삶에 고뇌의 색소가 소리 없이 병원 이불이 젖어 오도록 함께 볼을 문질렀다. 교회에 묵묵히 일하시는 존경스러운 분들의 병문안 기도에 내 살아있음을 실감케 했다. 이 모든 따뜻한 은혜로 용기와 힘이 잔잔하게 살아나게 해 몸 일으켜 병원 문을 나섰지만 일어설 수가 없었다. 다시 병원 침대에 뉘어졌다. 완연한 초록으로 물든 나뭇잎 들은 힘 있게 대지에 솟구쳐 있는데 곧게 목을 올려 큰소리치던 당신의 생명은 영원히 사라져버려 웅크려진 마음에 매질하며 일어서 본다. 당신이 남기고 간 허술한 유품 정리해야 하는데 병원을 나왔지만 아직은 내 등에서 식은땀은 가시지 않고 머리가 무거워 들 수가 없다. 무엇으로 기대어 볼까? 손가락 깨물며 버티고 서서 이 허무의 길목에서 무엇을 했단 말인가? 나는 당신한테 보여 주고 얘기할 것이 너무 많아 변모되기를 기다렸는데 어쩌면 이렇게 비참하게 짓눌려

놓고 할 일들을 다 팽개치고 혼자서 빈손 들고 훨훨 가버리면 끝나는 건가요? 입 벌려 크게 말해 보시지요. 항상 소리치던 그 방식으로요. 당신에게 있는 이 많은 일들을 다 쓰러져 가는 연약한 몸으로 어떡하라고! 멍하니 나의 육신을 바라보며 불 꺼진 창문을 두들겨 본다. 영원히 닫혀버린 창문을 "하나님은 내게 대하여 엎드려 기다리는 곰과 은밀한 곳에 있는 사자 같으사." 이 하나님 말씀이 깊게 가슴에 울렁인다. 당신의 굽어진 말에 검은 머리카락은 퇴색되어 바람에 날렸고 지혜의 문턱은 당신의 말을 융화시키지 못해 보낸 긴 세월 그 누가 보상해준다는 것이요? 마음에 가득 찬 안타까움도 저 흙 속에 묻어야 하는데 그 방법론을 알지 못해 울고만 있는 것이요. 남아있는 소지품 참 초라하고 볼품없어 보이지만 하나님 말씀 수록된 성경책을 가지런히 책상 위에 놓여있네요. 당신이 좋아하는 철 책상 위에 올려놓았으면 그 말씀을 가슴속에 채우고 묵상했어야지요. "내 집 안방에 있는 네 아내는 결실한 포도나무 같으며 너 식탁에 둘러앉은 자식들은 어린 감람나무 같으리로다." 위의 이 깊은 하나님 말씀을 읽어 주었다면 여유롭고 너그러운 마음으로 주위를 편안하게 하는 많은 변모로 어쩜 더 큰 행복으로 갔을지도 모르지 않겠습니까? "구부러진 말을 너 입에서 버리며 비뚤어진 말을 네 입술에서 멀리하라." 이 준엄한 하나님 말씀, 그냥 비치하는 글이 아니라 실천하고 실행하라 준엄한 명령인데 섣불리 지나 버린 것입니까? "그는 생명의 평탄한 길을 찾지 못하며 자기 길이 든든하지 못하여도 그것을 깨닫지 못하느니라." 이 중한 말씀 가슴에 깊이 소장 되었다면 아이들한테 아버지 잃은 슬픔은 만들지 않았으리라. 좋은 세마포

옷을 갈아입고 송판 집에 편히 누워 온전히 내 가슴을 누르고 있지 말고 일어나시오! 하나님 말씀 펴고 평온을 찾아봐야 합니다. 세상사 어느 때 어느 곳이든 하나님 말씀처럼 이 마음의 실존적 어둠을 깨어나게 하는 것은 없을 것입니다. 그래야지 당신은 편히 이 세상을 떠나갈 수 있을 것입니다. 큰방 구석 자리 침대 위에는 당신 온기가 가시지 않고 흩어진 옷장 속에 양복이 당신을 기다리고 있네요. 거실엔 큰매형이 선물한 견고한 바둑판 딱딱 나의 단잠을 깨워서 싫었던 바둑알 소리도 멈춘 채 한쪽 다리 잃고 불편하게 앉아 있네요. 전기 보온밥통은 코드가 꽂혀 김이 오르고 칠이 벗겨진 작은 밥상은 아직도 한 인생의 역사를 담고 뒹굴어져 침묵하고 실감할 수 없는 마지막 소지품조차도 내 손에 경련이 일어 만져 볼 수가 없다. 침대 옆 철 책상은 안방 문갑 옆에 들여 놓았다고 보기 싫다는 잔소리에 서운한 그 목소리가 빗물 되어 내 발등 위에 떨어지고 떨리는 손으로 위 서랍을 열었다. 내 손가락에 끼었던 반지가 놓여있고, 언제 박은 사진인지 큰 인화지에 너와 나의 인물 사진 참 정답게 활짝 웃고 있네요. 수많은 생각이 사진 속에 울리는 듯 바닥에 밀쳐버린다. 어둠의 먼지가 이곳에 쌓여 있었고, 인생의 노여움이 핏물처럼 물 들어 둘의 인생이 여기 있었는데, 결국 그 죽음 앞에 하염없이 눈물만 흘리고 있구려. 부디 멀고 먼 길 잘 더듬어 가시오. 나를 이렇게 밀쳐버린 당신을 용서가 어렵지만 나는 당신을 용서할 것이요. 참 길었던 한 인생을 생각에 잠겨 봅니다. 흑인 만델라 대통령 27년간의 옥살이에서 석방되면서, "내가 받은 고통 그 큰 원망과 분노를 여기 묻어 두고 활짝 열린 문으로 나가지 않으면 미래가 존재치 않는다." 이 교훈을 테두리하고 또 먼 길을 걸어야 할 것 같습니다. 삶 자체의 고뇌들을 하나의 교훈으로 엮어내지 않으면 평온을 얻지 못하리라. 그럴 것입니다. 얼마나 많은 시간 들을 당신은 주위를 불안케 했습니까? 내 몸으로 막아 내 아이가 슬프지 않게 할 것입니다.

초가 한 칸 더 지어놓고
말미 밭 갈아
새싹 움터 파릇할 때
풋나물 조물조물
된장에 묻혀 입맛 덜어봐야지

곤고(困苦)를 수북이 둔
별빛 이슬 감은 사람아
초생달빛 지고 뜰 때
얼굴 젖어 마주하며
땅이 하얗게 변해 가도
시간 구걸하며 울 살았잖소
이제 의젓한 전령 이러한데
구들장에 엉덩이 따뜻이 녹여
눈 부시는 새 옷 한번 걸쳐보고

더 살다 가지
평생 몸 바친 처음 선물이

흰 국화꽃 한 다발인가요
문틈에 드는 설한 바람 어쩌라고

듣고 보는 모든 것이
운명(運命)은 여기서
내가 붙든들 너는 멈출 리 없으니

이제 다시 못 올 길
저 길 위 샛별 비추거들랑
잘 다듬어 가시오.

– 조금만 더 살다 가지

　복음성가 한 구절 흐르는 눈물을 손등으로 밀며 높이 안좌한 우편의 제위자이신 주님과 하나님 말씀을 보자기에 매어 가슴에 안았다. 거리를 나서니 다 식어 버린 햇빛이 떨어지고 살아남은 자 머리 위를 밟고 선다. 다리는 대지에 흐느적거리고 머리는 멍하니 아무 분간이 어렵다. 당신이 세상을 놓아 버리듯 간절히 기도한 곳에 내 가슴에 안고 있는 이 모든 걸 내려놓아야 한다. 영원히 안식할 곳 길을 찾고 있다. 그러나 허허한 꿈의 번지 밖에는 보이지 않는 길 위에 서 있다. 저 건너에 희미하게 보이는 십자가 햇살 줄기에 환한 광채로 생존의 의미에 보드라운 윤기로 파동을 잠재우며 용서한 길목을 막아서 있다. 또다시 당신의 빈손에 두고 가는 아버지 잃은 내 아이들을 위해 길을 떠나야 한다. 살아남은 자의 슬픔으로 얼마나 버티고 서 있을지 쓸쓸한 인생의 길을 바라보면서. 보소서! 수많은 것이 타자의 탓은 엄청난 무게에 마음의 감당이 어려워 괴로움을 지니고 살지 않았던가요? 모든 것은 나로부터이고 내 탓이어야 평온을 찾는 것은 하나의 진리인 것입니다. 그것을 역행하는 것이 바로 괴로움과 아픔을 간직하는 것입니다. 얼마나 많은 질시와 괴로움을 앓으면서도 스스로 질서라 착각한 것 아닙니까? 오만에서 왜곡된 합리화를 엮으려 했으니 자아가 무너지는 것이 아닌가요? 그렇습니다. 인생의 영원성은 어디에도 없는 것입니다. 순간을 견디지 못하고 무너지는 것이 아닙니까? 당신 가슴에는 뭘 담고 그 무거운 눈을 감았는지 두고 가는 당신 그늘에 있는 가족이 보이지 않았습니까? 눈을 뜨시오! 이 많은 당신 할 일들을 나한테 다 맡기지 말라니까요! 혼자서 어떡하라고! 햇빛에 시들어 버려 바람도 피해 가는 갈대 같은 당신의 인생의 길을 생각에 잠겨 보셔요. 네 곁에 존재하는 것은 다 남의 탓이 아니라 내 못난 탓이라는 것을 안고 갈 것을 당부합니다. 이 목구멍에 울분을 넘기고 눈물범벅 되어 삶의 용기를 이슬 내리는 땅 위에 등을 놓고 하늘을 바라봐도 나는 용기가 없어요. 하나님 말씀이 안개 가득 찬 동공에 어려 오고 있습니다. "분을 그치고 노를 버리며 불평하지 말라, 오히려 악을 만들 뿐이다." 하나님! 원망과 분노가 가슴 가득 파도치고 있는데 어찌 그치라 하십니까? 내 반문하는 입술이 떨리고 있습니다. "일어서라, 탄생 성으로 너에게 생기를 불어넣어 주시며, 네 발에 등이요, 네 길에 빛이라." 위의 하나님 말씀 주셔서 산천이 울리도록 거룩한 찬송 화음 높이니 뿌리에서 일어나는 오래 참음의 결실이 내 돌담 줄기에 청

포도 송이가 주렁주렁 영글어 바구니에 수북이 담고 넘치고 있습니다. 혼자서 내 목에 다 넘겨 삼킬 것입니다. 진정 사람의 분노는 마음이 상하면 부족함이 보이니 지금까지 열거한 하나님 말씀을 상한 심령에 채워 목마른 사슴 같게는 않을 것입니다.

공단 결 펼쳐
홀로 먼 길 떠나는 사람아
지금 떨어진 영혼으로
그늘진 땅에 누웠네

호강은 어디 뫼 두어
신열은 작열하게 퍼붓고
그 날렵했던 삶의 염장

너 굽어진 속살에
무당처럼 칼춤 추네
바람에 휘이휘이 헛되이

아이는 눈물 고여 떨어지고
너를 담은 목조
문은 굳게 닫아걸었네
네 아버지 먼 길 가네
저 임자 없는 돛대 어디로 갈고

너 가고 나 산들

숨결 자국 미움만이

죽창(竹槍) 꽂을라

조용히 가두어 오는 이 두려움!

　　　　　　　　　　　　　　– 남편은 가네, 먼 길

✏️ 사랑하는 빛의 길

아이들이 내색하지 않는 슬픔을 잠재우고 안정된 일상생활에 익숙해 가고 있는데 내 몸은 온전함을 잃은 채 병원 침대 위에 뉘어 있다. 절망의 무음 속에 어떤 운명론자의 허탈, 쓰러져 가는 곤비한 정신적 노예, 이제는 이 모든 것이 포함되지 않는 삶 속에 있는데 왜 이리 내 아이를 용기 잃게 하는 어미가 되어있는지 알 수가 없다. 일어서야 한다는 결론으로 병원 문을 나섰다. 그러나 내 몸은 흐느적거리고 있다. 강렬한 햇살의 중력에 주저앉았다. 걷는 것조차 힘들었는데 일어서 경동시장 한약재를 사서 들통에 다려 힘 있게 일어서기를 소망하면서 마시고 또 마셨다. 그러나 자꾸만 으스러져 와 눈은 무겁게 감겨 몸의 세포가 빠져나가는 느낌에 자리에 길게 눕고 말았다. 저물어 빛이 사라지는 듯 허망함이 온몸에 감겨 올랐다. 새벽을 열고 무릎 꿇은 간절한 기도 내 아이들의 생육하고 번성의 기도 아직도 당신의 응답 받지 못했습니다. 이 생명 다하는 날까지 당신 옷자락 잡고 간절히 구할 것입니다. 저를 자리에 눕게 마시고 일어나게 해 주소서! 내 살을 빚어 태어난 생명에게 그 핏줄 연이을 고귀한 섭리가 내 마당에 가득하기를 간절히 구하옵나이다. 아이들 전화가 울린다. 허물어 져가는 어미 목소리에 황급히 달려온 내 아이들 소리, 눈은 감겨 돌덩이 눌림같이 들어 올릴 수가 없어 길게 눕고 말았다. 늘어져 누운 어미를 안으며 이것 먹어야 한다며 숟가락에 떠 어미 입에 넣는 것은 글리코 영양제 6가지, 알로에와 나무 열매들에서 추출한 것이라며, 병든 사람을 일으킨다며, 딸의 갈급하고 간절한 목소리 귀에 울리며, 내 목줄을 타고 내린다. 먼 이웃처럼 아들의 간절한 말이 귀에 울리고 있다. 그 큰 대학병원과 한방 병원에 입원해도 차도가 없으니 이것 먹어보자며 울먹이는 목소리에 가슴이 먹먹해 숨을 몰아쉬었다. 간절히 권하는 목소리에 마음의 결정을 하면서 아직은 너희들 곁에서 어미가 당당해야 너희들이 용기 잃지 않고 이행의 길을 갈 수 있을 것이라는 중함을 느끼면서 넘겼다. 하루를 마시고 이틀을 마시고 일주일을 실천하고 나니 무거운 몸체가 깃털처럼 가벼워지고 그토록 무거웠던 눈꺼풀이 올라갔다. 눈을 뜨고 아이들을 보았다. "어! 우리 엄마 살았네." 딸의 음성이 날아오르는 듯 웃는다. 그래, 몸이 가벼워 엄마가 다시 탄생한 기분이 든다. 내 귓전에 아들의 힘 있는 목소리가 들렸다. "엄마 힘내셔요, 며느리 임신했습니다." 두드리면 열린다는 하나님 말씀 믿고 기도로 이행한 길이었는데 이 큰 기쁨을 하나님 말씀 속에 묻었다. 아파 있는 시어머니 때문에 근심에 차 있으면서도 말없이 기다림의 정성을 부어 교회 유치부 선생님으로 철없는 어린아이들을 주님 말씀으로 이끄는 도리를 봉사하매 큰 축복의 빛을 주신 것이라 여기어진다. 쉬지도 않고 만삭인 배를 안고 주님 일을 지체 않고 움직여 준 은혜의 보답인 듯 튼실한 손자가 세상에 울음 터뜨리고 태어났다. 잘 자라주는 손자가 아들 얼굴을 보고 옹알이하고 할미 얼굴 보며 활짝 웃는다. 아가야 너는 나의 핏물의 근원이로다. 무한한 경이로움에 차 있는 이 할미를 한번 보겠느냐? 백일 행사 할아버지 없는 자리가 왜소해 보이긴 했지만 춤을 덩실덩실 추고 싶었다. 이 뼈 깊이 박혀있던 근심을 해결 받게 해 주신 하나님을 향해 내 온몸을 흔들어 이 행복을 표출해 보고 싶었다. 며느리의 정성 들인 알뜰함이 아들을 허술한 삶으로 이끌지는 않을 듯해 마음 든든하다. 얼마나 야무진지 허술한 시어머니 닮지 않은 그 손길에 손자가 잘 자라 겨우 일어서 비틀거리며 한 발자국 옮겨 놓으니 온 집안에 박수 소리 요란하다. 손자가 태어나 일 년 된 돌이 다가왔다. 내 손자 큰고모할머니인 큰시누와 시매 서를 모시고 형제 지인과 함께 사진 스크린까지 곁들인 행사에 당신 누나는 손자 임신한 거라도 보고 먼 길 돌아가지 라며 아쉬움의 눈물 보였지만, 얼마나 손주가 예쁜지 내 눈 속이 빛이 발하고 있습니다. 이 가문의 며느리로 서서 소리 일어서는 바람 막아 홀로 울음 울며 아이들을 안고 참 먼 길 걸었습니다. 쉬지 않고 걷다 보니 또 하나의 간절함이 내 가슴에 안겼습니다. 외손자가 온 집안에 등불을 켜고 탄생했습니다. 감사 기도만 남아있는 듯합니다. 그렇습니다. 나만 불행하다 생각에 잠기지만, 더 멀리 돌아보면 중앙일보 고문으로 계신 전 이 나라 문체부 정관이셨던 이어령 그 어른도 다 자란 손자 돌아올 수 없는 길 보내고 결국은 눈물로 딸로부터 주님을 영접받아 이 나라 최고의 학자로 문인으로 온 나라 사람들의 가슴에 지식을 담게 했으리라. 그 옛날 이어령 전집 5권을 할부로 사서 글귀가 얼마나 좋은지 세로로 된 글을 그림도 그려가며 알뜰히 읽었던 기억이 살아난다. 강산이 몇 번 바뀌고 몇 번의 집을 옮겨도 그 책 보따리는 항상 포함되어 내 책꽂이에 누렇게 퇴색되어 꽂혀있다. 오늘도 그 박사님은 청중 앞에서 눈길 한번 헛되이 갈 수 없는 진솔한 귀를 열어주는 강의 하나님 앞에 정중한 예배자의 자세가 중요하다 강조한 말 나는 답하기가 어렵다. 수북한 소망만 하나님 앞에 늘어놓은 것밖에는 없는 듯해 다시 한번 저물어 있는 내 자세를 세워 삶의 조각들을 등불을 켜고 주님 전에 놓아 수 없는 무릎 꿇어야 할 것 같다. 쓰던 글을 멈추고 외손자가 할미 어디를 갔냐고 계속 찾고 울고 있다기에 딸 집에 갔다. 작은 방 장롱 위에 올려진 물건이 불안전 해 보여 혹이라도 떨어져 손자 다칠세라 그 옆 책상에 올라 바르게 놓으려다 발을 헛디뎌 방바닥으로 떨어져 정신 차릴 수가 없었다. 허리가 꼼짝할 수 없게 아파 왔다. 오른손이 경련이 와 가누기 힘들어 자리에 누워도 아픔의 신음에 아이들이 병원 가자 일으키는데 고통 호소하며 내 몸을 그냥 두어라. 내가 천천히 일어날 것이다. 손목에 깁스한 체 허리의 통증을 호소하며 병원 침대 위에 뉘어졌다. 하나님! 언제까지 여기 뉘어 두십니까? 말씀 주소서! 저의 죄가 얼마만큼 이기에 이 적막한 곳에 또 눕히는지요? 겨우 왼손을 짚고 창 쪽으로 시선을 옮기니 개나리가 활짝 피어있다. 이 좋은 계절에 햇살 등지고 이글거리는 아픔을 이겨 내며 하나의 목각처럼 굳어 있습니다. 하나님 곁에 갈 동행 날이 몇 해나 남았다고요? 저를 용서의 길목을 지키게 하셔서 사람이 걷는 저 길을 저도 걷게 해 주시옵소서! 두 주일이 가까울 무렵 고통을 호소하다 깊은 잠에서 꿈속을 해 맨 것이다. 침대 옆에 섰는데 환자복 바지 가랑 사이에서 기름지고 살찐 붉은 체크무늬 뱀이 병원 바닥에 3마리가 떨어져 찬란한 색으로 팔딱이는 그 혐오에 소리치며 눈을 번쩍 떴다. 병실에 환자들은 잠에 빠져 있고 그런데 내가 통증 없이 앉아 있는 거잖아! 이 먼 병원까지 오셔서 내 머리에 손 올린 목자님의 기도에 사탄이 견디지 못하고 바닥에 떨쳐 진 것이다. 오! 주님의 역량 이 못난 여인에게 해당이 된 것인가요? 천천히 일어서니 심한 통증이 사라지고 없는 것이다. 아, 감사를 전달해야 한다. 내 딸은 뼈 골절에는 고기를 많이 먹어야 빨리 아물어진다. 그 말은 어디서 듣고 무겁고 힘든 아이 돌보면서도 어미 신경 써 눈은 더 커져 눈물 모으고 있다. "그는 시냇가에 심은 나무가 철을 따라 열매를 맺으며 그 잎사귀가 마르지 아니함 같으니 그가 하는 모든 일이 다 형통할지로다." 이 하나님 말씀들을 너 몸에 피 흐르듯 하기 위함으로 어미는 기도에 임할 것이다. 정중한 예배 자세 그 은혜에 보답하는 것임을 알아야 한다. 내 딸은 어미와의 긴 대화를 거두고 집으로 갔다. 몸을 가다듬어 바라보니 김치와 돼지고기 삶아 병원에 나른 그릇이 몇 개나 포개어져 있는 것을 바라보며 눈물이 핑 돈다. 내 손가락이 아리는 아이 그 효성에 어미의 중요한 금 그릇을 들었을 것이다. 퇴원해도 된다는 전달에 머리를 들고 병원복을 벗었다. 무거운 발걸음으로 집에 들어서니 인천에서 연락이 온다. 둘째 언니 운명했다는 말에 셋째 언니도 가고, 내 형제들이 한 사람씩 나를 다 떠나가 버리는구나. 그 먼 길보다 가까운 이 땅 안에 있었는데 내 삶에 허덕이다 형제와의 추억도 따뜻한 밥한 끼도 먹지 못하고 떠나보내고 말았구나. 나 또한 수많은 인생의 후회로 그렇게 눈을 감을 것이다. 큰 방문을 열었다. 빈집에 찾아든 손님처럼 싸늘한 적막이 엄습(掩襲)해 온다. 커튼 사이 창틀 화분에 선인장이 주인 없는 집에서 홀로 생동하여 꽃이 활짝 피어나 있다. 네가 혼자서 아름다움을 간직하고 있었구나. 부딪치는 돌에 아파도 혼자서 감당하면서 묵묵히 살아온 나처럼 말이다. 이 커다랗게 차지하고 있는 고독에 응집한 나를 붙들어 줄 수 있는 하나님 말씀 속에 젖어야 한다. "아

들은 어려있다가 장성한 나무들과 같으며, 딸은 궁전의 양식대로 아름
답게 다듬은 모퉁잇돌들과 같으며." 위의 이 하나님 말씀을 상기하며
내 침상 온돌에 불을 집이고 무지한 육신을 바닥에 뉘어 눈을 감았다.
다시 태양이 떠오르면 시작은 밝아 오리라. 수많은 날의 간절함은 물결
따라 흘러가 버린 인생의 긴 여정의 허무한 것을 이제는 저 유리창 곁에
앉은 꽃 같은 삶의 계획은 덧없는 저녁노을에 불과한 것을 너무 늦게 내
가 알았네.

눈부시도록
혼신(渾身) 다해 흔들다가
바쁜 가을 준비로
갈잎은 떨고 있다

숨은 가빠오고
시선(視線)에 활강하던
그림 닫혀버렸네
아이 목소리 불길 타
처마 끝 바람에 달려
뼈 마디마디는 바닥에 놓고
이 육신을 사르고 있다

해와 달빛 가르며 올 걸음 줄 걸음
욕망의 덫 가로질러

소망(所望)의 별빛 쏟아졌는데
잠든 눈은 들 수가 없다

심지(心地) 타들어 가는
이 영혼 붙들어야 하는데
생명 이는 뜨거운 숟가락
이빨을 더듬고
천사의 눈물 줄줄이 떨어지네

이 우는 아이 어쩔꼬
저 오는 깊은 물살을!

- 생명을 건진 영양소

✏️ 인셀덤(IN CELL DERM) 화장품

　내 딸이 눈 주위에 좁쌀같이 보기 흉한 것이 번지고 있다. 엄마 이걸 어떻게 해요? 언제나 그랬듯이 내 귀를 즐겁게 해주는 딸이 시무룩하고 어둡다. 여러 가지 방법 애써 봐도 아무런 반응 없이 번져나가 딸을 데리고 병원 피부과에 갔다. 한관종이라는 진단을 받고 치료 방법을 물었을 때 그 뿌리를 뽑는 데는 4백이란 돈이 들고 다른 곳에도 계속 번질 것이라는 말에 실망과 좌절로 저 예쁜 얼굴을 어떻게 해야 하나! 밥맛조차 없고 고민에 빠져 있었다. 딸은 모임이 있다면서 참석을 위해 비비크림을 진하게 바르고 또 발라도 두드려지게 보였다. 이걸 어찌하면 좋을꼬! 딸은 모임에서 조심스럽게 고민을 털어놓았다. 옆에 앉은 분이 혹시 제가 쓰고 있는 인셀덤(in cell derm) 화장품을 써 보세요. 하면서 핸드폰에 저장된 사진 하나하나를 보여 주는 얼굴들 붉은 반점, 옅은 화상, 주름으로 얼굴이 처져 가는 피부가 탱탱하고 맑은 피부가 된 사진을 보고 기대를 하면서 엄마한테 다운받은 사진들을 펼쳐 보여 준다. 실낱같은 믿음으로 계획을 세워 3개월을 발랐다. 이 외의 반응이 오기 시작하면서 3개월이 되었을 때 한관종이 사라졌다. 온 식구들이 감탄하고 8살인 손자도 임마 일굴에 보기 싫은 것이 없어졌어 어디로 간 거지? 그래 없어졌어! 아들을 안고 거실을 돌고 있는 딸을 바라보면서 너무 행복했었다. 그래, 신기한 화장품이로구나! 딸은 70세가 지난 어미 얼굴을 어루만지면서 엄마 이 못난 자식들 키우느라 고생해서 생긴 이 주름진 얼굴 제가 이 화장품으로 마사지해서 예쁘게 해 줄 것입니다.

눈물까지 글썽이며 그 진심 어린 말에 같이 울면서 바른 1년이란 세월 속에 딸 얼굴은 거울 알처럼 변모되었고, 내 얼굴은 주름이 제거되고 처진 피부를 예쁘게 가꾸어 놓았다. 친구들이 내 피부를 보며 그 화장품 시중에는 잘 보이지 않던데 어떻게 하면 되는지 물어온다. 비록 내 머리카락은 퇴색되어 하얗게 바람에 나부끼고 있지만 그래도 아직은 아름다움을 보존되어야 함을 직시하면서 어떤 포장의 가치가 아니라 실질적 피부 자체를 보호하고 맑게 해 주니 바르면 바를수록 놀랍게 깨끗한 피부를 연출해 거울을 볼 때마다 어떤 희열을 자아내게 했다. 그 옛날은 외국산을 선호했던 건 사실이다. 외국산도 피부를 생각한 것은 대부분 없는 것으로 안다. 그냥 피부에 잘 스며들어 임시 아름다움을 연출한 것으로 안다. 내가 써 보니 그랬었다. 주름지고 늙어 처지는 피부를 올려 부쳐 자연스럽게 이 늙어 감을 가꾸어 놀라운 피부 자체를 만들어 주는 화장품은 내 안목으로는 없는 것으로 안다. 오! 이 나라에서 과학적으로 늙어 가는 피부를 싱싱하게 가꾸어 갈 수 있도록 만들어 놓은 것이다. 이루어 낸 것이다. 가히 하나님이 내게 내리신 선물이라 해도 손색이 없다. 피부를 맑고 깨끗하게 해주는 마력이 인셀덤 화장품에 숨어 있음이 분명 해진 것이다. 정말로 놀라운 화장품이 아닐 수 없다. 세계를 능가하는 질을 창조해 놓았다. 이 나라가 선진국 대열에 선 대한민국의 과학이라 해도 옳다. 우리는 열심히 피부를 가꾸면서 더 넓게 타국의 여인들도 이 화장품을 이용할 수 있게 하는 것이 이 나라의 부강을 이끄는 자세가 되지 않을까 싶다. 외국 화장품들이 다양하게 들어와 우리는 아름다워져야 한다 주장하며 많이 써 이 나라 money, 원화를 외국으로 많이 보냈다. 이제 이 화장품으로 나갔던 돈(money)을 우리는 그 보상을 받을 차례가 온 것이다. 외국 여인들도 이 인셀덤 화장품으로 아름다워지기를 원하면서 2023년 3월 18일, 인셀덤 화장품 미국에 문을 활짝 열었다. 세계(Global)의 길을 열기 위해서이다 열심히 홍보 매니저(manager)가 되어 뛰어야 할 것이다. 이 나라 부강을 책임을 다해야 하는 뿌리 깊은 젊은이들이여! 이 나라에 수출보다 수입이 더 많은 나라이니 이 월등한 화장품 하나만이라도 수출로 돌아설 수 있도록 말입니다. 안중근 그 어른의 말씀처럼 "내 시체를 그냥 섞이지 말고 이 나라 성벽 쌓는 데 써라." 했습니다. 이 충성 된 말씀들을 상기하면서 세계의 여인들에게 잘 케어(care)해서 이제 이 나라에 이익창출 될 수 있도록 우리는 일어서 뛰어야 합니다. 발바닥에 불이 붙도록 말입니다.

내 얼굴에
어둠을 밝혀
저 밤하늘에 둥근 달같이
은은히 빛이 발하고 있네

✏️ 삼손과 들라일라 영화

성경책, 하나님 말씀을 읽어갔다. 삼손과 들라일라 부분에 그 옛날 학교에서 단체 영화 관람에 감명 깊어 강산이 몇 번 나를 비켜 갔는데도 신비로움이 내 마음 귀퉁이에 숨어 있었다. 삼손이 그 큰집 들보를 들어 올릴 때 기이한 힘의 감격이 잊지 않고 있었기 때문이다. 조영남 가수가 열창했던 '들라일라' 음악을 전축에 볼륨을 높이 올렸다. 가슴 증폭을 흔들며 영화의 상상을 온몸에 펼쳐 정중히 무릎 꿇었다. 하나님의 권능 자로 세상에 태어나 그 목적에 부응하는 움직임이 아니라 쉼 없이 술을 들이켜 잠에 빠져 있고 기생집을 들락거리고 블레셋 나라 들라일라라는 여인에게 사랑에 빠져 머리에 삭도를 데면 힘을 잃는다는 비밀을 말해버린 것이다. 삼손 혼자의 짝사랑은 인생의 큰 파장에 낭떠러지로 밀쳐지게 된 것이다. 우상 숭배자의 무지한 결박과 양쪽 눈까지 소멸시켜 버렸다. 힘을 가진 머리카락도 삭도로 밀린 채 소가 돌리는 무거운 맷돌을 수없이 돌렸다. 그런 세월 속에 머리카락은 한 가닥씩 자라나 큰 힘이 일어났지만, 앞을 볼 수 없으니 그 행동은 중지되었다. 맷돌을 돌리다 멈추면 옥에 가뒀다가 큰다곤 신전 두 기둥이 있는 곳에 눈먼 삼손을 재주 부리게 했다. 남녀 모든 방백들도 그 집에 있고, 지붕 위에 있는 남녀도 삼천 명가량이 재주 부리는 것을 보더라. 삼손이 여호와께 부르짖어 이르되 "주 여호와여, 구하옵나니 나를 생각하옵소서! 하나님이여 구하옵나니! 이번만 나를 강하게 하사 나의 두 눈을 뺀 블레셋 사람에게 원수를 단번에 갚게 하옵소서!" 힘주어 부르짖으며 집을 버틴 두 기둥 가운데 하나는 왼손에 하나는 오른손으로 껴 의지하고 블레셋 사람과 함께 죽기를 원하노라. 힘을 다하여 몸을 굽히매, 그 집이 곧 무너져 방백들과 온 백성에게 덮이니 삼손이 죽을 때 살았을 때 죽인 자보다 더욱 많았더라. 이 영화의 부분에서 우리는 하나님 말씀의 중심에서 삶을 영위해야 하는 것을 터득해야 할 것이다. 가슴에 묻혀 불같이 일어나는 내포할 수 없는 원망과 분노의 침침한 색소를 세월의 언덕 위에 이제는 마음속 깊은 곳까지 하나님 말씀으로 채워야지만 내가 살아갈 길의 환한 빛이 발한다는 것을 너무 늦게 깨달은 것이다. "목을 높이 올리는 자는 항상 목이 마르다." 위의 이 하나님 말씀에서 무릎 꿇어 기도 임할 때는 수많은 생각에 잠기게 한다. 내 엄마처럼 비단 보따리도 머리 올려 보지 않았고, 우리 집 머슴들처럼 땅도 파지도 않았다. 평생을 두고 먹을게 풍족했던 것 같은데 그런데 하나님! 늘 쓸 것이 모자라고, 내 남편이 모자라고, 내 자식의 것도 모자라고, 그래서 엎드려 울었습니다. 강한 욕망의 덫에서 알지 못하는 교만이 내 깊은 속에 꿈틀대고 있었기 때문일 것입니다. 자아를 내려놓는 평온, 그것을 형성하지 못한 듯합니다. 하나님 말씀의 심오함에 숨어있는 풍성한 마음 영글게 하는 오묘한 섭리에 나를 부요(富饒)하게 하는 것을 진작이 알지 못했습니다. "일어나라, 빛을 발하라. 이는 네 빛이 이르렀고 여호와의 영광이 네 위에 임하였음이니라." 이 힘 있는 하나님 말씀 하나도 놓치지 않고 기도로 임할 것입니다. 아이들이 도상에 있는 이 나라 이익 창출하는 자리에서 의로운 사람으로 가기 위해 주님 전에서 노력하는 모습이 보이고 지혜로운 자에 시시 사랑으로 이끌이 겸손함을 잃지 않는 듯하니, "이는 나를 사랑하는 자가 재물을 얻어서 그 곳간에 채우게 하려 함이니라." 위의 이 중한 많은 하나님 말씀들을 가슴에 채우며 늘 곁에서 묵상했기에 깊은 물에서 허우적거릴 때는 구원의 역사를 펼쳐 온전히 대지를 딛고 힘찬 발걸음 옮겨 놓는 것을 실감하고 있는 것입니다. 긴 글이 마무리되어 가면서 울먹였던 서러움을 혼자 삼키며 한없이 울다 지쳐 깊은 잠이 들었다. 잠든 얼굴에 숯불이 활활 타는 화로가 내 코 밑에서 이글거리고 있어 너무 뜨거워 눈을 번쩍 떴다. 이렇게 잠을 깨운 내게 동쪽 창을 뚫고 빛의 기이한 줄기가 지상에 떠도는 먼지까지 또렷이 보이며 화려하고도 정교하게 나에게 쏟아지고 있었다. 잠에 취한 무거운 몸체를 들어 올려 다리를 겨우 당겨 무릎을 꿇었다.

그리고 내 머리를 바닥에 놓았다. 이 여인이 아둔해 하나님께서 내리시는 이 영광의 기이(奇異)한 뜨거운 빛을 무엇을 뜻하시는지 알지 못하오니 한 말씀만 주소서! 간절히 원했지만, 말씀 없는 채 그 빛 거두셨다. 황홀한 마음 어쩔 줄 몰라 바닥에 정중히 무릎 꿇어 하나님 말씀 기록하고 있는 것입니다. 오! 이 오묘한 현상이여! 오래 참고 이겨 낸 상처의 하혈을 긍휼로 이 여인을 감싸 주실 줄 진작 알지도 못했습니다. 진정 감사드려야 하는데 어떤 표현이 합당한지를 알지 못합니다.

바람이 나뭇잎 하나
서산마루 달빛에 잠재우는
정적의 밤
붉은 숯불화로가

깊은 잠 호흡 코끝에 이걸 그린다

순간을 일으킨
그 시선에 화려한 빛줄기
동창을 뚫고 들어섰다
선명하고 기이한 조명

오! 하나님
천만 번 원해도 있을 리 없는
광채여!
삶의 무거운
해산 소리 들리시던가요
한 말씀만 주소서!
한기 으스스한 응고된
이 죄를 태워 주소서
빛으로 둘린 삭정이 몸체
다리 당겨 진중한 무릎 꿇었다

몸속 소상된 창사까시도
뜨거운 서광(瑞光) 비추시는
엄중한 증거여

하나님 말씀 울려오는 듯
눈 부시는 깊고 깊은

이 울림의 빛이여!

"네 조상들도 알지 못하던 만나를 광야에서 네게 먹이셨나니 이는 다 너를 낮추시며 너를 시험하사 마침내 네게 복을 주려 하심이었느니라."
위의 하나님 말씀에 마우스 잡은 내 손이 떨리고 심장 고정이 어려워 눈물이 컴퓨터 위로 줄줄 흘러내리고 있습니다. 혼자만이 가야 할 길 이였기에 온몸으로 삼키며 일어나야 했습니다. 이제는 내 아이들이 나를 지키고 있고 손자들이 할미 사랑한다며 할미 볼에 입 맞추고 있습니다. 보십시오! 내 부모는 끝이 없는 사랑을 주시다 나이 들어 떠나버려 슬픔에 지는 꽃 같게 살았습니다. 하지만 하나님은 영원히 내 곁을 떠나지 않으시며 상한 모습 감싸 서광으로 나를 덮어 일으키셨습니다. 이 심오(深奧)한 사실들을 나를 알고자 하는 모든 사람에게 알려 하나님의 깊은 뜻을 전할 것입니다. 땅을 일구는 연장을 만들려면 풀무에 달궈진 쇠를 반복을 거쳐야지만 단단한 곡괭이가 만들어지듯 인생의 삶도 다르지 않음의 원리가 하나님 말씀 속에 있는 것을 이제 너무 늦게 깨달 았습니다. 어두웠던 세상이 밝아오는 새벽이 열리고 있습니다. 글을 마 무리하고 밖으로 나가서 소망이 아직도 나를 기다리고 있는지 한 번 더 찾아봐야 할 것 같습니다. 이렇게 내 온 마음을 붙들어 세울 수 있는 글을 쓸 수 있게 격려 아끼지 않았던 잘 자라 준 내 아이들이 있었기에 가능했고, 나를 사랑하는 모든 이가 살펴 주었기에 이 글을 완성하게 되어 머리 숙여 감사를 드립니다.

아침을 여는 나팔꽃

펴 낸 날 2023년 10월 5일

지 은 이 조경순
펴 낸 이 이기성
편집팀장 이윤숙
기획편집 윤가영, 이지희, 서해주
표지디자인 이윤숙
책임마케팅 강보현, 김성욱
펴 낸 곳 도서출판 생각의 뜰
출판등록 제 2018-000288호
주   소 경기도 고양시 덕양구 청초로 66 덕은리버워크 B동 1708, 1709호
전   화 02-325-5100
팩   스 02-325-5101
홈페이지 www.생각의뜰.kr
이 메 일 bookmain@think-book.com

• 생각의 뜰은 도서출판 생각나눔의 자서전 브랜드입니다.

• 책값은 표지 뒷면에 표기되어있습니다.
  ISBN 979-11-7048-594-0 (03810)